ALINE DURET

Le manoir des secrets

ÉDITIONS DU PALÉMON
ZI de Kernevez - 11 B rue Röntgen - 29 000 Quimper

À mes filles, Alice et Émilie

Avertissement au lecteur

Ce roman est inspiré d'un fait divers survenu en France. Les personnages évoqués sont purement imaginaires et les lieux décrits ont été modifiés. En conséquence, toute ressemblance entre les personnages présentés ici et des personnes ayant existé serait pure coïncidence et le fait du hasard.

« Le passé est une ombre
qui reste attachée à vous »
Edgar Morin, *Le Paradigme perdu*

« La senteur des fleurs, ou du santal, ou de l'encens, ou du jasmin ne remonte pas le vent. Dans toutes les directions, l'homme sage répand le parfum de sa vertu. »
Le Dhammapada de Bouddha

Le Santal blanc est un petit arbre tropical de la famille des *Santalaceae*. C'est la source la plus connue du bois de santal dont on tire une essence parfumée.

La plante parasite les racines des autres espèces d'arbres par un mécanisme de succion qui équipe ses propres racines.

PROLOGUE

Jacques était aux aguets. Recroquevillé sur lui-même, il tendait l'oreille.

Soudain, le bruit d'une clé dans une serrure, puis celui d'une porte qui s'ouvrit en grinçant, le firent tressaillir.

Des pas lourds sur le sol s'approchèrent lentement de lui.

Il devina la présence de son tortionnaire qui se tenait à quelques mètres, dans le calme de la nuit.

Jacques se releva en gémissant de douleur.

— Vous allez me tuer ? s'enquit-il d'une voix chevrotante, à peine audible.

— Tu es déjà mort ! rétorqua l'homme en s'asseyant sur un tabouret, face à lui.

L'individu renversa légèrement la tête en arrière, et demeura parfaitement immobile, les yeux rivés au plafond. Une bougie posée sur le sol projetait des ombres qui lui creusaient le visage tel un masque.

Ses yeux sombres, au fond de leurs orbites, brillaient d'une lueur étrange.

Après une courte pause, il ajouta :

— Tu as cessé d'exister le jour où j'ai commencé à vivre.

Jacques se laissa lourdement tomber sur les genoux, le menton sur sa poitrine et sanglota. Quelques reniflements sporadiques brisèrent le silence. Le temps s'était arrêté.

Le contact de la terre battue lui glaça les os. Il se mit à trembler comme une feuille sous les assauts du vent, fragile et impuissante. Des perles de sueur envahirent son front et roulèrent sur le bandeau de ruban adhésif qui enserrait ses yeux. Il ne sentait plus ses bras entravés dans son dos ; un lien lui entaillait les poignets jusqu'au sang. Une chaîne en acier, menottée à la cheville, le maintenait attaché au mur de pierres.

Jacques aurait voulu hurler, mais aucun son ne sortit de sa gorge : il était à bout de forces.

Depuis combien de jours était-il enfermé ici ? Où se trouvait-il exactement ? Il avait perdu toute notion de temps et ne comprenait pas pourquoi on le retenait prisonnier.

Une odeur tenace et nauséabonde émanait de ses vêtements souillés par ses excréments. Elle se mêlait aux effluves de vin fermenté qui emplissaient la cave. L'air était difficilement respirable : les grilles d'aération étaient obstruées.

Des restes de nourriture étaient éparpillés autour de lui sur le sol. À chacune de ses visites, l'homme avait déposé à ses pieds juste de quoi le maintenir en vie. Jacques avait mangé sans ses mains, à genoux, comme un animal… Des rats affamés venaient chaque jour plus nombreux, attirés par les relents des aliments en décomposition.

Jacques ne les voyait pas, mais il les entendait. Il ne dormait que par intermittence, replié sur lui-même, les bras sanglés dans le dos.

La respiration de son geôlier était profonde et régulière. Jacques ne percevait aucun mouvement. Et cela l'inquiétait.

Pourquoi son bourreau restait-il aussi silencieux ? Que faisait-il ? Cela ne laissait rien présager de bon…

Soudain, une sonnerie retentit dans la nuit.

L'homme sortit un téléphone portable et consulta le message qui était affiché sur l'écran :

« *Il faut en finir, maintenant !* »

Il rangea l'appareil dans son imperméable, se leva et arpenta nerveusement la pièce.

Jacques osait à peine respirer. Il aurait voulu se fondre dans le mur, disparaître.

Il sentit les pierres saillantes s'enfoncer dans sa chair. Son cœur se mit alors à battre violemment.

Contre toute attente, l'homme revint s'asseoir sur le tabouret et sortit un briquet et un paquet de Marlboro de la poche arrière de son jean. Il effleura les deux lettres gravées sur le briquet argenté.

Les deux « v » entrelacés formaient une sorte de « w ». Il porta une cigarette à ses lèvres et fit rouler la molette. Lorsque la flamme jaillit, Jacques sursauta. Dès la première bouffée, les muscles du visage du kidnappeur se détendirent.

D'un regard haineux, il fixa d'abord la frêle silhouette qui tremblait de peur, recroquevillée dans l'ombre, avant de s'accroupir auprès d'elle.

— Une dernière cigarette ? proposa-t-il d'un ton sarcastique.

Jacques secoua la tête. L'homme approcha son visage si près du sien qu'il sentit son souffle sur sa joue.

— Quelle existence misérable tu as eue, mon pauvre Jacques ! Pas de tabac, pas de femme ! Aucun plaisir. Mais, à présent, la vie de Jacques Desfontaine va changer radicalement.

Jacques ne comprenait rien. Qui était cet homme ? Que lui voulait-il ? Un ricanement sardonique sortit de la gorge de son tortionnaire.

Son effroi redoubla. Alors, rassemblant tout son courage, Jacques redressa la tête et demanda, des sanglots dans la voix :

— Qu'est-ce que je vous ai fait ? Si c'est de l'argent que vous voulez, je peux vous en donner… beaucoup… mais je vous en supplie, laissez-moi !

— Ce n'est pas ton fric qui m'intéresse ! lui hurla-t-il au visage. T'entends ? Ton pognon, je n'en ai rien à foutre !

L'homme se redressa, jeta sa cigarette au sol et l'écrasa rageusement du pied. Il se dirigea vers la caisse en bois qui se trouvait près de la bougie, renversa son contenu sur une toile de jute et l'inspecta. Tout y était : une scie à métaux, des lames de rechange, une pince coupante, ainsi qu'une corde. Il faudrait aussi prévoir plusieurs sacs-poubelles, songea-t-il.

Jacques ne parvenait pas à identifier les sons autour de lui. Cela ne fit qu'accroître sa peur. Un flot de paroles discontinues et incompréhensibles jaillit entre ses lèvres.

Tout à coup, l'homme lui assena un violent coup de poing. Jacques s'écroula au sol dans un bruit sourd.

Quand il reprit connaissance, il était assis par terre, adossé contre le mur, la tête penchée en avant. Un bâillon de ruban adhésif obstruait désormais sa bouche. La douleur sous son crâne était abominable. Le sang affluait par saccades contre ses tempes, dans un grondement assourdissant.

Peu à peu, il reprit ses esprits et réalisa que le bandeau qui enserrait ses yeux avait été retiré. Il souleva péniblement ses paupières endolories et reconnut aussitôt l'endroit où il se trouvait: il s'agissait de sa propre cave.

Son tortionnaire se tenait droit comme un piquet face à lui. Au prix d'un terrible effort, Jacques redressa la tête et put enfin voir son visage.

Le malheureux se figea sur place, la face livide, les yeux exorbités. Ce visage… Non… Ce n'était pas possible!

Il baissa les paupières, secoua la tête pour chasser cette image. Il les ouvrit puis les referma aussitôt, comme si sa vision lui brûlait les yeux de l'intérieur. Il se pelotonna sur lui-même en geignant.

C'était un cauchemar. Oui, ce ne pouvait être qu'un abominable rêve! Il allait bientôt se réveiller, se répétait-il, comme pour se convaincre.

— Non, Jacques, tu ne rêves pas. Je suis bien réel. Regarde-moi! Ah, si tu savais depuis combien de temps j'attends ce moment.

L'homme recula de quelques pas. Il se délecta du spectacle qui s'offrait à lui. Sur le mur du fond de la cave, éclairé par la lueur de la bougie, il contempla son ombre qui dominait de toute sa hauteur la frêle silhouette de Jacques, prostrée, secouée par de violents sanglots.

Enfin, il souffla sur la flamme et se dirigea vers la porte de la cave.

Le bruit de deux tours de clé dans la serrure résonna dans l'obscurité profonde.

Chapitre premier

Samedi 9 décembre.

Jacques Desfontaine se réveilla en sursaut dans son lit à baldaquin. Il se redressa sur un coude, le souffle court. Du revers de sa manche, il essuya la sueur qui glissait sur son front.

— Bon Dieu ! Satané cauchemar ! bougonna-t-il.

Cela faisait quelque temps que ses nuits étaient agitées, peuplées d'ombres et de ténèbres. Il passait de longues heures à attendre dans l'obscurité, blotti sous la couette, sursautant au moindre bruit, et n'arrivait jamais à se rendormir avant l'aube.

Il lui semblait parfois que sa maison était vivante, qu'elle respirait : des grincements et des craquements lui parvenaient depuis les combles. D'innombrables cartons et des meubles anciens y étaient entreposés depuis des générations. Mais Jacques n'y mettait jamais les pieds. Dans son enfance, on lui avait rapporté qu'un homme s'était pendu à l'une des grosses poutres qui soutenaient la toiture. Lors de ses nuits d'insomnie, il lui arrivait de ressasser cette vieille histoire et de penser que l'âme du défunt hantait la bâtisse.

Quand il se réveillait au petit matin, son esprit était si confus qu'il ne savait plus s'il avait réellement perçu tous ces bruits étranges ou s'il les avait seulement rêvés. Cette situation ne pouvait plus durer : il était à bout de nerfs.

Les volets en pantenne claquaient de nouveau contre la façade arrière de la maison, lorsqu'une pluie drue s'abattit violemment sur les carreaux de la porte-fenêtre. Une épaisse couche de nuages obscurcissait le ciel. Un frisson parcourut son corps.

— Quel temps de chien ! maugréa le quinquagénaire en se laissant retomber mollement sur l'oreiller.

Il demeura allongé un bon moment dans son lit, songeant à tout ce qu'il avait à faire dans la journée.

Un vent glacial pénétra par les interstices de la fenêtre, et s'engouffra en hurlant dans la cheminée. Il remonta promptement la couette jusqu'à son menton et se pelotonna dans la chaleur des draps. Par souci d'économie, il se refusait obstinément à dépenser le moindre centime pour chauffer le premier étage de son manoir.

Son regard erra longuement sur la tapisserie jaunie par le soleil et grignotée en divers endroits par l'usure du temps. Cette chambre avait toujours été la sienne ; rien n'avait vraiment changé. À commencer par le petit lit dans lequel il dormait un peu à l'étroit et dont il n'avait jamais voulu se séparer.

À droite de la porte-fenêtre, le vieux secrétaire en acajou lui servait encore de bureau. Nostalgique, il s'y installait chaque fin de mois pour tenir ses comptes. Face à son lit se trouvait une imposante armoire style Louis XV dans laquelle il rangeait soigneusement toutes ses affaires.

Et Dieu sait qu'il y en avait!

Comme Jacques ne jetait jamais rien, elle était pleine à craquer. Néanmoins, aucun désordre apparent. Tout était rigoureusement organisé selon un code couleur précis. Sur chacune des étagères reposaient trois piles de vêtements bien distinctes: une pour le linge blanc, une seconde pour les teintes vives et une troisième pour les couleurs foncées. La répartition suivait par ailleurs une logique implacable. Les chaussettes et les sous-vêtements occupaient l'étagère du bas, puis venaient les pantalons, les t-shirts, les pull-overs et enfin, sur celle du haut, se trouvaient les chapeaux. De sorte que, même les yeux fermés, il pouvait cibler n'importe quel habit en moins de temps qu'il ne fallait pour le dire.

Cette méthodologie rigoureuse s'appliquait à toute la demeure.

*

Après le décès de sa mère, Francine Desfontaine, Jacques s'était retrouvé seul dans cette vaste maison de maître datant de la fin du XIXe siècle, dont l'architecture d'inspiration néoclassique faisait la fierté de la commune de Carquefou.

La façade symétrique, ornée d'une porte d'entrée majestueuse, d'un balcon central en fer forgé et de corniches moulurées, suscitait autant d'admiration que de convoitise dans le voisinage. De hauts murs de pierre entouraient la propriété, la préservant des regards indiscrets.

Lors d'un rendez-vous qui visait à régler la succession de sa mère, le notaire, maître Vinaver, lui avait demandé ce qu'il comptait faire de cette maison.

— Vous devriez la mettre en vente et en acheter une autre, moins grande et plus facile à entretenir, avait-il suggéré d'une voix doucereuse.

Jacques n'avait pas sourcillé, assis bien droit sur sa chaise, les yeux mi-clos.

Le notaire s'était alors penché plus en avant sur son bureau et avait déclaré solennellement :

— C'est le bon moment pour vendre, croyez-moi ! Les taux des crédits sont particulièrement bas. Il faut en profiter. Jamais vous ne retrouverez une occasion comme celle-ci. Et je connais plusieurs acheteurs qui pourraient être très intéressés par votre bien. Je vous assure que je veillerai à vos intérêts en me chargeant personnellement de la transaction.

Les paupières de Jacques s'étaient alors mises à frémir. Ses poings s'étaient crispés sur ses genoux. Il avait senti une vague de colère monter en lui.

Pour qui le prenait-il ? Un simple d'esprit ? Certes, il n'avait pas fait de longues études, mais il était bien plus futé qu'il n'y paraissait au premier coup d'œil.

— Je connaissais bien votre maman, vous savez, s'obstina le notaire.

Jacques n'était pas dupe. Ce gredin honnête cherchait certainement à l'amadouer. Quant au fait de « connaître » Francine… Il ne manquait pas de toupet, celui-là ! Il se souvenait parfaitement qu'il avait fait la même proposition à sa mère, après le décès de son père, Charles, et qu'il s'était montré particulièrement insistant.

Maître Vinaver était venu lui rendre visite à plusieurs reprises, et sans en avoir été prié. Fort heureusement, elle ne s'était pas laissé influencer par ses minauderies et avait catégoriquement refusé de vendre la demeure. Au fil des discussions, elle avait fini par découvrir le pot aux roses : les familles Desfontaine et Vinaver entretenaient de vieilles rivalités qui portaient essentiellement sur des questions immobilières. La propriété de Charles avait autrefois appartenu à l'arrière-grand-père de maître Vinaver. Son aïeul, criblé de dettes, avait en effet été contraint de céder le bien au plus offrant.

Jacques avait vu clair dans le jeu de cet imposteur : il voulait remettre la main sur le domaine qui avait jadis été celui de ses ascendants.

Vendre le manoir dans lequel il avait grandi ?

C'était hors de question ! Et s'il pensait pouvoir le persuader à grand renfort de vaines promesses, c'était bien mal le connaître, pensa-t-il.

Alors que le notaire s'apprêtait à ouvrir la bouche, Jacques avait bondi de sa chaise, le visage rouge de colère. Il avait tapé du poing sur le bureau en déclarant d'une voix forte :

— Je ne vendrai pas ! J'ai toujours vécu dans cette maison et je compte bien y mourir ! Vous m'entendez ?

Le notaire n'osa plus jamais aborder la question de la vente de la propriété.

Jacques était très attaché au domaine. Il avait promis à sa mère de ne jamais s'en séparer.

Francine avait connu une enfance misérable. Elle était née à Jussac, une petite ville située près d'Aurillac, dans le Cantal, et avait grandi dans une famille de paysans. Comme elle était brillante élève, elle avait obtenu une bourse qui lui avait permis d'entreprendre des études de droit à la Faculté de Nantes. À l'occasion d'un stage effectué à la mairie de Carquefou, elle avait rencontré Charles, un riche notable de la commune. Ils s'étaient mariés en 1961 et avaient emménagé dans cette belle maison, qui appartenait aux Desfontaine depuis trois générations. Elle avait alors mené une existence confortable et avait définitivement coupé les liens avec ses parents. Chaque fois que son fils avait voulu l'interroger à ce sujet, elle lui avait répondu qu'il ne fallait jamais regarder en arrière, ni réveiller les fantômes du passé… Mieux valait filer droit devant soi et profiter de tout ce que la vie avait à nous offrir.

Francine, Charles et Jacques vécurent ainsi, plutôt heureux, dans cette belle demeure.

Lorsque Jacques atteignit la majorité, il fut contraint d'emménager dans la dépendance attenante au bâtiment principal. Charles souhaitait que son fils acquière davantage d'autonomie. Les deux logements communiquaient néanmoins par l'entremise d'une porte dérobée. À l'heure des repas, Jacques la franchissait pour venir s'installer à la table de ses parents.

En contrepartie, ayant toujours eu la main verte, il s'occupait de l'entretien du jardin d'agrément et du potager. Par contre, il délaissait volontiers les activités intellectuelles, au grand désespoir de Francine qui aurait pourtant souhaité que son fils poursuive ses études. Charles avait, lui aussi, en horreur tout ce qui avait trait aux travaux manuels. Et par chance, ses obligations professionnelles ne lui laissaient guère le temps de s'adonner au jardinage. Il était donc bien content que Jacques s'en occupe à sa place.

Quand Charles Desfontaine mourut prématurément en décembre 1985, Jacques n'en éprouva que peu de peine. Son père passait la plus claire partie de son temps à travailler ; il ne s'était guère préoccupé de l'éducation de son fils. De ce fait, Francine et Jacques avaient noué une relation fusionnelle indéfectible.

Le lendemain du décès, Jacques délaissa la dépendance et vint s'installer définitivement auprès de sa mère. Il reprit donc sa chambre et ses habitudes.

*

Un coup d'œil au réveil le décida à quitter promptement la chaleur de la couette.

— Bon Dieu ! Déjà neuf heures ! grommela-t-il en repoussant rageusement la couette.

Jacques n'avait pas pour habitude de traîner au lit le matin. Mais, épuisé par les nuits d'insomnie, il s'autorisait quelques petites entorses au règlement qu'il avait établi : ponctualité, ordre et méthode étaient ses maîtres-mots.

Sa vie était réglée comme du papier à musique. La matinée commençait toujours par le même rituel.

Il enfila sa robe de chambre et ouvrit les deux vantaux de la porte-fenêtre qui donnait sur l'arrière de la maison. Un vent froid s'infiltra aussitôt dans la pièce. Il dut se tenir au garde-corps du balconnet tant les rafales étaient puissantes. Une pluie verglaçante le saisit, mais cela ne le découragea pas pour autant.

Il aimait contempler son jardin depuis ce promontoire. C'était de loin le meilleur point de vue qui lui permettait d'apprécier le travail qu'il avait accompli. Le résultat était spectaculaire : tous les massifs étaient taillés au cordeau et présentaient une grande variété de plantes. La pelouse était impeccable. Adepte de l'art topiaire, il avait transformé les buissons en véritables chefs-d'œuvre.

Si Jacques était un virtuose du jardinage, il en allait tout autrement pour les activités plus cérébrales. Il avait échoué à chaque examen ou concours auquel il s'était présenté. Fort heureusement, Charles Desfontaine avait usé de ses relations pour obtenir un poste d'employé communal, chargé de l'entretien des espaces verts. Ce métier lui convenait parfaitement.

Son attention se porta ensuite au-delà du mur qui délimitait la propriété. De son balcon, il avait une vue imprenable sur le cimetière des Gauteries dont il contempla les belles allées sinueuses. Malgré la tempête, les tombes étaient encore fleuries à cette époque de l'année. Le cimetière paysagé ressemblait à un élégant tableau en forme d'arabesque colorée. Jacques ne se lassait jamais de ce spectacle floral.

Puis son regard se fixa sur le deuxième caveau de l'allée centrale : celui de la famille Desfontaine. Sa mère y reposait depuis juillet.

Une vague de tristesse le submergea. Il leva les yeux au ciel. Des larmes perlèrent au coin de ses yeux.

Contrairement à la plupart des habitants du quartier, Jacques ne considérait pas la proximité du cimetière comme une source de désagrément. Il se réjouissait d'avoir des voisins aussi silencieux et accommodants. Mais il ne pouvait pas en dire autant du vieux couple qui résidait juste en face de chez lui : Huguette et Maurice Letellier. Un vrai fléau ! Toujours à l'affût des moindres ragots.

Vivement qu'ils passent l'arme à gauche… se disait-il chaque fois qu'il songeait à eux. Il attendait en effet avec une impatience à peine dissimulée de voir leur tombe depuis son balcon.

Sur cette dernière considération, il referma la porte-fenêtre et descendit prendre son petit-déjeuner dans la cuisine.

Comme chaque matin, il eut la satisfaction de retrouver le plateau qu'il avait lui-même préparé la veille, posé sur la table, à sa place habituelle. D'un geste machinal, il alluma le poste de radio qui trônait sur le buffet et mit la cafetière en marche.

Assis devant son bol de café fumant, il entreprit de lire le journal. Il ouvrit *Ouest-France* directement à la rubrique nécrologique. Chaque jour, il lisait avec grande attention les avis d'obsèques de la commune, et notait scrupuleusement dans un petit carnet les dates et heures de toutes les inhumations auxquelles il pensait pouvoir assister depuis son balcon.

D'aussi loin qu'il se souvînt, Jacques avait toujours vu sa mère entamer la lecture du quotidien par la page des décès. Il avait pris l'habitude d'en faire autant après sa disparition.

« Grâce à Dieu ! » s'exclamait-elle à chaque fois qu'elle dépliait le *Ouest-France*, en joignant les deux mains et en levant les yeux au ciel. « Je ne suis point encore dans le canard aujourd'hui, mon chéri ! »

Le 29 juillet précédent, le journal était resté fermé sur la table de la cuisine. Il lui avait fallu plusieurs jours avant d'être capable de l'ouvrir. Du bout de ses doigts tremblants, Jacques avait effleuré l'avis qu'il avait lui-même rédigé pour annoncer le décès de Francine.

« Tu vois, Maman… Ça y est… T'es dans le journal », avait-il murmuré d'une voix entrecoupée de sanglots.

Il avait soigneusement découpé l'article et l'avait rangé dans son portefeuille, avec la photo de Francine. Il ne s'en séparait jamais.

Dix heures sonnèrent bientôt à la pendule du salon. Jacques replia méticuleusement le quotidien et se dirigea vers le réfrigérateur à grands pas. S'il ne s'activait pas, il finirait par arriver en retard.

Il ouvrit la porte du frigo, et, d'un geste automatique, s'empara de la bouteille de lait et du beurre qui se trouvaient sur l'avant-dernière tablette, consacrée aux produits laitiers. Il tendit ensuite la main vers l'étagère du bas… Sa main resta levée, en suspens.

Ses yeux furetèrent frénétiquement de gauche à droite. Il se pencha, se redressa, se baissa de nouveau, écarta les compotes et les fruits.

Où était le pot de confiture ?

Ses doigts fébriles fouillèrent vigoureusement les étagères les unes après les autres.

Enfin !

Il était là ! Posé sur la plus haute étagère, dissimulé derrière la charcuterie et la viande.

Jacques demeura interdit, bouche bée, les yeux comme deux ronds de flan.

Que faisait-il à cet endroit ?

Il esquissa une moue dubitative, se frotta le menton et resta planté devant le frigo, stupéfait. Les yeux mi-clos, il fouilla sa mémoire… Une telle erreur ne lui ressemblait pas.

Il se mit à table et prit son petit-déjeuner sans grand appétit. Ce petit désordre le déstabilisait au plus haut point. D'une oreille distraite, il écoutait les informations qui s'échappaient du poste de radio. Mais ses pensées étaient fixées sur cet incident.

Il fit sa vaisselle et monta prendre sa douche à l'étage, l'esprit toujours contrarié par cette mésaventure.

Parvenu en haut de l'escalier, il se souvint soudain du coup de fil qu'il avait reçu la veille au petit-déjeuner. Il se frappa le front de la paume de la main.

— Bien sûr ! Comment n'y ai-je pas pensé plus tôt ?

Ce détail lui était sorti de la tête. Sa voisine, Huguette, l'avait encore appelé, soi-disant pour lui dire quelque chose d'important.

Mais il ne lui avait pas laissé le temps de s'expliquer : il lui avait raccroché au nez, après avoir précisé qu'il était très occupé. Cet appel l'avait perturbé au moment de ranger le petit-déjeuner, sans doute. Voilà tout…

Rassuré, Jacques se hâta de se préparer. Les autres devaient l'attendre au café depuis déjà une bonne heure, se dit-il. En trois mois, il n'avait pas raté un seul rendez-vous du samedi. L'apéro avec ses nouveaux amis était sacré.

À peine eut-il mis un pied en dehors de la propriété qu'il vit frémir les rideaux de la fenêtre de la voisine d'en face. Une fois de plus, Huguette devait l'espionner derrière ses carreaux. Cette vieille pie n'avait décidément rien à faire de mieux pour occuper ses journées. Jacques fit un signe de la main pour lui signifier qu'il l'avait vue.

La fenêtre s'ouvrit aussitôt, laissant apparaître l'opulente silhouette de l'octogénaire. Sa figure ressemblait à un bouton de pivoine prêt à fleurir. Son époux se tenait derrière elle, aussi blanc qu'un cachet d'aspirine. Tous deux formaient résolument un couple atypique. Il ne se passait pas une journée sans qu'ils ne se chamaillent. Et cela durait depuis plus de cinquante ans. Jacques s'était toujours demandé comment le vieux avait fait pour supporter sa femme depuis autant de décennies. S'il avait été à sa place, il lui aurait mis une décharge de plomb dans le flanc depuis belle lurette. D'ailleurs, si Jacques était resté célibataire, c'était certainement à cause d'eux. À force de les voir se disputer sans relâche, jour après jour, cela avait fini par le dégoûter définitivement du mariage. Mieux valait encore vivre seul qu'être mal accompagné!

— J'ai fait des bottereaux, mon p'tit Jacques. Veux-tu que je t'en apporte cinq ou six? proposa-t-elle d'une voix de fausset.

Jacques fit signe que non. Ses bottereaux, elle pouvait bien se les garder, pensa-t-il. Il était hors de question qu'il accepte quoi que ce soit d'elle. Maintenant que sa mère n'était plus de ce monde, rien ne l'obligeait à supporter la présence de cette commère.

— Mais si… Maurice te les déposera en allant chercher le pain, insista-t-elle.

Puis, se tournant vers son mari, elle s'écria:

— T'as entendu, Maurice ? Allons, secoue-toi un peu !

Le vieil homme opina timidement de la tête.

Jacques haussa les épaules et s'éloigna de sa démarche claudicante, en grimaçant. Le froid et l'humidité ne faisaient pas bon ménage avec ses rhumatismes, sans compter ce maudit pied droit auquel il manquait un orteil depuis son accident de vélo. Ce membre fantôme lui causait de vives douleurs, même après toutes ces années.

La pluie avait enfin cessé, mais le vent avait redoublé de force.

Jacques releva le col de sa veste et enroula son écharpe autour de son cou.

Le trottoir étant encombré par un monticule de matériaux, déposés pêle-mêle par des ouvriers en fin de semaine. Il fut contraint de marcher sur la route, ce qui le contraria fortement. Une dizaine de maisons en construction défiguraient littéralement le paysage. Elles avaient poussé toutes en même temps, comme des champignons uniformes et disgracieux. Le promoteur immobilier avait exploité le moindre mètre carré de la parcelle qui se trouvait entre sa propriété et le cimetière. Chaque fois qu'il passait devant, Jacques se désolait à la vue de ce triste spectacle.

Il ralentit un peu à hauteur du grand portail du cimetière. S'arrêter un instant sur la tombe de Francine le tentait, mais il n'avait résolument pas le temps : il était déjà suffisamment en retard. Il se promit d'aller la voir sur le chemin du retour.

Jacques emprunta la rue de la Marquise de Sévigné et bifurqua à gauche sur la rue de Châteaubriand.

Face à lui, l'église Saint-Pierre se dressait de toute sa hauteur, étincelante comme un joyau. Depuis sa rénovation en 1980, cet édifice néogothique avait fière allure avec son clocher qui culminait à soixante-six mètres de hauteur. Jacques aimait surtout la contempler à la tombée de la nuit, lorsqu'elle revêtait son habit de lumière jaune, rouge, vert, bleu et rose. Il la regardait toujours avec le même émerveillement dans les yeux, mais n'y entrait que très rarement.

Chapitre II

Quand Jacques poussa la porte de L'Atelier, une vague de chaleur l'envahit instantanément. Le nouveau propriétaire avait opté pour une déco vintage et conviviale. Depuis le décès de Francine, ce café était devenu, pour Jacques, une seconde famille.

Fernand, Martin et Valmont étaient confortablement installés à leur table habituelle, au fond de la salle, devant un verre de Pastis aux trois quarts vide, un éventail de cartes entre les mains. Depuis l'entrée, Jacques perçut leur gaieté tant ils faisaient de bruit.

Une vingtaine de clients profitaient également de la bonne ambiance des lieux, attablés devant un café ou un verre de vin.

Mathilde, la serveuse, se déplaçait d'une table à l'autre avec dextérité. Le patron, qui venait tout juste de l'embaucher, se félicitait de son savoir-faire auprès des clients. Elle contribuait beaucoup à la bonne humeur qui régnait dans le café.

Fernand, Martin et Valmont ne remarquèrent pas l'arrivée de leur nouvel ami, tant ils étaient absorbés par leur partie de cartes. Jacques s'en offusqua.

— Vous auriez pu m'attendre avant de commencer à jouer ! râla-t-il en entraînant bruyamment une chaise sur laquelle il se laissa tomber de tout son poids.

Les rires cessèrent instantanément.

— On a pensé que tu ne viendrais pas aujourd'hui, rétorqua Martin en achevant de boire son verre.

— Je n'arrivais pas à me lever : je n'ai pas dormi à cause de ces fichus cauchemars !

— T'avais qu'à nous envoyer un message, on aurait patienté.

Jacques adressa à Fernand un regard noir de mécontentement.

— Tu sais parfaitement que je n'ai pas de portable. Ça coûte trop cher, ces engins !

— Avec tout l'argent que tu as gagné au loto, tu pourrais quand même t'en payer un, lança Fernand.

— Des portables, tu pourrais t'en acheter des milliers ! Alors, ne te fiche pas de nous ! renchérit Valmont d'un ton cassant.

Le visage de Jacques se crispa. Il changea de couleur.

— Vous saviez pour le loto ?

Les trois hommes échangèrent des regards entendus. Martin fut le premier à rompre le silence.

— Bien sûr qu'on était au courant… comme la plupart des habitants de Carquefou. Ce n'est pas le genre de truc qu'on peut garder secret bien longtemps, surtout quand on passe au journal de treize heures.

— On lit les journaux comme tout le monde. Si tu voulais rester incognito, c'est raté ! Il y avait ta photo et celle de ta mère en première page du *Presse-Océan* ! répondit sèchement Valmont.

— À cette époque, tu ne venais pas encore au café, précisa Martin. Mais nous, on t'a reconnu tout de suite quand t'es venu la première fois. Tu n'as jamais rien dit, tu as fait comme si de rien n'était.

Jacques, contrarié, croisa rageusement les bras sur son torse et releva le menton d'un air de défi.

— Et alors ? Je ne vois pas en quoi ça vous regarde.

— On pensait qu'on était tes potes, mais faut croire qu'on s'est trompés, renchérit Fernand sur un ton de reproche.

— On ne te demande pas l'aumône ; on voudrait juste que t'arrêtes de nous prendre pour des cons ! ajouta Valmont.

La mâchoire de Jacques se contracta et il serra les poings.

— Tu es quand même sacrément radin, accusa Valmont. En trois mois, tu n'as payé que deux tournées de Pastis.

Malgré les signes désespérés que Martin et Fernand lui faisaient, Valmont poursuivit de plus belle :

— Et encore, on a dû insister pour que tu mettes enfin la main au porte-monnaie. Il y a de quoi s'énerver, non ? Tu trouves toujours un prétexte pour ne rien débourser. Tu n'as jamais un sou en poche alors que tes comptes sont pleins à craquer. Nous, on en a ras le bol ! On aimerait bien que ça tourne un peu, tu comprends ? Alors, aujourd'hui, c'est toi qui paies ! conclut-il en tapant du poing sur la table.

Jacques se leva d'un bond et, de rage, renversa sa chaise.

Ses joues s'enflammèrent et ses yeux lancèrent des éclairs.

— Calme-toi, Jacquot ! intervint Martin d'une voix qui se voulait douce. Allez, assieds-toi ! On ne va tout de même pas se prendre la tête pour des histoires de fric.

Il releva la chaise et invita Jacques à y prendre place.

Mais ce dernier demeurait étranger à tout ce qui l'entourait. Il se tenait debout, les bras figés le long du corps, le regard dans le vide. Un silence de plomb s'était abattu sur toute la salle ; les autres clients avaient les yeux rivés sur eux.

L'inquiétude se lisait sur les visages de Martin et de Fernand, tandis que Valmont arborait un sourire narquois.

— Tu n'as pas idée de ce qu'on endure ! Le pognon te tombe du ciel, mais nous, on doit trimer comme des malades. Alors, ce serait bien de penser un peu aux autres. Regarde, dit-il en désignant Fernand de la main. Lui, il n'a que sa petite retraite de fonctionnaire pour vivre. Martin, ce n'est pas avec sa paye de postier et ses trois gamines à élever qu'il va pouvoir mettre un peu d'argent de côté et se faire plaisir de temps en temps. Quant à moi, c'est simple. Je suis au chômage depuis cinq ans maintenant. Il est quasiment impossible de retrouver du boulot à cinquante-sept ans. C'est fichu pour moi ! Et toi, tu mènes la belle vie et tu ne fais rien pour nous aider.

Valmont et Jacques se connaissaient depuis l'école primaire. Les deux hommes appartenaient à deux univers diamétralement opposés et leurs caractères l'étaient tout autant. Il avait fallu attendre la disparition de Francine pour que Valmont se décide à faire le premier pas.

Francine était une femme très appréciée dans la commune : elle œuvrait pour des associations caritatives et consacrait beaucoup de son temps libre au bénévolat. Lorsqu'elle avait remporté la super cagnotte du loto, elle avait fait plusieurs dons substantiels à ces associations.

Le jour de ses obsèques, l'église de Carquefou n'avait pas suffi à accueillir toutes les personnes qui étaient venues lui rendre un dernier hommage. Certaines d'entre elles avaient dû assister à la cérémonie depuis les marches de l'église. À l'issue de la messe, Valmont avait invité Jacques à venir boire un verre à L'Atelier. Il lui avait alors présenté Fernand et Martin, deux amis de longue date avec lesquels il se réunissait chaque samedi pour battre les cartes et prendre un verre.

Jacques avait accepté l'invitation à contrecœur. Mais au fil des semaines, ces rendez-vous du samedi matin lui avaient permis de mieux supporter l'absence de Francine.

Le visage rougeaud et luisant de Jacques se crispa. Il fit des efforts terribles pour se ressaisir, inspirant bruyamment par le nez. Les ricanements de Valmont redoublèrent à la vue de toutes ces simagrées.

— Dans le fond, vous êtes tous les mêmes ! Y a que mon pognon qui vous intéresse ! hurla-t-il de toutes ses forces en martelant la table. Vous m'avez bien eu, hein ? Vous m'avez attiré ici pour me soutirer de l'argent. Et c'est toi, Valmont, qui est venu me chercher après la mort de Maman. Moi, je ne vous avais rien demandé. J'étais tranquille chez moi.

— Tranquille, ça, c'est certain. Tu n'as jamais eu d'amis ! Et pour cause : personne ne supporte tes sautes d'humeur.

Le patron les interpella de derrière le comptoir :

— Allez, les gars ! C'est bon ! Aujourd'hui, c'est moi qui offre le Pastis, annonça-t-il d'une voix faussement joviale.

Jacques se retourna brusquement. Ses yeux balayèrent la salle de gauche à droite : il vit alors que tous les regards des autres clients étaient braqués sur sa personne. La serveuse, Mathilde, était plantée là, face à lui, son plateau chargé sur les bras, ses grands yeux verts le fixaient intensément. Jacques surprit un échange de clins d'œil entre Mathilde et Valmont.

Un violent coup de fouet le cingla, le sang lui monta aux joues. Il aurait voulu se jeter sur Valmont et lui casser la figure. Mais il n'en fit rien. Il se contenta de baisser la tête et se dirigea à grandes enjambées vers la porte.

Les trois hommes se regardèrent, consternés. Ce n'était pas la première fois que leur ami faisait un tel esclandre, mais force était de constater que son état ne faisait qu'empirer.

Jacques maugréa durant tout le trajet du retour, jurant que plus jamais il ne remettrait les pieds dans ce maudit café. Plus jamais !

La pluie s'était remise à battre le pavé avec fureur et le vent soufflait si fort qu'il dut lutter pour ne pas perdre l'équilibre. Il longeait les vitrines des magasins qui jalonnaient son chemin, les jambes flageolantes. Tête baissée, les yeux humides, il avançait avec peine.

Il s'abrita un instant sous le porche de la boutique de décoration, le temps de reprendre son souffle. C'était, jadis, le commerce préféré de Francine. Elle l'appelait la caverne d'Alibaba. En cette période de l'année, la vitrine, agencée avec soin, était parée de guirlandes lumineuses. Cette vision lui réchauffa le cœur ; il reprit sa route, en direction de la maison.

À peine eut-il passé le portail qu'il vit un petit paquet sur le perron. Il s'agissait sans aucun doute des bottereaux de Huguette. Il l'écarta rageusement du pied. Cette vieille peau n'en faisait décidément qu'à sa tête ! Il tourna la clé dans la serrure, ouvrit la porte et la referma aussitôt.

Jacques éprouva un immense soulagement.

Le trajet du retour lui avait paru interminable. D'un geste machinal, il déposa les clés dans la corbeille en osier qui se trouvait sur la desserte de l'entrée, retira sa veste et entreprit d'aller regarder le journal télévisé en attendant le déjeuner. Midi venait de sonner à la pendule, mais il n'avait pas faim. Toutes ces contrariétés lui avaient coupé l'appétit.

Il ouvrit le buffet, sortit un verre et un litre de Pastis qu'il posa sur la table basse. À la vue de la bouteille, il éprouva comme un petit pincement. Les autres étaient probablement encore au café, et ils devaient bien se marrer dans son dos. Cette pensée lui saigna le cœur.

Après s'être servi une bonne rasade d'alcool, il s'installa confortablement dans son fauteuil.

Ses yeux cherchèrent la télécommande de la télévision. Elle n'était pas à sa place habituelle, sur la table basse.

Il se leva et dérangea, un à un, les coussins du fauteuil. Rien.

Il se mit à genoux, fureta à tâtons sous le canapé et sous les meubles. Au comble de l'agacement, il ouvrit les portes du buffet, fouilla les étagères, et finit par vider le contenu des tiroirs sur le tapis.

Toujours rien.

Sa vision se troubla, il se mit à trembler nerveusement. Mais où était cette fichue télécommande ? Il étendit ses recherches à la cuisine puis aux autres pièces du rez-de-chaussée. Sa colère augmentait à mesure qu'il parcourait les pièces, dérangeant tout sur son passage, et ne rangeant rien. Il était comme possédé.

Essoufflé, il s'assit un instant sur la première marche de l'escalier et prit sa tête dans ses mains.

— Il faut que je me calme, que je réfléchisse, se dit-il. La dernière fois que je l'ai vue, c'était hier soir avant de monter me coucher. Elle ne peut pas être bien loin.

Il regarda par-dessus son épaule, en direction de l'étage. Non ! Elle ne pouvait pas être là-haut !

Il entreprit malgré tout d'aller vérifier par lui-même, juste au cas où…

Au bout d'une heure de recherches infructueuses, il se laissa tomber sur le canapé, l'âme en peine. Il but son Pastis d'une traite, se servit un second verre qu'il avala aussi précipitamment. Une vague de chaleur envahit tout son corps, lui procurant peu à peu une sensation de bien-être. Il se laissa glisser sur le flanc droit et sombra bientôt dans un sommeil de plomb.

À son réveil, Jacques fut horrifié de constater qu'il avait dormi presque tout l'après-midi.

Le soleil dardait de pâles rayons au travers de la baie vitrée. Il entreprit d'aller réparer les châssis qu'il avait entreposés au fond du jardin. Le vent soufflait toujours avec vigueur, l'air frais lui ferait le plus grand bien.

Chapitre III

Dimanche 10 décembre.

La sonnette de la porte d'entrée retentit. Jacques sursauta. Il leva les yeux vers l'horloge : les aiguilles indiquaient midi dix. Il s'essuya la bouche, replia sa serviette et la déposa à côté de son assiette. Comme il ne recevait quasiment jamais de visite, il se demanda qui pouvait ainsi venir le déranger, un dimanche midi et, de surcroît, sans prévenir.

Mécontent, il se leva de table, baissa le volume de la radio et s'approcha de la fenêtre de la cuisine qui offrait une vue dégagée sur l'avant de la propriété. Il constata que le grand portail en fer forgé était légèrement entrebâillé.

Jacques se pencha afin de ne pas être vu de l'extérieur et écarta discrètement le pan du rideau en retenant sa respiration. Il patienta quelques instants dans cette position inconfortable, mais il eut beau regarder, il ne vit personne.

Il se redressa, pensant que son visiteur était probablement déjà reparti.

Deux coups de sonnette le firent de nouveau sursauter.

Cette fois, il souleva franchement le rideau. Comme il ne voyait toujours rien, il en déduisit que la personne devait se tenir très près de la porte, suffisamment pour ne pas être vue. Il songea tout d'abord à un cambrioleur qui devait écouter, l'oreille collée à la porte d'entrée, s'il y avait du bruit à l'intérieur de la maison.

Non ! se ravisa-t-il : les cambrioleurs ne sonnent jamais aux portes.

Une farce ? Peu probable : les gamins ne s'approchaient pas de sa propriété. Comme c'était la plus ancienne du quartier, ils la croyaient hantée. Certains étaient même convaincus que Jacques était une espèce de sorcier qui fabriquait des potions avec les plantes cultivées dans sa serre. Sa mine patibulaire et les regards sombres qu'il leur jetait quand il les croisait dans la rue, avaient largement contribué à cette réputation. Cela lui convenait finalement bien. Il les tenait ainsi à bonne distance.

Alors, qui cela pouvait-il bien être ?

Sur la pointe des pieds, il se dirigea vers la porte d'entrée. Il attendit quelques instants et, comme il ne percevait aucun bruit, décida de retourner à son poste d'observation, près de la fenêtre de la cuisine.

Soudain, des coups martelés sur la porte l'immobilisèrent au milieu du couloir. Il retint son souffle et tendit l'oreille.

— Jacques ?… C'est moi !… Ouvre-moi ! C'est Huguette !

Jacques leva les yeux au ciel et serra les poings.

Bon Dieu ! Huguette !

Elle lui avait fichu une de ces trouilles. Mais, que lui voulait-elle encore, cette commère ?

Elle tambourina derechef à la porte en criant de sa voix perçante :

— Jacques, je sais que tu es là. Il faut que je te parle, c'est important. Ouvre-moi.

Lui ouvrir ? C'était hors de question : autant faire entrer le Diable dans sa maison. S'il y avait une seule personne qu'il n'avait pas envie de recevoir, c'était bien elle. Quel toupet, tout de même ! Venir le déranger un dimanche midi !

Y a pas moyen d'être tranquille chez soi, maugréa-t-il.

Sourd aux appels réitérés de sa voisine, il retourna dans la cuisine, augmenta le volume de la radio et se servit un grand verre de vin rouge qu'il avala d'un seul trait. Il en but un second de la même façon, moins pour étancher sa soif que pour dissiper cette contrariété.

Le vacarme avait cessé. Huguette avait dû se lasser et rentrer chez elle. Pour s'en assurer, il se leva de table et jeta un dernier coup d'œil par la fenêtre. Le portail était refermé. Soulagé, il retourna s'asseoir et acheva tranquillement son déjeuner en écoutant les informations. Il fit la vaisselle et remit la cuisine en ordre.

Avant d'aller dans le jardin tailler les rosiers, Jacques entreprit de passer le balai dans le salon. Et comme il ne faisait jamais les choses à moitié, et qu'il avait horreur de la poussière, il poussa les meubles, secoua les tapis et épousseta les coussins du canapé.

Quelle ne fut pas sa surprise quand il découvrit la télécommande qui avait mystérieusement disparu la veille et qu'il avait cherchée pendant des heures. Elle se trouvait là, coincée entre les coussins de l'assise et l'accotoir du canapé.

Il en resta bouche bée, les bras ballants.

Comment la télécommande était-elle arrivée ici ? Il était certain d'avoir soulevé tous les coussins la veille… Si elle avait été à cet endroit, il l'aurait forcément vue…

Jacques s'assit sur le canapé, posa les mains sur ses cuisses et réfléchit.

Il tenta de se remémorer le parcours qu'il avait effectué, ainsi que tous ses gestes. En vain.

Son esprit était confus et la fatigue trop intense pour qu'il se rappelât quoi que ce soit. Il se souvenait seulement des verres de Pastis qu'il avait avalés, sans même avoir ajouté d'eau.

Ses paupières étaient si lourdes qu'il avait du mal à les maintenir ouvertes. La nuit dernière avait été encore bien agitée : il avait des heures de sommeil à rattraper.

D'un pas lent, il gravit les marches de l'escalier et s'avachit sur son lit sans prendre la peine de retirer ses vêtements. Il s'endormit instantanément.

Le reste de l'après-midi s'était déroulé sans encombre, enfin presque.

Jacques avait passé plusieurs heures dans son jardin, à tailler ses rosiers. Il en possédait de toutes sortes comme des rosiers couvre-sol et des rosiers grimpants, mais ceux qu'il préférait étaient les rosiers pleureurs. Cette variété n'existait pas dans la nature ; c'était une pure création de l'Homme.

Et Jacques aimait composer avec les formes et les couleurs des plantes. Il en prenait soin comme s'il s'agissait de ses propres enfants. Comme ils étaient vulnérables au vent et au froid, il veillait à les recouvrir d'un voile d'hivernage. À la tombée de la nuit, sous l'éclairage de la lune, on aurait dit des fantômes miniatures qui erraient dans le jardin.

Jacques avait vu dans un reportage sur *Arte* que le monde végétal avait une forme d'intelligence sensible, que les plantes et les arbres communiquaient avec leur environnement par des signaux chimiques. Il n'avait pas vraiment compris les explications scientifiques, mais il leur parlait en murmurant lorsqu'il s'en occupait. Depuis la disparition de Francine, les plantes étaient devenues, en quelque sorte, ses seules confidentes.

Cette escapade dans le jardin lui avait permis de se ressourcer et d'oublier un peu les contrariétés de ces derniers jours.

Avant de rentrer se mettre au chaud devant la cheminée, il entreprit de nettoyer et de ranger son matériel de jardinage.

Jacques s'était aménagé un bel atelier dans une dépendance qui se trouvait au fond du jardin. Le local, en pierre de tuffeau, était spacieux et agencé avec soin. Par mauvais temps, il y passait de longues heures à bricoler.

Il en ouvrit la porte et appuya sur l'interrupteur. Une lumière vive jaillit du plafonnier, faisant apparaître une pièce impeccablement rangée, divisée en deux espaces de travail distincts : d'un côté, le jardinage, de l'autre, le bricolage. Aucun outil ne traînait au sol, chacun ayant une place bien déterminée.

Adepte du système D, il avait récupéré plusieurs palettes de chantier qu'il avait fixées au mur et transformées en meubles de rangement extrêmement pratiques. Il y avait ajouté de nombreuses étagères compartimentées. Chaque outil disposait d'un numéro et était associé à une série par un principe de gommettes de couleur.

Au centre de la pièce se trouvait un établi aux dimensions exceptionnelles qu'il avait lui-même confectionné avec des matériaux glanés sur son lieu de travail. Il pouvait ainsi évoluer à son aise, sans jamais manquer de place.

Quand il eut terminé, il rangea soigneusement son matériel et, au moment d'éteindre la lumière, ses yeux se fixèrent sur le panneau latéral. Il remarqua immédiatement qu'il lui manquait un outil, précisément une pince coupante. Or, il était certain de ne pas s'en être servi récemment. Son sang ne fit qu'un tour. Il serra les poings.

« Ça y est… ça recommence », se dit-il en grinçant des dents. Après la confiture et la télécommande, voilà que sa pince avait, elle aussi, mystérieusement disparu.

— Je ne suis quand même pas fou ! se récria-t-il en écartant les bras. Je sais très bien qu'elle était rangée là, hier.

Il ne pouvait y avoir qu'une seule explication rationnelle : on la lui avait volée.

Quelqu'un s'était donc introduit chez lui en son absence.

Une terrible angoisse l'étreignit. Sans prendre la peine de refermer à clé la porte de l'atelier, il courut à la maison et gravit l'escalier quatre à quatre. Il se précipita dans la chambre de Francine. Ses yeux balayèrent rapidement la pièce puis se fixèrent sur la cheminée.

À première vue, tout semblait en ordre. Il voulut tout de même s'assurer que son magot n'avait pas été volé. Il sortit un couteau de sa poche et s'agenouilla devant le foyer. Il retira le pare-feu et les deux chenets, puis à l'aide de la lame de son couteau, fit sauter les premières briques. Il souleva la plaque de fonte. Tout était bien là : l'argent, les bijoux de Francine… Rien ne manquait. Jacques essuya son front et posa les mains sur ses genoux en soufflant de soulagement. Il contempla la petite fortune qu'il avait mise à l'abri dans cette cachette aménagée ingénieusement. C'était un vrai travail d'orfèvre, soigné et précis. Les jointures entre les briquettes étaient si discrètes que même Francine ne s'en était jamais aperçue. L'idée lui était venue en regardant un épisode du commissaire Maigret à la télévision.

Depuis qu'ils avaient remporté la cagnotte du Super Loto, Jacques avait pris l'habitude d'y cacher de l'argent. Il y en avait en tout pour deux cent soixante-dix mille euros. Cela lui avait pris plusieurs mois : il avait retiré l'argent par petites sommes. Afin de ne pas attirer l'attention de son conseiller financier, il entendait bien récupérer l'intégralité de sa fortune de cette manière, sans éveiller le moindre soupçon du fisc. Cela lui prendrait un certain temps, certes, mais au moins, cet argent serait en sécurité chez lui. Jacques n'avait aucune confiance dans les banques. Il préférait de loin les espèces sonnantes et trébuchantes aux spéculations financières hasardeuses.

Chapitre IV

Lundi 11 décembre.

Jacques consulta le cadran de sa montre : dix-sept heures.

Il retira sa combinaison en grimaçant. Ses reins le faisaient atrocement souffrir : il avait porté la débroussailleuse à dos toute la journée. Il fouilla l'intérieur de son casier dans l'espoir d'y trouver une canette de bière, mais il se ravisa, se souvenant que le nouveau chef d'équipe, Frédéric Lambert, avait formellement interdit toute consommation d'alcool sur le lieu de travail.

Dépité, il referma son casier. Un petit remontant n'aurait pas été de refus, d'autant qu'il savait qu'il allait devoir affronter le vent glacial sur le chemin du retour. Trois kilomètres seulement le séparaient de son domicile, mais ce soir, cette distance lui paraissait insurmontable tant il était à bout de forces.

Autrefois, il avait à peine cinq cents mètres à parcourir à pied, mais depuis que les employés communaux avaient hérité des anciens locaux de la caserne de pompiers, Jacques était contraint de faire tout ce chemin à vélo, quatre fois par jour, été comme hiver. Il n'avait jamais voulu passer son permis.

Les voitures, c'était bien connu, étaient de véritables gouffres financiers. Une dépense qu'il considérait comme inutile et dont il se dispensait donc.

Avant d'éteindre les lumières et de verrouiller les portes, il s'assura une dernière fois que plus aucun de ses collègues ne se trouvait dans les locaux. Cela était peu probable : il était toujours le premier arrivé et le dernier parti. Contrairement à la plupart des autres agents, Jacques ne comptait pas ses heures, et ne quittait jamais le travail sans avoir nettoyé et rangé le matériel qu'il avait utilisé, ce qui lui avait valu la reconnaissance de ses supérieurs, qui voyaient en lui un agent consciencieux et fiable.

Mais depuis quelques semaines, il était sur la sellette. On le surveillait de près : ses retards répétés et les nombreuses disputes avec ses collègues avaient attiré l'attention de son chef. En trois semaines, il avait reçu deux rappels à l'ordre pour avoir consommé de l'alcool sur son lieu de travail. Son supérieur l'avait prévenu : à la prochaine incartade, ce serait la porte !

Jacques enfila son bonnet et ses gants puis enfourcha sa bicyclette. Il emprunta la piste cyclable qui longeait le boulevard de l'Épinay en direction du bourg de Carquefou.

Son regard se porta au loin, sur le clocher de l'église, presque incandescent à la tombée de la nuit. Cette vision lui réchauffa le cœur.

Afin de se donner un peu de courage dans cette côte interminable, il rêva au grand verre de vin chaud qu'il prendrait en rentrant à la maison.

Cette pensée réconfortante lui donna un regain d'énergie. Il appuya sur les pédales malgré la douleur lancinante qui le taraudait dans le bas du dos. Quand il arriva près de la médiathèque, il constata pour son plus grand plaisir que les éclairages de Noël venaient d'être installés. Il décida de faire un léger détour par le centre. Cette année encore, la mairie n'avait pas lésiné sur les moyens : toutes les rues étaient parées de guirlandes lumineuses versicolores. Un immense sapin scintillait au milieu de la place de l'église.

Jacques mit pied à terre pour le contempler. Jamais il n'en avait vu d'aussi grand. Il se plut à l'imaginer dans son propre jardin.

Son regard se troubla ; des larmes naquirent au coin de ses yeux. Ce serait le premier Noël sans Francine. Même si elle n'avait jamais connu le bonheur d'être grand-mère, elle appréciait grandement l'ambiance chaleureuse et la magie de Noël.

Le cœur lourd, Jacques remonta sur son vélo et descendit la rue de Châteaubriand. Il eut alors envie d'aller parler à sa mère.

Agenouillé auprès de sa tombe, il murmurait dans le silence de la nuit. Il avait pris cette habitude de venir ici lui confier ses petites contrariétés, de raconter ses journées de travail. Il décrivit avec force détails les décorations qu'il avait admirées sur le chemin du retour.

Un long frisson parcourut tout son corps. À regret, les membres engourdis par le froid, il se redressa, fit un signe de croix et s'éloigna de la tombe.

Au moment où il remontait l'allée centrale du cimetière, il perçut comme des bruits de pas sur les gravillons. Il se retourna promptement, regarda partout, mais ne vit rien d'autre que les alignements de tombes.

— Y a quelqu'un ? demanda-t-il d'une voix tremblante.

Jacques frissonna. Il avait le sentiment qu'on l'observait. Il s'enfuit à toutes jambes en direction de la sortie.

Chapitre V

Cela faisait déjà plusieurs minutes qu'il cherchait son vélo. Il était certain de l'avoir posé à l'intérieur du cimetière, à droite du portail, comme à son habitude quand il venait voir Francine. Tout à coup, il commença à douter de lui et fit le tour en longeant le mur d'enceinte, pour vérifier qu'il ne l'avait pas garé devant la seconde entrée. Malheureusement, il ne le trouva pas non plus de ce côté-là.

Alors, il se souvint des bruits de pas qu'il avait entendus près de la tombe de Francine. Le cœur battant, le souffle court, il remonta l'allée principale du cimetière à grandes enjambées une seconde fois, espérant retrouver son vélo à sa place habituelle.

Il n'y était pas, hélas…

On le lui avait donc bien volé.

Abattu, Jacques parcourut à pied les derniers mètres qui le séparaient de sa maison. Le dos courbé par la fatigue et le froid, il marchait à pas pesants, les yeux rivés au sol. Le regard fixe, il semblait s'adresser à mi-voix à une ombre familière. De temps en temps, il s'arrêtait au milieu de la route, poussait des jurons en levant les bras vers le ciel, puis repartait en grommelant.

D'un seul coup, cette ombre disparut. Il redressa la tête et constata que le reste de sa rue était plongé dans l'obscurité. Curieusement, les deux derniers lampadaires n'étaient pas allumés.

— Qu'est-ce que c'est que ce bordel encore? pesta-t-il, hors de lui.

Il avança prudemment sur le bas-côté, tâchant d'éviter les matériaux de construction qui jonchaient le sol, et en se promettant d'aller se plaindre à la mairie dès le lendemain matin, à la première heure.

Avec tous les impôts qu'il payait, il était en droit d'exiger d'avoir de la lumière dans sa rue!

Après plusieurs tentatives, il trouva enfin la poignée de son portail. Il l'ouvrit et le referma aussitôt, soulagé d'être rentré chez lui. Il se retourna et s'aperçut que le détecteur de mouvement qu'il avait installé dans sa cour ne s'était pas déclenché. Il fit quelques pas en direction de sa maison, mais aucune lumière ne jaillit du projecteur. Il devait être en panne, lui aussi.

C'était tout de même bien curieux, pensa-t-il, les lampadaires et le projecteur n'étaient pas branchés sur le même réseau électrique.

Il avança lentement vers le perron; plus que quelques marches et il serait enfin à l'abri chez lui. Son pied gauche heurta la première marche de l'escalier. Soudain, il perçut comme un froissement de tissu. Quelqu'un venait de se dresser devant lui, en haut du perron.

Jacques bondit en arrière en poussant un cri d'effroi.

— Jacques !... C'est moi, c'est Huguette, chuchota une voix dans l'obscurité.

— Bon sang, tu m'as fichu une de ces frousses ! Qu'est-ce que tu fous là ?

— J'attendais que tu rentres : il faut absolument que je te parle.

— Ce n'est vraiment pas le moment !

— Laisse-moi entrer, Jacques, supplia-t-elle d'une voix chevrotante.

— Non ! Je n'ai pas le temps, répondit-il sèchement en montant les marches.

Du bout des doigts, il tâtonna pour trouver la serrure. Il ouvrit et plaqua sa main contre l'interrupteur. Soudain, il aperçut l'imposante silhouette de Huguette dans l'encadrement de l'entrée.

La vieille dame restait là, à le supplier, les yeux humides. Quand il repoussa la porte violemment, Huguette ne bougea pas d'un iota. Il regarda alors autour de lui dans l'espoir de trouver quelque chose pour se sortir de ce mauvais pas. Son parapluie était à portée de main, suspendu à la patère.

D'un geste vif, il saisit le mât en acier et le brandit au-dessus de la tête de la malheureuse. Ses yeux sombres, enfoncés dans leur cavité, étaient empreints de haine. Il allait la frapper de toutes ses forces, lui fendre le crâne, peut-être même... la tuer.

Huguette crut que sa dernière heure était arrivée. Elle recula vivement, le visage effaré. De grosses larmes roulèrent sur sa figure bouffie et rebondirent sur sa poitrine suffocante. Jacques en profita pour lui claquer la porte au nez. Il baissa la tête et remarqua une enveloppe au sol. Il la ramassa et rouvrit la porte en jurant. Huguette était toujours là, immobile dans le froid, secouée par de violents sanglots.

— C'est quoi, ça ? lui demanda-t-il.

— C'est la lettre des huissiers, déclara-t-elle en reniflant bruyamment. Il faut que tu m'aides, Jacques. Ils vont saisir tous mes bijoux, nos meubles… J'ai jusqu'à mercredi soir pour trouver l'argent. Après, ce sera trop tard. Je n'aurais plus qu'à me jeter dans le puits !

— Ce n'est pas mon problème ! Fallait pas acheter une voiture neuve ! trancha-t-il vertement.

— Je te promets qu'on te remboursera… Dès qu'on pourra.

— J'ai dit non !

— Tu ne peux pas me faire ça, Jacques. Ce n'est rien pour toi mille cinq cents euros… On n'a que la petite retraite de Maurice pour vivre, c'est dur, tu sais.

— Mille cinq cents euros ! répéta-t-il en manquant de s'étrangler. C'est hors de question !

— Jacques, s'il te plaît…

Il voulut refermer la porte, mais elle buta contre le pied d'Huguette.

— Quand je pense à tout ce que j'ai fait pour toi lorsque tu étais enfant… Si ce n'est pas malheureux. Ah, si Francine voyait ça, elle en serait bien fâchée. Quand je songe à tout ce que je fais pour toi encore aujourd'hui… sanglota-t-elle. Ah ! Si tu savais…

Intrigué, Jacques rouvrit la porte.

— Si je savais quoi ?

— C'est ce que j'étais venue te dire dimanche midi, mais tu n'as pas voulu ouvrir la porte…

— Vas-y, parle ! ordonna-t-il.

— Je voulais te dire que j'ai vu un homme rôder autour de ta maison samedi après-midi. Et ce n'était pas la première fois…

— À quoi ressemblait-il, cet homme ?

— Il était beaucoup plus grand que moi, mais beaucoup moins que Maurice. Je n'ai pas vu son visage. Il portait un imperméable gris avec une capuche. Je l'ai encore vu ce matin. Il était dans ta cour.

— Un imperméable gris, dis-tu ?

Huguette hocha vigoureusement la tête. Jacques réfléchit quelques instants. Les cirés de ce coloris, c'était assez courant. D'ailleurs, lui-même en possédait un. Soudain, une image lui vint à l'esprit.

— Valmont ! pensa-t-il tout haut.

Il se souvenait qu'effectivement, il l'avait déjà vu au café avec un ciré gris. Il n'aurait su dire s'il avait une capuche ou non, mais plus il y pensait, plus il était certain qu'il s'agissait de Valmont. Pourquoi serait-il venu fouiner autour de chez lui ?

Jacques réfléchit un instant. L'image de son magot lui apparut comme dans un rêve, entre les mains de cet odieux personnage… Peut-être avait-il, un jour, alors qu'il avait un peu trop bu, révélé à ses amis qu'il cachait de l'argent sous les briques de sa cheminée ?

Valmont en avait certainement après sa fortune. Cela ne faisait aucun doute dans l'esprit de Jacques.

Huguette le regardait avec ses grands yeux humides. Ses doigts tremblaient sur l'enveloppe qu'elle tenait serrée contre sa poitrine.

— Tu vois, mon petit Jacques, je surveille bien ta

maison… Avec moi, pas besoin d'alarme contre les cambriolages.

Les yeux baissés, Jacques ne l'écoutait plus. Il était obnubilé par l'image de Valmont.

— Tu nous prêtes cet argent ?

Jacques ne répondit pas.

Il la fixait, une lueur étrange au fond des yeux. L'espace d'un instant, elle crut qu'il allait dire oui.

— Hors de question ! trancha-t-il, en claquant la porte.

*

Le lendemain matin, Jacques se leva de fort mauvaise humeur. Sans bicyclette, il allait devoir marcher jusqu'à son travail. Cette idée ne l'enchantait guère. La perspective de devoir en racheter une autre au plus vite ne lui plaisait pas davantage. Comme la gendarmerie se trouvait sur sa route, il prévoyait de s'y rendre avant son embauche, afin de porter plainte.

Quelle ne fut pas sa surprise lorsqu'il sortit de chez lui et aperçut son engin, appuyé contre le portail du garage.

Jacques se précipita et l'inspecta fébrilement sous toutes les coutures.

Il était intact.

Un gamin du quartier avait dû s'amuser à le déplacer pour lui faire une mauvaise blague… se dit-il.

Transporté de joie à l'idée de ne pas avoir à acheter un nouveau vélo, Jacques ne chercha pas d'autre explication rationnelle à cette mystérieuse disparition.

Chapitre VI

Samedi 23 décembre.

Une Laguna verte se gara devant le grand portail de la propriété de Jacques.

Martin coupa le moteur et se tourna vers Fernand, un sourire au coin des lèvres.

— Bon ! On fait comme on a dit.

Fernand opina, détacha sa ceinture de sécurité et remonta le col de son veston. Son visage rond exprimait une sorte de bonhomie joyeuse. Il avait une grosse moustache et deux touffes de cheveux gris, à droite et à gauche. Martin avait des petits yeux de fouine, le dos voûté et les membres d'une maigreur maladive.

Fernand redressa subitement la tête, le regard inquiet.

— T'as apporté ce qu'il faut ?

Martin haussa les épaules, feignant l'indignation, puis alla ouvrir le coffre de la voiture. Il s'empara d'un sac en plastique qu'il coinça sous son bras gauche.

En refermant le coffre, il s'aperçut que la voisine d'en face les observait de sa fenêtre, avec grand intérêt.

— Vise un peu à ta droite, dit-il à Fernand.

Huguette leur adressa un signe amical de la main, mais les deux hommes ne répondirent pas. Son époux, Maurice, réparait la clôture, agenouillé sur un petit coussin. Quand il vit que les deux compères le regardaient, il fut gêné. Il se releva aussitôt, si bien que la pince lui échappa des mains. Il se pencha pour la ramasser, la fourra maladroitement dans la poche de son bleu de travail et rentra précipitamment à l'intérieur du garage.

Martin et Fernand échangèrent un clin d'œil amusé. Décidément, quel drôle de couple, songèrent-ils en repensant à toutes les anecdotes que Jacques leur avait racontées sur leur compte.

Ils ouvrirent le portail de Jacques et se dirigèrent vers le perron. Fernand sonna et tambourina à la porte d'entrée plusieurs fois, sans succès.

— Tu crois qu'il est chez lui ? s'inquiéta Martin.

Fernand consulta le cadran de sa montre : quinze heures trente.

— Où veux-tu qu'il soit à cette heure-ci ? Mis à part chez lui, au travail ou au café, il ne va jamais nulle part ! plaisanta-t-il.

Et d'ajouter :

— Il fait toujours une sieste, mais là, il est un peu tard tout de même. Jacques doit probablement être dans son jardin. Viens, on va faire le tour par la gauche, on va passer par le portillon.

En effet, Jacques était bien dans son potager, juché au sommet d'un escabeau, absorbé par la taille d'un pommier. Un sécateur à la main, il sélectionnait minutieusement chaque bourgeon susceptible de donner de belles fleurs au printemps.

Martin émit un sifflement d'admiration.

— Ben, dis donc, Jacquot ! T'en as un de magnifique jardin !

Déconcerté, Jacques sursauta et dut s'accrocher aux branches pour ne pas basculer à la renverse. Il descendit précautionneusement de son perchoir et vint saluer les deux visiteurs, en marmonnant. Il avait horreur qu'on le surprenne ainsi.

Il retira ses gants et échangea avec eux une poignée de main molle. Son visage blafard, ravagé par les cernes, était marqué, ses lèvres pincées, son regard, fuyant.

Fernand fut le premier à prendre la parole.

— Ça fait un bon moment qu'on ne t'a pas vu à L'Atelier.

— J'ai pas mal de boulot dans le jardin, avec l'hiver qui arrive, prétexta Jacques, l'air gêné.

— On pensait que c'était à cause de ton coup de gueule avec Valmont, reprit Martin.

— Ça n'a pas l'air d'être la grande forme… Tu n'es pas malade au moins ? questionna Fernand en le dévisageant.

Les yeux de Jacques se voilèrent.

— Non, mais je ne dors plus… à cause de tout ce qui se passe dans la maison… répondit-il, des sanglots dans la voix.

— Oui, je vois bien que ça ne va pas ! T'as été voir le toubib ? demanda Fernand d'un ton bienveillant.

Jacques fit un signe négatif de la tête. Ses yeux devinrent si brillants que les deux hommes crurent qu'il allait se mettre à pleurer à chaudes larmes.

— Ça tombe bien, on t'a apporté un petit remontant ! On va aller prendre un verre au chaud et tu vas nous raconter tes malheurs ! proposa Martin en déroulant le sac plastique calé sous son bras. Moi, j'ai pas fait de grandes études comme les docteurs, mais je sais qu'il n'y a pas meilleur remède qu'un bon vieux cabernet sauvignon, déclara-t-il en brandissant la bouteille qu'il avait apportée.

Jacques parut embarrassé et répondit qu'il devait impérativement finir de tailler les arbres fruitiers avant la tombée de la nuit. Les deux compères n'en crurent pas leurs oreilles. D'ordinaire, Jacques ne refusait jamais un petit verre de vin, surtout s'il était offert. Il devait être bien souffrant.

En vérité, Jacques n'avait aucune envie de faire entrer les deux hommes chez lui, surtout pas après ce qui s'était passé à L'Atelier la dernière fois qu'il y avait mis les pieds. À présent, il se méfiait d'eux comme de la peste. S'ils étaient venus lui rendre visite sans prévenir, ils avaient certainement une arrière-pensée. Mais la bouteille de vin lui faisait terriblement envie.

— Attendez-moi ici, dit-il en désignant le salon de jardin qui se trouvait sur leur droite. Je vais aller chercher ce qu'il faut à la cuisine. Je viens de passer la serpillière et le carrelage n'est pas encore sec.

Étonnés, les deux hommes le regardèrent s'éloigner. Jacques faisait peine à voir : les épaules courbées, il marchait à petits pas, boitait bien plus que d'ordinaire. À cinquante-neuf ans, il en paraissait quinze de plus.

Martin et Fernand s'étaient assis sur une chaise l'un en face de l'autre, quand Jacques revint avec les verres et un tire-bouchon. Il ouvrit la bouteille et remplit les ballons à ras bord sans décrocher un mot.

La peau de son visage et de ses mains était constellée de taches brunes, semblable à celle d'un vieillard.

— Alors, Jacquot ? Dis-nous ce qui te préoccupe à ce point, le pria Fernand.

Une ombre passa dans le regard de Jacques. Il se laissa tomber sur sa chaise avant de prendre sa tête entre ses mains, l'air désespéré.

— C'est compliqué…

— Vas-y, on t'écoute ; on a tout l'après-midi devant nous, dit Martin.

Fernand posa une main amicale sur l'épaule de Jacques :

— Ça te fera du bien de parler…

Jacques hésita un long moment.

Il ne savait par où commencer tant il avait de choses à raconter. Dans sa tête, tout se bousculait en une valse infernale.

Ces quinze derniers jours avaient été particulièrement éprouvants pour lui. Et, quand bien même il leur confierait ses mésaventures, Fernand et Martin ne le croiraient probablement pas. Pire, ils le prendraient pour un fou, et s'empresseraient d'aller le crier sur les toits.

Jacques porta le verre de vin à ses lèvres et, séduit par l'arôme des fruits rouges, se laissa doucement envahir par l'effet consolateur de l'alcool.

Les deux hommes l'observaient sans rien dire.

Les traits de Jacques parurent se détendre, mais ses lèvres restèrent résolument serrées.

Martin lui servit un second, puis un troisième verre, qu'il avala d'un trait, un à un, sans prendre le temps d'apprécier cette fois ni leur arôme, ni leur saveur en bouche.

Perdu dans ses pensées, Jacques fixait le fond du verre.

— Alors? Vas-y, raconte-nous. Ça restera strictement entre nous, hein, Martin?

Son camarade, dont l'impatience n'avait d'égale que sa curiosité, hocha vigoureusement la tête.

Jacques rapprocha sa chaise, posa les coudes sur la table et se pencha en avant, afin d'être le plus près possible de ses amis. Il leur fit signe d'en faire de même. Ils s'exécutèrent sans sourciller.

Il jeta des regards inquiets de part et d'autre, afin de s'assurer qu'aucune oreille indiscrète ne put surprendre ce qu'il s'apprêtait à leur révéler.

— Vous croyez aux fantômes? demanda-t-il à mi-voix.

Martin et Fernand écarquillèrent les yeux.

— T'es pas sérieux, Jacquot? s'écria Fernand d'un ton amusé. Ne me dis pas que toi, tu y crois?

Jacques se vexa.

— Sans blague? redoubla Fernand.

— Parlez moins fort: on pourrait vous entendre!

Jacques était on ne peut plus sérieux tandis que les deux hommes se retinrent d'éclater de rire.

— Je vois bien que vous ne me croyez pas. Mais, figurez-vous que j'ai des preuves que les fantômes existent bel et bien. Je leur ai tendu des pièges et, bingo! Ils ont mordu à l'hameçon! Écoutez bien ce que je vais vous dire, les gars, vous n'allez pas en revenir…

Encouragé par ses deux amis et les bienfaits de l'alcool, Jacques se lança dans un récit haletant. Il leur conta tout, depuis le début, les toutes premières manifestations : les bruits de porte, les grincements de parquet, les bruits de robinet.

Il fit une parenthèse.

Ces phénomènes se manifestaient exclusivement la nuit. Il précisa que c'était justement à cause de tout ce vacarme qu'il ne fermait plus l'œil.

Et cela durait depuis des semaines !

Bien sûr, il se levait la nuit, en marchant sur la pointe des pieds, pour surprendre ses étranges locataires. Mais, à chaque fois, il échouait. Pas la moindre trace…

Il énuméra ensuite tous les objets qui avaient mystérieusement disparu au cours des quinze derniers jours. Sa voix s'étrangla quand il évoqua la disparition de sa pince coupante : elle était toute neuve. Il précisa que certains de ces objets avaient refait surface, comme par enchantement, à commencer par la télécommande de la télévision, les clés qu'il déposait toujours dans la corbeille en osier sur la desserte de l'entrée, son vélo, et bien d'autres choses encore…

Enfin, il évoqua le point crucial de la nourriture. Ses fantômes avaient, de toute évidence, besoin de se sustenter. Sinon, comment expliquer toutes ces disparitions ? Lui qui faisait attention à ne rien jeter et à ne pas dépenser outre mesure, voilà qu'il avait des bouches de plus à nourrir.

Jacques disposait de preuves tangibles. Le meilleur exemple qu'il trouva pour illustrer son propos fut celui de la bouteille de cidre.

Il leur expliqua dans les moindres détails comment il procédait pour démasquer les imposteurs, leur détailla la mise au point imparable de son stratagème. À chaque fois qu'il consommait un aliment, il y déposait des repères quasi invisibles à l'œil nu. Il traçait un léger coup de crayon sur la bouteille de cidre quand il se servait un verre. Pour être bien certain de ne pas se tromper, il mesurait le repère à l'aide d'un double décimètre et reportait le chiffre dans un petit carnet qu'il gardait précautionneusement sur lui.

Jacques interrompit son récit, fouilla dans la poche de son gilet et en sortit ledit carnet qu'il déposa sur la table. Il l'ouvrit, sous les yeux médusés de ses auditeurs, et en tourna frénétiquement les pages les unes après les autres. De temps en temps, il léchait l'extrémité de son doigt afin d'accélérer le mouvement. Il pointa enfin son index sur l'une d'entre elles.

— Là ! Regardez !

De concert, les deux hommes se penchèrent. Ce qu'ils virent dépassait l'entendement. La page était noircie de chiffres et de dates. Jacques avait reporté la moindre de ses consommations de cidre sous forme tabulaire, en précisant les jours, les heures et les niveaux relevés. Chaque page du carnet recensait, un à un, tous les aliments qu'il consommait jour après jour. Fernand et Martin en restèrent bouche bée.

— Par exemple, vous voyez… C'est écrit là, noir sur blanc, poursuivit-il d'une voix tremblante : durant la nuit de mardi à mercredi de cette semaine, le niveau de la bouteille a baissé de quatre-vingt-huit millimètres !

Martin et Fernand l'avaient écouté jusqu'à présent sans l'interrompre, tant ils étaient frappés de stupéfaction devant cette avalanche de précisions aussi improbable que déroutante.

— Et qu'est-ce que ça prouve? demanda Martin, de plus en plus abasourdi.

— Ça prouve que je ne suis pas fou! Il y a bien quelqu'un qui boit mon cidre! Et des exemples comme celui-ci, j'en ai des dizaines. Tenez, jeudi soir, en rentrant du travail, je me suis arrêté au Super U pour acheter du pain, des œufs et du jambon blanc. Eh bien, figurez-vous que, hier soir, le jambon avait disparu de mon réfrigérateur!

— Tu as très bien pu l'oublier dans le magasin, suggéra Martin. Ça arrive à tout le monde.

— C'est ce que j'ai d'abord pensé, mais j'ai vérifié sur le ticket de caisse, et il est dessus, assura-t-il d'un ton agacé.

Jacques dévisagea ses amis l'un après l'autre. Ils réagissaient exactement comme il l'avait prédit: ils ne le croyaient pas! Sa lèvre inférieure se mit à trembler.

— Tu l'as perdu en route, poursuivit Martin. Faut pas te mettre dans cet état pour si peu. Je pense qu'il y a des explications rationnelles à tout ce que tu nous as raconté. Tiens, par exemple, pour le coup de ta pince coupante, ce n'est pas la peine de chercher bien loin. Ton voisin en avait justement une dans les mains quand on s'est garés devant chez toi tout à l'heure. Elle avait l'air toute neuve.

— Est-ce qu'elle était rouge et jaune? La mienne, c'est une Wiha. Ça ne court pas les rues.

Bien que Martin n'en eût aucune certitude, il hocha la tête.

— Sacré nom de Dieu ! jura Jacques en tapant du poing sur la table. Ils se sont bien fichus de ma gueule, ces deux-là ! D'un côté, ils me filent des bottereaux, et de l'autre, ils volent mon matériel. Quel culot ! Quand je pense que cette vieille chouette est venue pleurer à ma porte pour que je lui file de l'argent !

— Tu lui en as donné ? interrogea Fernand.

— Et puis quoi encore ? Y a pas écrit « pigeon » sur mon front !

— T'as bien raison, Jacquot. Tu vois, laisse tomber ta chasse aux fantômes, et surveille tes voisins de près !

— Les salauds ! Je me demande bien comment ils se sont débrouillés pour rentrer.

Martin leva les yeux et fixa le ciel. Ses doigts battirent la mesure sur la table.

— C'est simple : ils ont une clé. Tu nous as bien dit que la vieille et ta mère étaient de grandes copines autrefois ?

— Oui. Huguette était toujours fourrée chez nous.

Martin poursuivit, d'un ton assuré.

— Elle doit certainement avoir une clé de ta maison. Soit ta mère la lui a donnée pour je ne sais quelle raison, soit Huguette l'a volée quand vous aviez le dos tourné. Une belle baraque comme la tienne, ça fait envie, crois-moi !

— Mon voisin a la clé de la porte de mon garage, juste au cas où il m'arriverait quelque chose ! déclara Fernand. Cette pratique est assez courante entre voisins.

— Vous avez sans doute raison. D'ailleurs, maintenant que j'y pense… Mardi dernier, je suis rentré un peu plus tôt que prévu pour déjeuner. Ma porte d'entrée n'était pas verrouillée. Or, je suis certain de l'avoir fermée à double tour avant de partir au travail. Je vérifie toujours, et deux fois plutôt qu'une !

— Tu vois bien ! Les fantômes n'ont pas besoin de clé que je sache, ironisa Martin. Si tu veux mon avis, ce n'est pas eux qui s'enfilent ton cidre, mais tes charmants voisins.

— Tu as vérifié s'il te manquait quelque chose ? Elle t'a peut-être volé des bijoux, ou de l'argent.

Non. Jacques avait tout contrôlé. Fort heureusement, sa cachette à l'étage n'avait pas été découverte…

Fernand sortit de la poche intérieure de son gilet une petite carte qu'il tendit à Jacques.

— Tiens, Jacquot. Ma nièce est hypnothérapeute. Appelle-la et dis-lui que tu viens de ma part. Elle est spécialisée dans les troubles du sommeil.

— C'est hors de question, je n'ai pas besoin de voir un psy : je ne suis pas fou !

— Fais comme tu veux, dit Fernand en se levant, mais à ce rythme-là, tu ne vas pas faire long feu. T'as l'air au bout du rouleau… Tu as besoin de dormir.

Martin se leva à son tour.

— Si j'étais à ta place, Jacquot, j'irais sur-le-champ rendre une petite visite aux voisins, histoire de récupérer la pince, et j'en profiterais pour réclamer la clé. Dis-leur que tu vas porter plainte contre eux. Après, ils te ficheront la paix.

— On te voit samedi prochain ? demanda Fernand en lui serrant la main.

— Je ne sais pas… Valmont sera là ?

— Ne t'inquiète pas pour lui ; en ce moment, on ne le voit plus beaucoup non plus. On ne sait pas trop ce qu'il magouille, mais il a l'air bien occupé. D'habitude, il nous dit tout, mais là, il nous cache quelque chose.

Jacques redressa subitement la tête.

— Justement, Huguette m'a dit qu'elle avait vu un homme avec un imperméable gris rôder autour de chez moi. Sa description correspond à celle de Valmont…

— Qu'est-ce qu'il viendrait foutre chez toi ?

— Me voler mon fric, répondit Jacques du tac au tac.

Fernand haussa les épaules.

— Valmont a bien des défauts, mais ce n'est pas un voleur.

Martin serra la main de Jacques :

— Allez ! Oublie tout ça et passe un joyeux Noël, Jacquot !

Les deux hommes remontèrent dans leur véhicule.

— C'est encore pire que ce qu'on avait imaginé, déclara Fernand en refermant la portière. À présent, il se met à croire aux fantômes ! Il perd la boule.

Martin, l'air contrarié, observait la maison de Maurice et Huguette. Il vit frémir le rideau de la fenêtre.

— Je ne sais pas si on a bien fait d'insister pour qu'il aille régler ses comptes avec ses voisins. Certes, ils n'ont pas l'air très nets, mais notre Jacquot, lui, il déraille complètement, et ça ne va pas en s'arrangeant. J'ai bien peur que ça finisse mal, un jour ou l'autre.

Et d'ajouter :

— Dieu sait de quoi il est capable…

Chapitre VII

Dimanche 24 décembre.

Jacques se réveilla tôt et une nouvelle fois de très mauvaise humeur. Il avait un mal de crâne épouvantable, la bouche et les lèvres sèches. Le cerveau embrumé dans un voile de coton, il n'avait aucun souvenir de ce qu'il avait fait la veille au soir.

Seule certitude, il avait dû prendre une belle cuite pour avoir une telle gueule de bois à son réveil.

Étrangement, il avait dormi d'une seule traite, sans l'ombre d'un cauchemar. De même, aucun bruit n'était venu troubler son sommeil. Cela faisait bien longtemps qu'il n'avait pas dormi autant.

Une envie irrépressible de boire le poussa à quitter la chaleur de la couette. À peine eut-il soulevé les draps qu'il constata avec stupeur qu'il avait dormi tout habillé. Jusqu'à présent, cela ne lui était jamais arrivé.

Assis sur le bord du lit, il enfila tant bien que mal sa robe de chambre par-dessus ses vêtements. Il esquissa une grimace de douleur : les muscles de ses bras et de ses cuisses étaient douloureux. Il se leva en jurant les grands dieux de ne plus jamais boire une seule goutte d'alcool.

Il ouvrit la porte-fenêtre, fit claquer les volets contre la façade arrière de la maison et inspira une grande bouffée d'air frais.

Le jour commençait à peine à se lever à l'horizon. Des flocons de nuages roses envahissaient progressivement le ciel pâlissant. Jacques s'étonna de la clémence des températures pour un 24 décembre.

Tels des soldats au garde-à-vous, les arbres du jardin parfaitement alignés demeuraient immobiles. L'absence de vent surprit fortement Jacques, habitué à recevoir sur son visage la brise caressante du matin.

Il promena son regard sur les maisons encore endormies qui entouraient le cimetière. Dans quelques heures, le quartier s'animerait d'une douce effervescence mêlée de magie. Sans Francine, Noël aurait une saveur bien amère cette année.

Ses yeux se posèrent sur le caveau familial. Son cœur se serra si fort qu'il porta une main à sa poitrine. Il se remémora avec douceur les réveillons qu'ils avaient passés tous les deux au coin de la cheminée.

Il renversa la tête en arrière et scruta l'immensité du ciel. Les étoiles s'éteignirent une à une, dans un silence absolu. Jacques ferma les yeux. Pour la première fois de sa vie, il éprouvait une sensation de vide immense. Des larmes coulèrent une à une sous ses paupières.

Au loin, des sirènes hurlantes déchirèrent le voile de la nuit. Jacques tendit l'oreille.

Un convoi de véhicules de secours se rapprochait à grande vitesse dans une cacophonie infernale. Il ouvrit les yeux, se pencha en avant sur le garde-corps et regarda de tous les côtés. Ne vit rien. Il pensa alors qu'ils avaient tourné à l'angle du cimetière et remontaient sa rue.

Le hurlement des sirènes cessa. Comme la fenêtre de sa chambre donnait sur l'arrière de la maison, il ne pouvait rien voir de ce qui se passait côté rue. Il eut à ce moment précis comme un mauvais pressentiment.

Tout à coup, les volets des voisins s'ouvrirent dans un grand fracas. Des visages interloqués, encore bouffis de sommeil, apparurent furtivement.

Il referma précipitamment et se dirigea en boitant vers la salle de bains. Il écarta le rideau de la fenêtre qui offrait une vue dégagée sur le devant de sa maison.

Plusieurs véhicules de pompiers et de gendarmerie étaient stationnés en travers de la rue, pile devant sa maison. Une quinzaine d'hommes en uniforme avaient investi la propriété de Maurice et Huguette. Un attroupement de voisins et de badauds se forma peu à peu sur le trottoir d'en face. Certains étaient encore en robe de chambre et en chaussons, les visages livides, comme figés dans le marbre.

Jacques ressentit un violent coup au cœur : cette vision stupéfiante le ramena quatre mois en arrière.

*

Jacques se souvint du 23 juillet précédent. C'était un lundi. Comme tous les jours, il était rentré du travail vers dix-sept heures. En tournant à l'angle du cimetière, il avait tout de suite remarqué la présence des deux véhicules de secours, garés devant son portail. L'ambulance du Samu avait immédiatement attiré son attention.

Une peur panique lui avait tordu les intestins ; son cœur s'était mis à battre la chamade. Incapable de parcourir les derniers mètres à vélo, il avait dû mettre pied à terre. Les jambes flageolantes, il avait remonté la rue, assailli par des pensées terrifiantes.

Leur propriété avait-elle été cambriolée ? Incendiée ? Pire : Francine avait-elle eu un malaise ? Non, c'était impossible. Jacques l'avait quittée à treize heures avant de retourner travailler et elle était en parfaite santé.

Un gendarme était venu à sa rencontre, quelques minutes après.

— Monsieur Desfontaine ?

Incapable d'articuler le moindre mot, il avait hoché la tête.

Le gendarme lui avait alors parlé d'une voix calme et douce, mais Jacques n'avait rien entendu. Ses yeux étaient braqués sur un brancard que deux ambulanciers dirigeaient vers le véhicule de secours.

Jacques s'était soudain précipité vers la civière en poussant des cris de bête qu'on assassine. Il avait d'abord exigé qu'on soulève le drap afin qu'il puisse s'assurer qu'il s'agissait bien de Francine.

Les ambulanciers avaient tenté de l'en dissuader : mieux valait garder une belle image de sa maman.

Il avait alors beaucoup insisté pour la voir. Et, au moment où l'ambulancier avait soulevé le drap mortuaire, il s'était évanoui.

À peine avait-il repris connaissance qu'il s'était à nouveau précipité sur le brancard en hurlant de douleur. Il était resté longtemps agrippé au corps de Francine, les doigts crispés sur son chemisier de flanelle bleue, maculé de sang. C'était celui qu'il lui avait offert pour son dernier anniversaire.

Il avait poussé de longs gémissements, mais aucune larme n'avait jailli de ses yeux.

Quand l'ambulance avait emporté le corps de Francine, les gendarmes lui avaient révélé les circonstances de l'accident :

— Votre mère est décédée cet après-midi vers 15 heures. Elle a vraisemblablement fait une mauvaise chute dans les escaliers. C'est votre voisine, madame Huguette Letellier, qui a donné l'alerte à seize heures trente. Malheureusement, les secours ne sont pas parvenus à la réanimer.

Huguette avait attendu le départ des secours pour venir lui proposer son aide. Francine avait perdu beaucoup de sang, il fallait à présent faire disparaître les traces de cette tragédie. Le regard mauvais, Jacques lui avait fait comprendre qu'il voulait rester seul.

Huguette n'avait pas insisté ; elle était rentrée chez elle, profondément affectée par la disparition subite de son amie.

Selon les premières constatations des enquêteurs et du médecin-urgentiste, Francine avait basculé en arrière depuis le haut des marches. Sa tête présentait une plaie béante de quatre centimètres. Son corps avait ensuite dévalé l'escalier, marche après marche. Elle n'était pas décédée sur le moment. Elle avait agonisé dans une mare de sang. Les secours n'avaient rien pu faire pour la sauver.

Les médecins n'avaient pu fournir à Jacques aucune explication quant aux circonstances de la chute. Francine avait certainement perdu l'équilibre, comme c'était malheureusement le cas pour bon nombre de personnes âgées. Un panier à linge renversé avait été retrouvé dans l'escalier, ce qui renforçait cette hypothèse.

*

Effrayé par l'assaut de ses souvenirs, Jacques resta figé de longues minutes derrière la fenêtre de la salle de bains. Quand il se fut ressaisi, il tira le rideau, puis, d'une main tremblante, ouvrit les vantaux.

Les jambes cotonneuses, il dut s'appuyer sur le garde-corps pour ne pas chanceler.

De là où il se trouvait, il ne percevait que les rumeurs diffuses d'une foule aux visages blêmes et déformés par des grimaces d'épouvante, entassés sur le trottoir de l'autre côté de la rue.

Du haut de son promontoire, il observait l'étrange ballet des hommes en uniforme, qui allaient et venaient entre la maison des Letellier et les véhicules de secours.

Certains d'entre eux portaient de grosses mallettes foncées. Deux ambulanciers patientaient à côté de la porte du garage, près d'un brancard vide. Jacques fut intrigué par la présence d'un groupe de sapeurs-pompiers équipés de harnais et de cordes. Ces derniers rangeaient leur matériel dans un fourgon stationné juste devant son portail.

Son attention se porta ensuite sur ce qui se tramait, sur le côté droit de la maison, au fond du jardin. Il vit tout un groupe de gendarmes immobiles, alignés derrière un bandeau de sécurité rouge et blanc. La rubalise formait un périmètre de sécurité au centre duquel se trouvaient trois hommes en combinaison blanche. Jacques n'arrivait pas à voir précisément ce qu'ils faisaient. Alors, il quitta son poste d'observation et gagna sa chambre aussi vite que ses jambes purent le porter.

D'un geste fébrile, il ouvrit le second tiroir de son secrétaire et en sortit une paire de jumelles. Ordinairement, elles lui servaient à observer les tombes fleuries dans la partie la plus reculée du cimetière. Il lui arrivait parfois également de les braquer sur les fenêtres ouvertes de ses voisins. Cette fois-ci, elles lui seraient d'une grande utilité.

Ce qu'il observa, de la fenêtre, armé de ses jumelles, exacerba sa curiosité. L'un des techniciens en combinaison blanche était agenouillé au sol ; l'homme devait probablement relever des empreintes de pas. Le second technicien, un pinceau et un boîtier métallique en main, était affairé à badigeonner les bras d'une brouette, tandis que le troisième, armé d'un appareil photo, effectuait plusieurs prises de vues.

Subjugué par le spectacle qui s'offrait à lui, Jacques observait la scène avec intérêt. Il avait l'impression d'assister en direct au tournage d'une série policière.

Soudain, des éclats de voix en contrebas attirèrent son attention. Il dirigea ses jumelles sur un groupe de personnes qui étaient amassées au milieu de la rue. Il reconnut certains de ses voisins, dont Marthe Robert. Elle habitait la maison qui se trouvait à gauche de celle des Letellier. Bien qu'elle ressemblât fort à un vautour avec son nez crochu et ses yeux sauvages et brillants, Jacques la surnommait La vipère. Cette femme était aussi sournoise que méchante. Il l'évitait comme la peste. Elle était toujours fourrée chez Huguette, sa grande copine. Toutes deux passaient leurs après-midi à cancaner. Jacques les entendait dénigrer les autres voisins quand il jardinait devant sa maison. Bien entendu, elles l'avaient, lui aussi, habillé pour l'hiver. Au milieu du groupe, Marthe parlait à un gendarme qui l'écoutait avec un grand intérêt, prenant des notes. Elle poussait de hauts cris perçants en battant l'air de ses petits bras trop courts. Jacques se pencha sur le rebord de la fenêtre en se cramponnant à la balustrade et tendit l'oreille.

Au milieu de tout ce brouhaha, il lui sembla entendre son propre nom. Avait-il rêvé ?

Un index fut pointé dans sa direction, et tous les visages, y compris celui du gendarme, se tournèrent instantanément vers lui.

Son cœur bondit comme s'il eût fait une chute de dix étages. Il s'écarta vivement de la fenêtre et rabattit le rideau. Son sang affluait par saccades jusque dans ses oreilles.

Il s'assit sur le rebord de la baignoire et posa les mains à plat sur ses genoux. Il tentait de contrôler les tremblements qui l'agitaient en inspirant puis en expirant longuement. Francine lui avait appris cette technique de relaxation antistress. Le calme revint peu à peu.

Lorsque ses jambes purent le porter jusqu'au lavabo, il s'aspergea le visage d'eau froide. Il toucha d'une main sa joue droite en poussant un cri de douleur. Il constata dans le reflet du miroir qu'elle était entaillée sur quatre à cinq centimètres.

— Qu'est-ce que c'est que ce bordel ? s'écria-t-il en effleurant la blessure du bout de ses doigts.

La plaie suintait. Elle était relativement profonde. Il la désinfecta avec une compresse et convint qu'il valait mieux la laisser à l'air libre.

Jacques demeura quelques minutes face au miroir, se demandant comment il avait pu s'infliger une telle blessure sans en avoir gardé aucun souvenir.

Ne trouvant aucune réponse, il s'approcha de nouveau de la fenêtre et écarta discrètement le coin du rideau. Il constata avec soulagement que la foule s'était dispersée en petits groupes de trois ou quatre personnes. Finalement, il se dit qu'il s'était inquiété sans raison.

Jacques avait la foule en horreur et la terrible histoire de cannibalisme qu'il avait lue dans un roman de Jean Teulé [1] n'avait fait qu'accroître sa peur viscérale des rassemblements. Quand Marthe l'avait montré du doigt, et que tous les visages des voisins s'étaient tournés vers lui, il avait pris peur, croyant qu'il allait subir le même sort que le personnage du roman. Ce cas avéré de folie collective l'avait profondément marqué.

La faim se faisant sentir, Jacques décida d'aller préparer son petit-déjeuner. Il descendit l'escalier en se tenant à la rambarde et pénétra dans la cuisine.

---

1. Mangez-le si vous voulez, *Éditions Julliard.*

En entrant dans la pièce, il fut sidéré sur place et resta les yeux écarquillés, la bouche ouverte.

— Bon Dieu de bon Dieu ! jura-t-il en balayant la pièce du regard.

Jamais il n'avait vu un tel bazar dans sa cuisine.

Que s'était-il donc passé ici ?

La table, recouverte d'une toile cirée, était encombrée d'assiettes et de verres sales, de bouteilles vides et de restes de nourriture. Une chaise était renversée au sol.

Jacques reçut un violent coup au cœur quand il se rendit compte que la porte du réfrigérateur était restée ouverte durant toute la nuit. Il songea aussitôt à la facture d'électricité. Il se précipita pour aller la refermer.

Ses chaussons crissèrent sur le carrelage. D'innombrables éclats de verre jonchaient le sol.

— Nom de Dieu ! s'écria-t-il en repoussant les débris du pied pour se frayer un passage jusqu'au frigo.

La porte refermée, il s'assit sur une chaise, totalement abattu, et prit sa tête entre ses mains.

« Dans quel état devais-je être hier soir… » se lamenta-t-il.

Il s'était mis au lit tout habillé, s'était réveillé avec une entaille sur la joue et voilà que sa cuisine s'apparentait à un véritable capharnaüm. Plus jamais il ne boirait une goutte d'alcool, ah ça non ! Plus jamais…

La promesse qu'il s'était faite fut oubliée dans l'instant où elle fut prononcée. Il déboucha une bouteille de vin et but plusieurs verres d'affilée. Moins pour étancher sa soif que pour oublier tous les tracas de la matinée.

Il lui fallut deux bonnes heures pour tout nettoyer et remettre en ordre.

Il achevait de passer la serpillière lorsque la sonnette de la porte d'entrée retentit, le faisant sursauter. Il pensa tout de suite qu'il s'agissait encore de sa voisine Huguette. Elle avait pris cette fâcheuse habitude de venir l'importuner le dimanche matin. Comme s'il n'avait que ça à faire!

Elle trouvait toujours un prétexte pour venir: tantôt, elle lui apportait de délicieuses madeleines qu'il s'empressait de jeter à la poubelle, dès qu'elle s'en retournait, tantôt, elle lui offrait généreusement les restes d'un vieux ragoût dont Maurice, à juste titre, était lassé. La dernière fois qu'elle était venue chez lui, c'était pour lui demander de l'argent. Jacques avait eu beaucoup de mal à s'en débarrasser.

Cette fois-ci, il était hors de question qu'il lui ouvre. Il se déplaça tout de même à la fenêtre pour vérifier qu'il s'agissait bien d'elle.

Quel ne fut pas son étonnement lorsqu'il aperçut les silhouettes de deux gendarmes en uniforme, plantées sur son perron!

Le cœur palpitant, Jacques s'écarta aussitôt de la fenêtre.

Pourvu qu'ils ne m'aient pas vu, espéra-t-il en s'adossant au mur de la cuisine. Ses genoux s'entrechoquèrent. Que venaient-ils foutre chez lui, un dimanche matin?

Il repensa aux véhicules de secours qui avaient investi la rue à l'aube. Il se souvint surtout de l'index de Marthe pointé dans sa direction. Avec son histoire de cicatrice sur la joue et de cuisine sens dessus dessous, cela lui était complètement sorti de la tête.

Le premier réflexe qu'il eut fut de ne pas aller ouvrir la porte et de faire le mort. Après tout, il pouvait très bien être sous la douche, ou sorti faire une course. Les gendarmes sonnèrent et frappèrent de nouveau.

Soutenu par le mur de la cuisine, Jacques retenait sa respiration, les jambes flasques. Il entendait les coups métalliques du heurtoir contre la porte d'entrée :

— Gendarmerie de Carquefou, annonça une voix gutturale. Monsieur Desfontaine, veuillez ouvrir votre porte !

Chapitre VIII

Jacques finit par ouvrir la porte. Les deux gendarmes se tenaient en haut des marches, droits comme des règles d'acier. Leurs visages étaient graves.

Le quinquagénaire reconnut immédiatement l'un des deux militaires. Le plus baraqué était celui qui avait interrogé Marthe Robert au milieu de la rue. Jacques tremblait de peur. Dieu seul savait ce que cette vieille vipère avait bien pu raconter sur son compte.

Une sueur froide ruissela sur ses tempes. Il sortit un mouchoir de la poche de sa robe de chambre et l'essuya distraitement.

— Monsieur Desfontaine ?

Jacques ne répondit pas ; il plia soigneusement son mouchoir et le rangea dans sa poche.

— Gendarmes Velganni et Belfort ! annonça le costaud d'une voix forte. Pouvons-nous entrer un instant ?

Jacques leva le menton et, contre toute attente, fit non de la tête. Interloqués, les deux gendarmes échangèrent un regard.

— Je suis pressé : je dois aller faire une course urgente, prétexta Jacques.

L'attitude de Jacques trahissait sa mauvaise foi. Le gendarme s'impatienta :

— Nous n'en avons pas pour bien longtemps, assura Hadrien Velganni. Enfin, tout dépend de votre coopération, ajouta-t-il en avançant sur le seuil de la porte.

Jacques fut contraint de reculer d'un pas. L'espace d'un instant, il avait songé à refermer la porte, comme il avait l'habitude de le faire avec Huguette ou des visiteurs indésirables. Mais, ne se sentant pas de taille à lutter contre ce militaire aux épaules carrées, qui devait bien mesurer un mètre quatre-vingt-cinq, il s'était ravisé. Ses yeux noirs et profonds lui inspiraient de la méfiance. L'autre gendarme, lui, paraissait plus jeune, nettement plus sympathique. Ses yeux étaient du même bleu que ceux de Francine.

Jacques n'eut pas d'autre alternative que de laisser les gendarmes pénétrer dans sa maison, et cela lui procura une vive émotion. Fébrile, il referma la porte d'entrée, en priant pour qu'ils s'en aillent le plus rapidement possible.

Il les précéda dans le couloir et les conduisit dans la salle à manger. En passant près de lui, le gendarme Velganni constata qu'il empestait l'alcool à plein nez. Il n'était pourtant pas encore onze heures.

Des effluves d'encens boisés et âcres, semblables à ceux que l'on respire dans les églises, flottaient dans l'air. Hadrien en fut fortement indisposé. Cette odeur prégnante lui rappela qu'il était déjà venu dans cette maison fin juillet. Il s'arrêta un instant au pied de l'escalier en bois. La propriétaire des lieux avait fait une chute mortelle dans cet escalier. À l'époque, il n'était pas chargé de l'enquête, mais il avait tout de même jeté un œil sur le rapport d'autopsie et plusieurs témoignages. Il avait notamment lu celui d'une voisine, qui avait certifié avoir entendu des éclats de voix peu de temps avant que le corps ne soit découvert. Elle était ensuite revenue sur sa déclaration.

D'après l'enquête de voisinage, madame Desfontaine était une personne très alerte pour son âge. Elle pratiquait diverses activités sportives et faisait du vélo régulièrement. L'escalier quant à lui ne présentait aucun risque particulier ; il était équipé de deux rambardes.

Francine Desfontaine laissait à son seul héritier, Jacques, une fortune conséquente.

Hadrien Velganni avait trouvé ce décès quelque peu suspect. Il en avait informé les collègues qui instruisaient le dossier. Le fils se trouvant à son travail au moment des faits, ils avaient classé l'affaire : accident domestique.

Hadrien Velganni pénétra dans le salon où l'attendait Jacques. Ce dernier ne fit aucun effort pour dissimuler son impatience.

Les yeux du militaire balayèrent rapidement la salle à manger.

La pièce était remarquablement bien rangée, le carrelage impeccable ; pas la moindre trace de poussière sur les meubles. Tout était net. Les bibelots étaient parfaitement alignés sur les étagères et les coussins sur le canapé agencés par ordre de couleur. À n'en pas douter, le maître des lieux souffrait de troubles obsessionnels compulsifs.

Hadrien s'approcha de la grande table ovale. Un petit encensoir en métal reposait au cœur d'une corbeille en osier. Le gendarme identifia la source de cette odeur tenace qui imprégnait toute la maison. L'air en était pratiquement saturé.

Tout comme Francine le faisait autrefois, Jacques se servait de ce vase pour faire brûler de l'encens de bois de santal et assainir la demeure. Depuis le décès de sa mère, Jacques avait pris l'habitude de l'allumer tous les dimanches matin et de parcourir les différentes pièces en l'agitant au bout de sa chaînette. Il avait ouï dire que ce bois précieux était reconnu pour ses vertus énergétiques et spirituelles. Il avait aussi, entre autres, le pouvoir de chasser les mauvais esprits.

Le gendarme Belfort était resté en retrait dans le couloir pour répondre au message qu'il venait de recevoir de son collègue, Paul Landrin. Il en avait profité pour jeter un œil dans la cuisine. Il constata la même chose que son collègue : la pièce était exceptionnellement ordonnée et brillait du sol au plafond.

— Vous vivez seul ? demanda-t-il en rejoignant les deux hommes dans la salle à manger.

Jacques acquiesça. Il avait la bouche si sèche qu'il crut que sa langue était collée à son palais et qu'il lui serait impossible de desserrer les mâchoires. Une envie irrépressible de boire un verre de cidre s'empara de lui.

Il lutta pour ne pas se précipiter vers le réfrigérateur.

— Pouvons-nous nous asseoir ? proposa courtoisement le gendarme Belfort.

S'asseoir ? Pour quoi faire ? S'éterniser ? Ils étaient très bien debout, songea Jacques.

Velganni s'était déjà installé à la table, faisant comme chez lui. Il sortit un carnet et un stylo à bille de la poche de son uniforme et les posa devant lui.

Le second militaire suivit son exemple tandis que Jacques restait debout, les bras figés le long du corps, sidéré par le manque de savoir-vivre de ces individus. Il dut prendre sur lui pour ne pas les insulter et les mettre à la porte.

— Asseyez-vous ! ordonna Hadrien.

Le visage de Jacques blêmit d'un coup. Il s'exécuta et s'installa en face des deux gendarmes.

— Quand avez-vous vu votre voisine, madame Letellier, pour la dernière fois ? demanda Simon Belfort d'une voix mesurée.

Jacques fit craquer ses phalanges sous la table. Ses yeux s'attachèrent au lustre qui se trouvait au-dessus d'eux.

— Hier matin, je suppose, parvint-il à dire en se raclant la gorge.

— Vous supposez ? répéta Hadrien Velganni d'un ton agacé.

— J'ai dû la voir en allant chercher mon pain à la boulangerie.

— Vous n'en êtes pas certain ?

— Je suppose qu'elle était à sa fenêtre, comme à chaque fois que je mets un pied dehors. Faut croire qu'elle n'a que ça à faire, d'espionner les gens…

— Répondez clairement à la question, le somma Hadrien Velganni.

Jacques feignit de réfléchir et déclara que, oui, il l'avait bien aperçue à sa fenêtre la veille au matin.

Cette fois, il fut capable de donner une heure précise. Lorsque l'adjudant Belfort lui demanda s'il l'avait revue par la suite, il éluda derechef la question. Excédé par son attitude, Hadrien Velganni rétorqua :

— Plusieurs voisins affirment pourtant que vous êtes allé tambouriner à la porte de Huguette Letellier, hier soir.

Jacques fit l'étonné. Velganni poursuivit :

— Alors, c'est simple : soit vous nous dites ce qui s'est passé maintenant, soit nous vous emmenons à la gendarmerie. C'est à vous de choisir !

Jacques frissonna : la perspective d'y être conduit lui glaça le sang. Il ne desserra pas les lèvres pour autant.

Hadrien referma son carnet en le faisant claquer et le rangea dans la poche intérieure de son blouson. Il plaqua les paumes de ses mains sur la table en position de sphinx et déclara :

— Très bien, veuillez nous suivre.

— Attendez ! s'écria Jacques en agitant les mains. Je vais tout vous expliquer…

— Nous vous écoutons !

Sous l'emprise de la peur, Jacques reçut une décharge d'adrénaline. Des bribes de souvenirs remontèrent soudainement à la surface. Oui, il était bien allé chez ses voisins… Deux fois même… La première fois, c'était vers dix-neuf heures. Pour la seconde, il n'aurait su dire précisément l'heure. Seule certitude, c'était bien plus tard dans la soirée.

— Pour quelle raison êtes-vous allé chez eux ? s'enquit le gendarme Belfort.

— Je voulais simplement qu'ils me rendent ma pince coupante et la clé de ma maison !

— La pince, est-ce celle qui est posée sur le meuble de l'entrée ?

— Oui, c'est bien elle. Ils me l'avaient volée.

— À cette occasion, vous avez donc vu madame Letellier ?

— Non, elle n'a pas daigné ouvrir sa porte.

— Dans ce cas, comment avez-vous fait pour récupérer votre pince ?

— Maurice est venu me la rendre. Il l'a déposée sur le paillasson, car je n'ai pas voulu le voir. D'ailleurs, valait mieux pour lui… sinon je lui aurais…

Jacques n'acheva pas sa phrase, réalisant que ce qu'il s'apprêtait à dire devant les deux gendarmes pourrait se retourner contre lui.

— Après, il est rentré chez lui. J'ai récupéré la pince et je suis monté me coucher.

— Êtes-vous bien certain de ne pas être retourné chez vos voisins plus tard dans la nuit ?

— Je ne vois pas pourquoi j'y serais retourné…

— Pour récupérer votre clé, suggéra Hadrien.

— Non. Huguette m'a juré qu'elle n'avait jamais eu la clé de chez moi.

Hadrien Velganni sortit de sa poche un sachet de mise sous scellés et le déposa sous les yeux de Jacques.

— Reconnaissez-vous cet objet ?

Jacques s'empara avidement du sachet et observa la clé argentée sous toutes les coutures, avant d'affirmer qu'il s'agissait bien de la sienne.

Les traits de son visage se figèrent en une grimace grotesque, ses yeux sombres lancèrent des éclairs.

— Bon Dieu de bon Dieu ! s'écria-t-il en gesticulant sur son siège. Les salopards !

— Que se passe-t-il ? demanda Simon.

— Ce qu'il se passe ? répéta Jacques en se levant et en tapant du poing sur la table. Ils m'ont pris pour un con ! explosa-t-il, rouge de colère. Sacré nom de Dieu !

— Veuillez vous asseoir et vous calmer ! ordonna Hadrien.

Jacques reprit place sur sa chaise et serra sa tête entre ses mains. Fernand et Martin avaient vu juste. Il n'y avait jamais eu d'esprit malfaisant dans sa maison. Et dire qu'il avait cru commencer à perdre la tête. Toutes ces nuits d'insomnie, toutes ces angoisses… étaient donc leur œuvre. Abattu, il s'effondra comme un gosse, pleurant à chaudes larmes sous les yeux médusés des gendarmes.

La réaction de l'homme leur paraissait excessive.

— Expliquez-nous, demanda posément Simon.

— Vous ne pouvez pas imaginer ce qu'ils m'ont fait subir pendant des semaines… dit Jacques entre deux sanglots.

— Nous vous écoutons…

— Huguette et Maurice m'ont fait vivre un enfer, reprit-il en hoquetant. Je commençais à croire que j'avais perdu les pédales, que je déraillais. Mais cette clé prouve que je n'étais pas fou, que c'était bien eux qui s'introduisaient chez moi. Tout ce qu'ils m'ont volé… Et tout ça sous mon nez !

— Que vous ont-ils volé exactement ?

— Des outils et surtout de la nourriture. Quand je pense qu'ils se sont enfilé mon cidre et mon vin ! Pour eux, il n'y avait rien de plus facile : ils connaissaient mes horaires de travail, mes habitudes. Et je ne vous parle pas de ce qu'ils me faisaient endurer la nuit.

— Que faisaient-ils la nuit ?

— Ce qu'ils faisaient la nuit ? Je vais vous le dire…

Jacques leur parla des claquements de porte, des grincements de parquet, des crissements de meubles sur le carrelage, mais aussi des bruits de robinet qui le réveillaient au beau milieu de la nuit. « Et j'en passe et des meilleures », avait-il ajouté.

— Vous ne les avez jamais pris sur le fait ? interrogea Simon, de plus en plus étonné.

Jacques répondit par la négative :

— Je me déplaçais pourtant sur la pointe des pieds pour les surprendre. Mais ils avaient toujours un temps d'avance sur moi.

Hadrien reposa son stylo sur la table.

— Quelle aurait été leur motivation, selon vous ?

— Pour me rendre dingue, pardi… et me voler mon pognon. Ils ont bien failli réussir !

— Ça paraît difficile à croire tout de même.

— Vous n'avez qu'à vérifier auprès de vos collègues. Je suis allé porter plainte la semaine dernière. Ils m'ont conseillé de mettre des caméras de surveillance chez moi pour que je puisse avoir des preuves.

— En avez-vous ?

— Non, l'installateur de caméras ne pouvait pas venir avant mardi prochain. Il a pas mal de boulot en ce moment.

— Avez-vous d'autres éléments à nous communiquer ? s'enquit Hadrien.

Des éléments, bien sûr qu'il en avait !

Sans plus attendre, Jacques leur montra le carnet dans lequel il consignait tout depuis des semaines et se lança dans des explications on ne peut plus détaillées.

Simon Belfort écouta le récit de Jacques sans témoigner le moindre signe d'impatience. A contrario, Hadrien avait rapidement cessé de prendre des notes et étudiait attentivement son visage. Il n'y décela aucune mimique qui laissât supposer que cet homme mentait.

— Vous avez une belle entaille au visage. Que vous est-il arrivé ? demanda-t-il.

— Oh ça, ce n'est rien… dit-il en se frottant le nez. Je me suis blessé en taillant les cerisiers. Ce sont des choses qui arrivent.

Bien qu'il n'en crût pas un mot, Hadrien nota cette information dans son carnet. Puis, il releva la tête.

— Monsieur Desfontaine, savez-vous pourquoi nous sommes ici ?

Jacques secoua vigoureusement la tête. Non, il n'en savait rien.

— C'est étrange : d'ordinaire, c'est la première question que les gens nous posent quand on entre chez eux…

— Faut croire que je ne suis pas comme tout le monde. Et puis, je me doute que ça a un rapport avec Huguette et Maurice.

Il ajouta sur un ton tranchant :

— Ce qu'il se passe chez mes voisins ne me regarde pas, un point c'est tout !

— Permettez-moi d'en douter. Sauf erreur de ma part, vous observiez pourtant leur maison avec des jumelles, ce matin. Vous étiez à la fenêtre de l'étage lorsque j'interrogeais des témoins.

Jacques haussa les épaules. Confus, il baissa la tête.

— Madame Letellier est décédée cette nuit. Nous avons retrouvé son corps dans le puits.

Jacques n'avait pas sourcillé. Son visage n'exprimait aucune émotion.

Simon Belfort poursuivit :

— Les premiers éléments de l'enquête permettent de penser qu'il pourrait s'agir d'un suicide : elle a laissé une lettre sur la table de la cuisine.

— Vous n'avez pas l'air surpris, monsieur Desfontaine, souligna Hadrien Velganni.

Jacques croisa les bras sur sa poitrine.

— Que voulez-vous que ça me fasse ? Je ne vais tout de même pas me mettre à chialer. Il ne manquerait plus que ça, après tout ce qu'elle m'a fait endurer ! Elle s'est suicidée, c'est son choix, pas le mien !

— Cela reste à prouver. L'autopsie attestera ou invalidera la thèse du suicide, rectifia Hadrien.

Stupéfait, Jacques écarquilla les yeux.

— Vous allez faire une autopsie ?

Hadrien expliqua que c'était la procédure habituelle.

Jacques jeta des regards inquiets autour de lui. Il eut soudain l'impression d'être tombé dans un traquenard : les gendarmes avaient frappé à sa porte, mais pas pour une simple enquête de voisinage. Non, ils cherchaient des indices… Ils voulaient lui coller la mort de Huguette sur le dos ! Mais il n'avait pas l'intention de se laisser faire. Alors, il se creusa les méninges et chercha une solution pour se tirer de ce mauvais pas.

— Je savais que ça arriverait un jour ou l'autre, annonça-t-il d'une voix faussement affligée. Tout le monde savait qu'elle sauterait dans le puits.

— Comment cela ?

— Huguette et Maurice vivaient au-dessus de leurs moyens. Ils avaient de gros problèmes de fric, vous savez. Voilà ce qui arrive quand on enchaîne crédit sur crédit ! Et cela ne date pas d'aujourd'hui : ma mère leur avait prêté de l'argent plusieurs fois. Argent, bien sûr, qu'ils n'ont jamais rendu, vous pensez bien… Plus elle leur en donnait, plus ils en redemandaient. Le problème venait surtout de Huguette : c'était un vrai panier percé. L'argent lui était monté au cerveau. Elle a fait plusieurs séjours chez les fous, à Saint-Jacques.

— Vous a-t-elle demandé de l'argent récemment ?

— Oui, et pas plus tard que la semaine dernière. Elle s'est pointée chez moi avec une lettre des huissiers. Elle voulait que je lui file mille cinq cents euros ! Vous vous rendez compte ? Mille cinq cents euros !

— Lui avez-vous prêté cette somme ?

— Vous plaisantez ? C'est bien la dernière personne à qui j'aurais prêté de l'argent. Je n'en aurais jamais revu la couleur.

— Vous ne l'appréciiez pas beaucoup, à ce que je vois ? conclut Hadrien.

— Non, je ne l'aimais pas. Je n'ai pas honte de le dire. C'était une vraie commère, toujours à fouiner partout où il ne fallait pas. Personne ne l'aimait dans le quartier ! Même son mari ne la supportait plus. Si elle ne s'était pas jetée elle-même dans le puits tête la première, il aurait fini par l'y balancer un jour ou l'autre. Elle lui tapait constamment sur les nerfs ! Je ne sais pas comment il a fait pour la supporter toutes ces années… On devrait lui filer une médaille, ironisa-t-il.

Tandis qu'il ricanait dans sa barbe, une lueur passa au fond de son regard.

— Nom de Dieu, s'écria-t-il en abattant lourdement son poing sur la table.

Il venait de trouver une stratégie pour se sortir de ce guet-apens.

— Ma foi, ça ne m'étonnerait pas que ce soit Maurice qui l'ait poussée dans le trou !

Simon l'interrogea :

— Qu'est-ce qui vous permet d'accuser son époux ?

— Bah, fallait voir un peu comment Huguette lui parlait : « T'es qu'un bon à rien ! J'en ai marre de voir ta sale gueule ! On va vendre la maison et tu iras vivre tout seul dans un HLM » et je vous en passe et des meilleures. Maurice avait peur qu'elle mette ses menaces à exécution. Il ne se voyait pas vivre en HLM. C'est un gars de la terre, vous comprenez. Il serait perdu sans son jardin. Tenez, la semaine dernière, alors que je désherbais devant mon portail, je les ai encore entendus s'engueuler. Ben, vous savez ce qu'il a dit à sa femme ?

— Non, dites-nous.

Jacques détourna les yeux. Il réfléchissait à ce que Maurice aurait bien pu dire s'il avait eu un mauvais fond.

— Je ne sais pas si je fais bien de vous raconter tout ça… poursuivit-il en abaissant la voix. Maurice lui a dit que si elle ne fermait pas sa grande goule, il lui mettrait un coup de pelle sur la tête et l'enterrerait dans le fumier, au fond du jardin.

Jacques se félicita de l'effet que son récit produisit sur les gendarmes.

— Vous l'avez interrogé, lui aussi ? s'enquit-il enfin.

— Non, il est en état de choc. Il est actuellement vu par un médecin, précisa Simon.

— Il joue la comédie. C'est un grand manipulateur... Il l'a quand même menacée de mort ! Ce n'est pas rien.

Hadrien se redressa sur sa chaise et profita de l'opportunité :

— Puisque vous abordez ce point, nous aimerions avoir des explications quant aux menaces que vous avez vous-même proférées à l'encontre de madame Letellier, hier soir.

Jacques ouvrit la bouche pour protester.

— Inutile de nier, monsieur Desfontaine : nous avons plusieurs témoignages de vos voisins.

— Que voulez-vous que je vous dise ? C'est un coup monté, voilà tout. Depuis qu'on a gagné au loto, ils sont tous devenus jaloux et mesquins. Ils se sont tous ligués contre moi pour m'en faire baver. Je ne serais pas étonné si on découvrait que finalement, il n'y avait pas qu'Huguette et Maurice qui s'introduisaient chez moi. Si ça se trouve, ils sont tous complices ! Peut-être même qu'ils se relayaient pour saborder mes nuits... jusqu'à ce que je craque.

— Vous n'avez donc pas menacé Huguette Letellier hier soir, quelques heures avant sa mort ?

— Bien sûr que non !

— Vous mentez ! tonna Hadrien en le fixant. Et, j'ai sous les yeux quelques citations éloquentes. « Tu ne perds rien pour attendre », « Je vais te trouer la peau, sale voleuse », lut-il à haute voix.

À court d'arguments pour se défendre, Jacques ne sut que répondre. Il prit ses tempes entre ses mains et secoua la tête de gauche à droite.

— Je ne m'en souviens plus, finit-il par dire à mi-voix.

Jacques n'avait en effet que quelques bribes de souvenirs de ce qui s'était passé la veille. Et cela l'inquiétait terriblement. Il se savait capable du pire lorsqu'on le mettait hors de lui… et Huguette était passée maîtresse dans l'art de le faire sortir de ses gonds. Il avait eu plusieurs fois envie de se débarrasser d'elle. Qu'avait-il fait ? Comment expliquer qu'il se soit couché habillé, en laissant sa cuisine sens dessus dessous. Cela ne lui ressemblait guère. Et d'où provenait cette entaille profonde qu'il arborait sur la joue ? Seule certitude, il ne se l'était pas faite en taillant les arbres comme il l'avait indiqué aux gendarmes…

L'horloge du salon sonna les douze coups de midi. Jacques commençait à s'impatienter. Il gesticulait sur sa chaise et jetait des coups d'œil à sa montre dans l'espoir que les gendarmes comprennent qu'il avait autre chose à faire de plus important que de répondre à leurs questions.

— Je vous ai dit tout ce que je savais. À présent, j'aimerais pouvoir me reposer un peu : je ne me sens pas très bien.

— Cela devrait suffire, assura Simon.

— Pour le moment, ajouta Hadrien en le toisant du regard.

Les gendarmes se levèrent et déposèrent une carte de visite sur la table de la salle à manger.

— Voici le numéro auquel vous pouvez nous joindre si jamais des éléments vous revenaient en mémoire.

Jacques ne daigna pas jeter un œil sur la carte.

De son index, il la poussa au milieu de la table et se leva à son tour.

Une violente douleur au pied droit l'obligea à prendre appui sur la table.

— Que vous arrive-t-il ? interrogea Simon.

Jacques poussa des jurons, se pencha et retira son chausson. Il inspecta la semelle et constata qu'un éclat de verre était incrusté dans le caoutchouc. Son pied saignait légèrement. Il sortit son mouchoir et tamponna la plaie en grimaçant. Il posa son pied nu sur le carrelage. Les gendarmes remarquèrent aussitôt qu'il était amputé du petit orteil. La cicatrice était quasi invisible : cela devait remonter à son enfance.

Quand il s'aperçut que les deux hommes avaient les yeux rivés sur son pied, il s'empressa de remettre son chausson puis se dirigea vers la porte d'entrée, en boitant.

D'un signe de la tête, il salua les deux hommes, referma bien vite la porte et s'adossa contre le mur du couloir. Il poussa un soupir qui semblait venir du plus profond de ses entrailles.

Enfin seul chez lui, il alla dans la cuisine, alluma le poste de radio et ouvrit la porte du réfrigérateur. Il la repoussa d'un geste lent. Non, il n'avait pas faim.

Il se mit à la fenêtre. Les gendarmes avaient tiré le portail derrière eux ; il ne voyait pas si leur véhicule était encore stationné dans la rue. Au lieu de se sentir soulagé, comme il l'avait espéré après leur départ, il éprouva une sensation d'oppression, comme si ses poumons étaient comprimés sous le poids de sa cage thoracique. Il desserra la ceinture de sa robe de chambre ; les symptômes ne faiblirent pas pour autant. Sa gorge était sèche, sa bouche pâteuse ; il se dirigea vers le salon et se servit un grand verre de whisky.

Loin de s'estomper, l'impression d'étouffement redoubla d'intensité. Il ouvrit la porte-fenêtre du salon et s'allongea sur le canapé. La tête renversée entre les coussins, les yeux grands ouverts, Jacques surveillait sa respiration. Il comptait les intervalles qui séparaient chaque inspiration. Il eut le sentiment que s'il cessait de contrôler ses muscles respiratoires, sa poitrine ne se soulèverait pas d'elle-même, il mourrait étouffé…

Épuisé, il finit par sombrer dans un sommeil agité et dormit plusieurs heures d'affilée. Un bruit léger, pareil à celui d'un bruissement d'étoffe, le réveilla en sursaut. Il leva une paupière et s'assit sur le canapé, balayant le salon du regard.

RAS. Il était bien seul.

La porte-fenêtre était grand ouverte. Un long frisson parcourut son échine.

Derechef, il entendit ce même bruit doux et confus. Son cœur se mit à battre la chamade.

Huguette était morte et pourtant, ça recommençait !

Il se dressa d'un bond sur ses deux jambes et s'immobilisa au milieu du salon.

Il retint sa respiration et guetta…

Un troisième bruissement. Cette fois-ci, il avait réussi à identifier sa provenance.

Il s'approcha de la porte-fenêtre à pas de loup.

D'un coup sec, il écarta le double-rideau en velours et recula de trois pas. Le corps replet de Huguette lui apparut en transparence, flottant à quelques centimètres au-dessus du sol. Son visage bouffi était entouré d'un halo de lumière. Elle lui souriait. Jacques fronça les sourcils et cligna des paupières. Non, il ne rêvait pas : Huguette était bien là, devant lui. Une main suppliante se tendit dans sa direction. Il n'en revenait pas : même morte, elle trouvait le moyen de venir quémander de l'argent. Jamais il ne se débarrasserait d'elle, jamais !

Le sang de Jacques ne fit qu'un tour. Ivre de colère, il empoigna la bouteille de whisky qui était posée sur la table basse et se positionna dans l'axe de la fenêtre.

— Tu ne vas pas encore venir me faire chier ! hurla-t-il en brandissant la bouteille au-dessus de sa tête.

Il visa la silhouette de la vieille dame et envoya valser la bouteille contre le rideau. Le verre se brisa dans un grand fracas qui lui fit fermer les yeux.

Quand il les rouvrit, Huguette avait disparu. Il se félicita d'avoir visé en plein dans le mille. Le rideau était fichu et le whisky gâché mais, au moins, Huguette n'était plus là !

Il aurait désormais la paix.

Convaincu qu'il venait de tuer son fantôme, il décida de fêter l'événement comme il se devait dans la cuisine. L'appétit lui étant subitement revenu, il se prépara un déjeuner pantagruélique, assorti d'un grand cru.

Il mangea peu et but beaucoup.

Chapitre IX

Dimanche 24, 17h30.

Le bureau de l'adjudant-chef Velganni était plongé dans la pénombre. Hadrien achevait de taper le rapport de l'intervention effectuée au domicile des Letellier. Il passa les doigts dans ses cheveux de jais, se frotta les yeux et jeta un rapide coup d'œil à la pendule. Les aiguilles indiquaient dix-sept heures trente.

Dans quelques heures, ce serait Noël…

Hadrien détestait tout particulièrement cette période de l'année ; de ce fait, il s'était porté volontaire pour assurer la nuit de garde à la caserne.

En face de lui, Simon Belfort somnolait sur une chaise, la tête appuyée contre le mur. De temps en temps, il soupirait longuement. Le cou étiré, les traits tendus, il paraissait encore plus maigre que d'ordinaire. À trente-quatre ans, il avait toutefois conservé une peau parfaitement lisse, dénuée de toute imperfection.

— Ça n'a pas l'air d'être la grande forme, Simon.

Simon redressa la tête. Son regard bleu était vitreux, son visage anormalement pâle.

— On ne peut décidément rien te cacher, grommela-t-il.

— Tu ferais mieux d'aller te reposer un peu chez toi avant le réveillon… Je peux terminer le rapport tout seul.

— Non, je vais le relire avec toi. Ce sera là ma modeste contribution.

— Il me semblait que tu devais avoir un peu ta fille pendant les vacances de Noël…

— Oui, c'est ce qui était prévu initialement ; mais le nouveau mec de Lucie a proposé de les emmener skier dans les Pyrénées. C'est pas avec mon modeste salaire de gendarme que je vais pouvoir rivaliser.

Hadrien parut ennuyé.

— Sinon, tu as prévu quelque chose de spécial pour ce soir ?

Simon jeta un œil sur l'écran de son téléphone portable, puis étira longuement ses bras derrière sa nuque.

— Non. Absolument rien, bougonna-t-il.

Hadrien leva un sourcil interrogateur.

— Tu ne passes pas le réveillon avec Lucie ?

— C'est ce qui était prévu à l'origine, mais elle m'a envoyé un message en début d'après-midi pour me dire que, finalement, elle avait d'autres projets.

— En gros, tu viens de te faire plaquer par texto.

— J'en ai bien l'impression, oui…

— C'est classe, ironisa-t-il. Qu'est-ce que tu as fait pour qu'elle te quitte un 24 décembre ?

— Elle ne m'a pas donné de raison. Faut croire qu'il n'y en a pas… Les femmes sont si changeantes.

— Rappelle-la, et vois si tu ne peux pas rattraper le coup. Tu ne vas pas rester enfermé dans ton appart tout seul ce soir.

— Hors de question ! Qu'elle aille se faire voir ! Et ne t'inquiète pas trop pour moi. Tu connais le dicton : une de perdue, dix de retrouvées ! déclara-t-il crânement en posant les pieds sur le bord du bureau. Et d'ajouter : j'ai lancé plusieurs invitations simultanées. Il y en a bien une qui va répondre.

— Vraiment, Simon, tu m'épates… Je ne sais pas comment tu fais pour avoir autant de femmes à tes pieds.

— C'est une question de talent ! Je t'expliquerai un jour si tu veux.

— Non, sans façon, ça va aller…

— T'en es sûr ? Sincèrement, ça me fait de la peine de te voir toujours tout seul, plaisanta-t-il.

— Je ne veux surtout pas suivre ton exemple. Je tiens à ma réputation, et à ma vie.

— Pardon ?

— C'est un fait : tu as beaucoup de succès auprès de la gent féminine. Mais ça te joue parfois des tours. Je pensais qu'après ce qui s'était passé avec Amandine Doucet[2], tu aurais changé de stratégie, que ça t'aurait mis un peu de plomb dans la cervelle.

— Ça va. Ce n'est pas parce que je suis tombé une fois sur une foldingue que je dois me serrer la ceinture. *Toutes les belles ont le droit de nous charmer,*

2. *Voir* Les ombres de l'Erdre, *même auteur, même collection.*

et l'avantage d'être rencontrée la première ne doit point dérober aux autres les justes prétentions qu'elles ont toutes sur nos cœurs!

— Je rêve, là, ou tu es en train de citer Molière pour te justifier?

— Bien vu! Tout séducteur qui se respecte doit connaître par cœur cette célèbre tirade de *Dom Juan.*

— Fais attention! Que je sache, Dom Juan meurt foudroyé à la fin de la pièce.

— T'inquiète, je gère...

— Tu gères, tu gères... Je te rappelle que ton aventure avec Amandine a bien failli te coûter la vie... et la mienne, soit dit en passant.

— Oui, mais on s'en est sortis.

— J'ai quand même pris une balle dans la cuisse à cause de toi. Tu ne voudrais pas essayer de te ranger une bonne fois pour toutes?

— Tu plaisantes, j'espère? Tu te vois, toi, rester avec la même femme toute ta vie?

— Faudrait déjà que j'en trouve une!

— Il n'y a rien de plus facile: des nanas, il y en a partout, Hadrien! Il suffit d'ouvrir un peu les yeux et de regarder du bon côté.

Une lumière aveuglante jaillit du plafonnier. Hadrien et Simon pivotèrent sur leur chaise en même temps.

Le lieutenant Émilie Girard se tenait dans l'encadrement de la porte, les mains posées sur les hanches, le menton levé. Malgré la coupe stricte de l'uniforme, sa silhouette élancée n'en demeurait pas moins féminine.

Confus, Simon retira ses pieds du bureau et affecta de ranger la paperasse qui se trouvait devant lui.

— Messieurs, j'espère que je ne vous dérange pas en plein travail…

Sans attendre de réponse, elle ajouta :

— Veuillez me suivre dans mon bureau. Nous ferons le point sur votre intervention de ce matin.

Émilie tourna les talons et disparut dans le couloir. Les deux hommes échangèrent un long regard. Simon se leva et alla s'assurer que le lieutenant était bien parti.

— Tu crois qu'elle nous a entendus ? chuchota-t-il.

Hadrien hocha la tête.

— Tu plaisantes, n'est-ce pas ?

— Non, je serais même prêt à parier qu'elle nous écoutait depuis quelques minutes dans le couloir.

— C'est bon : je suis grillé !

— Ne me dis pas que tu avais l'intention de la séduire ?

— Pourquoi pas ? Elle est plutôt canon.

Hadrien dodelina de la tête et lui lança un regard réprobateur.

— Allez, Hadrien, ne joue pas les rabat-joie avec moi. J'ai bien vu qu'elle te plaisait à toi aussi.

— Oui. Mais contrairement à toi, je sais faire la part des choses. Au cas où cela t'aurait échappé, c'est notre supérieure hiérarchique. Bref ! Qu'elle nous ait entendus ou pas, elle n'aura rien appris qu'elle ne sait déjà.

— Comment ça ?

— Bien qu'elle ne soit arrivée à la caserne que depuis deux mois, j'imagine qu'elle s'est renseignée sur chacun des membres de son équipe. Je suppose que le lieutenant Hoffman l'a mise en garde contre ton charme irrésistible lors de la passation de pouvoir.

Les joues de Simon prirent feu. Le rouge de son visage contrastait singulièrement avec le blanc de ses yeux.

Hadrien s'empara du dossier Letellier et quitta la pièce, un large sourire au coin des lèvres. Simon lui emboîta le pas dans le couloir et fit une halte devant la porte des toilettes. Il jeta un œil dans le miroir, aspergea ses joues d'eau froide et remit un peu d'ordre dans ses cheveux bruns.

Le lieutenant Girard était au téléphone quand Hadrien et Simon pénétrèrent dans son bureau. Elle avait punaisé quelques posters au mur afin de rendre la pièce plus chaleureuse. Elle était de toute évidence passionnée par la conquête spatiale.

Elle les laissa patienter debout de longues minutes pendant qu'elle s'entretenait avec le procureur. Les deux hommes en profitèrent pour l'observer en silence.

Émilie raccrocha enfin. D'un léger signe de la main, elle les invita à s'asseoir face à elle. Hadrien lui tendit le dossier qu'elle parcourut rapidement.

Il ne pouvait détacher son regard de ses doigts fins qui entortillaient ses longues boucles brunes. Il en éprouva un pincement au cœur.

Bon sang, ce qu'elle est belle ! songea-t-il.

Il se ravisa aussitôt.

Mieux valait garder ses distances avec elle. Émilie n'était certainement pas de celles qui se laissent approcher facilement. Elle ne risquerait pas de se compromettre avec l'un de ses subalternes.

Enfin, le lieutenant releva la tête.

— Bien, Messieurs, vous m'avez fait comprendre tout à l'heure que madame Letellier ne se serait pas suicidée comme tout porte à le croire. Faites-moi part de vos premières observations.

— Monsieur Letellier nous a contactés ce matin à sept heures quarante-cinq, afin de signaler la disparition de son épouse, Huguette Letellier. Nous sommes arrivés sur place vers huit heures.

Hadrien fut surpris de constater qu'elle prenait des notes, comme lui, dans un petit carnet de couleur sombre.

— Monsieur Letellier semblait très affecté par la disparition de son épouse. Il nous a aussitôt montré la lettre qu'il avait trouvée à son réveil, posée sur la table de la cuisine.

— Montrez-la-moi, ordonna-t-elle.

Hadrien la lui tendit, elle la lut à voix haute :

— « *La vie est devenue trop difficile à supporter. Adieu. Huguette* ». Cette lettre ne va pas nous être d'une grande utilité…

— Elle nous a aussi surpris, confirma Simon. En général, les personnes qui mettent fin à leurs jours donnent davantage d'explications à leur geste.

— Monsieur Letellier a-t-il confirmé qu'il s'agissait bien là de l'écriture de sa femme ? demanda Émilie.

— Oui. Il a été catégorique, répondit Hadrien. Mais, je pense que nous devrions transmettre cette lettre à nos experts en graphologie.

— Pourquoi ?

— L'enquête de voisinage a démontré que les rapports entre les époux Letellier étaient très conflictuels, déclara Hadrien. J'ai fait quelques recherches : au cours des six dernières années, Huguette Letellier avait déposé plainte contre son mari à trois reprises.

— De quoi l'accusait-elle exactement ?

— Son époux aurait menacé de la tuer alors qu'il se trouvait sous l'emprise de l'alcool. Mais il n'y a pas eu de témoins. La dernière plainte est plus récente : elle remonte à l'hiver dernier. Monsieur Letellier l'aurait délibérément enfermée toute une nuit dans le cabanon du jardin, par des températures négatives. Alertée par les cris de la vieille dame, une voisine a appelé les secours. Le mari n'a pas nié les faits. Il s'est défendu en accusant à son tour sa femme d'avoir voulu l'empoisonner avec de la mort-aux-rats. À la suite de ces événements, madame Letellier a fait une tentative de suicide en avalant une boîte d'antidépresseurs. Elle a été hospitalisée quinze jours en service psychiatrique. Selon les déclarations de Marthe Robert, une voisine et amie de Huguette Letellier, les époux se disputaient sans relâche en raison d'importants problèmes d'argent. Ce qui nous a été confirmé par un autre voisin, Jacques Desfontaine.

— Encore un couple qui ne se supportait plus, mais qui était incapable de se séparer, remarqua le lieutenant avec une certaine aigreur dans la voix. Dans ces conditions, vous avez raison : il apparaît souhaitable de faire expertiser cette lettre. Poursuivez, je vous prie.

— Monsieur Letellier nous a expliqué les circonstances précises de la disparition de sa femme : ils se seraient disputés la veille, au sujet d'une pince coupante appartenant à leur voisin, monsieur Desfontaine. Ce dernier se serait présenté à leur domicile dans la soirée afin de récupérer ladite pince. Contre l'avis de son épouse, monsieur Letellier serait allé rendre la pince à son voisin aux alentours de vingt-trois heures. À son retour, les époux auraient eu à nouveau une violente altercation. Monsieur Letellier se serait couché vers vingt-trois heures trente, sans son épouse.

— Le légiste dépêché sur place a-t-il pu vous donner l'heure exacte du décès ? s'enquit le lieutenant en relevant le nez de ses notes.

— Il estime que le décès serait survenu entre minuit et une heure trente du matin, répondit Simon. Le corps ayant séjourné toute la nuit dans l'eau du puits, seule l'autopsie permettra de déterminer précisément l'heure de la mort.

— En dehors de leur relation conflictuelle, qu'est-ce qui vous fait penser qu'il pourrait ne pas s'agir d'un suicide ?

— Plusieurs éléments sont assez troublants dans cette affaire, répondit Hadrien. Premièrement, madame Letellier n'avait physiquement pas la force de soulever seule la dalle de béton armé qui condamnait l'ouverture du puits. Monsieur Letellier a certifié qu'il était fermé depuis plusieurs années.

— Je peux vous confirmer que cette dalle est extrêmement lourde, déclara Simon. Je l'ai moi-même soulevée pour vérifier si oui ou non la vieille dame aurait pu la déplacer seule. J'ai dû m'y reprendre à plusieurs reprises avant de pouvoir la déposer sur le rebord du puits, à l'endroit précis où nous l'avions trouvée. Madame Letellier était une petite femme replète de quatre-vingts balais ! Autant vous dire qu'elle était loin d'avoir ma force.

L'espace d'un instant, Hadrien crut déceler un sourire sur les lèvres du lieutenant.

Elle s'en aperçut et lui fit signe de poursuivre.

— Deuxièmement, le légiste a relevé la présence d'un hématome suspect à l'arrière du crâne de la victime.

— Elle aurait très bien pu se cogner la tête en basculant dans le puits, rétorqua-t-elle.

— Le légiste était quelque peu dubitatif.

— Dans ce cas, il nous faudra patienter jusqu'à mardi… regretta Émilie. Je suppose que le docteur Bellanger n'est pas disposé à pratiquer une autopsie un 25 décembre.

— C'est en effet peu probable, confirma Simon.

— Je n'ai jamais eu affaire à ce médecin, je ne le connais que de réputation. À ce qu'on m'a dit, il aurait permis de résoudre de nombreuses enquêtes criminelles.

Hadrien et Simon échangèrent un regard. Tous deux connaissaient parfaitement le docteur Bellanger : il avait contribué à la résolution des trois homicides qui avaient ébranlé la commune de Carquefou, l'hiver précédent.

— Messieurs, d'autres éléments ?

— Oui, plusieurs, annonça Hadrien. Nous avons interrogé monsieur Letellier en début d'après-midi. Il a reconnu avoir menacé son épouse à plusieurs reprises. Mais il nous a assuré que jamais il ne lui aurait fait de mal ; selon ses déclarations, il cherchait seulement à l'impressionner.

— C'est le genre d'argument que nous recevons malheureusement trop souvent… souffla-t-elle en faisant cliquer son stylo sur le bureau. L'avait-il menacée récemment ?

Hadrien acquiesça.

— Un voisin a déclaré que la semaine dernière, il l'avait entendu dire à sa femme qu'il allait l'enterrer dans le jardin. Nous avons interrogé monsieur Letellier à ce sujet : il a nié en bloc. Et je vous avoue que j'ai quelques doutes quant au crédit qu'on peut apporter au témoignage du témoin.

Hadrien exposa en quelques mots l'entrevue qu'ils avaient eue avec Jacques Desfontaine. Il précisa notamment que ce dernier entretenait des rapports très tendus avec le couple Letellier. L'homme s'était montré particulièrement nerveux lors de leur visite et peu coopératif. Simon ajouta :

— Maurice Letellier a également déclaré que son voisin avait braqué un fusil de chasse sur lui, samedi soir, alors qu'il était venu lui rendre sa pince coupante. Cela dit, il n'a pas souhaité porter plainte contre lui…

— Décidément, quelle ambiance dans le quartier ! s'exclama Émilie sur un ton mi-figue, mi-raisin. Vous avez d'autres infos sur ce Desfontaine ?

— Selon les témoignages que nous avons recueillis, ce type serait une véritable cocotte-minute ambulante, répondit Simon. Depuis le décès de sa mère, en juillet dernier, il se serait complètement renfermé sur lui-même et aurait sombré dans l'alcool.

Hadrien évoqua la blessure que Jacques avait sur la joue droite, son incapacité à se souvenir avec exactitude de son emploi du temps de la veille au soir, sans oublier le récit kafkaïen qu'il avait fait des mésaventures qu'il imputait directement à ses voisins. Enfin, il mentionna les menaces que Jacques avait adressées à Huguette le soir même de sa mort. Émilie demeura silencieuse quelques instants, puis demanda :

— Savez-vous comment sa mère est morte ?

— Une simple chute dans les escaliers, répondit Simon. Soit dit en passant, madame Desfontaine a laissé derrière elle une belle petite fortune. En tant que fils unique, Jacques a hérité de la totalité de ses biens. Autant vous dire qu'il a touché le jackpot !

— Combien au juste ?

— De mémoire, je dirais la modique somme de trois millions d'euros…

Émilie Girard émit un long sifflement d'admiration.

— Quelle mémoire !

— Oh ! Vous savez, tout le monde est au courant dans la commune. Sa mère avait remporté la super cagnotte du loto au printemps. Cette histoire avait fait la une des journaux.

Le lieutenant se leva et fit quelques pas en direction de la fenêtre. L'air pensif, elle croisa les bras sur sa poitrine. Simon l'observait, la tête légèrement inclinée sur le côté, les lèvres entrouvertes. Hadrien lui assena un coup de coude dans les côtes et lui décocha un regard noir.

— Je jetterai un œil sur ce dossier tout à l'heure, déclara-t-elle en appuyant son dos contre la fenêtre. Revenons-en à Huguette Letellier, je vous prie. Les techniciens ont-ils relevé des empreintes ou des traces d'ADN aux abords du puits ?

— Ils ont effectué divers prélèvements sur place, mais il nous faudra attendre les résultats des analyses. Nous devrions les recevoir demain en fin de matinée. En revanche, il y a un élément qui nous a paru troublant.

— Lequel ?

— Mis à part nos empreintes de pas et celles du mari, il n'y avait aucune autre trace au sol, pas même celles de madame Letellier.

— Comment cela se peut-il ? S'il y avait les vôtres, il devrait logiquement y avoir les siennes. Le rapport du légiste précise qu'elle pesait un bon quintal. Elles auraient été effacées ?

— C'est un mystère qu'il nous faut élucider au plus vite, déclara Hadrien, l'air soucieux. C'est précisément cette pierre d'achoppement qui oriente notre enquête vers un assassinat. Nous avons émis plusieurs hypothèses. Compte tenu de son poids, il apparaît peu probable que madame Letellier ait été portée. À moins de s'y être mis à deux... Elle aurait pu aussi être transportée à l'aide de la brouette qui se trouvait entreposée à côté du puits.

— Ne pensez-vous pas que Messieurs Desfontaine et Letellier auraient pu s'associer pour assassiner la vieille dame ? interrogea le lieutenant. D'après ce que vous venez de me dire, aucun des deux hommes ne la supportait. Et tous deux l'avaient menacée à plusieurs reprises.

— Bien que cela nous apparaisse peu probable, nous n'écartons pas cette hypothèse, répondit Hadrien.

— Avez-vous une explication concernant l'absence d'empreintes autour du puits ?

— Le sol est recouvert de graviers. Il suffit de s'armer d'un râteau ou d'une pelle, et le tour est joué ! assura Simon.

Émilie jeta un œil à sa montre, soudainement nerveuse.

— On a évoqué tout ce que vous avez pour l'instant ?

Les deux hommes acquiescèrent.

— Dans ce cas, je vous remercie. Vous pouvez disposer, déclara-t-elle en s'asseyant dans son fauteuil.

Alors que Simon quittait le bureau, le lieutenant demanda à Hadrien de rester quelques instants encore et de fermer la porte.

Surpris par le timbre de voix particulièrement doux de la jeune femme, Hadrien pivota sur ses talons et revint sur ses pas.

— Que puis-je faire pour vous ?

— Je tiens à vous remercier de vous être porté volontaire pour remplacer l'un de vos collègues, alors que c'est le réveillon de Noël… Vous n'aviez rien de prévu, j'espère ?

— Non, absolument rien. Je n'ai aucune famille dans la région, et je vis seul dans mon appartement. Et, pour ne rien vous cacher, je n'ai aucun attrait pour les fêtes de fin d'année. En définitive, ça m'arrange plutôt.

— Me voilà rassurée, déclara-t-elle avec un enthousiasme surprenant.

Le lieutenant esquissa un large sourire, se leva de son fauteuil et se dirigea d'un pas léger vers l'armoire métallique. Elle l'ouvrit et en sortit un sac isotherme qu'elle déposa sur son bureau.

— Comme nous étions en sous-effectif, je me suis également portée volontaire pour assurer la permanence de cette nuit. Paul et Bastien seront à l'accueil, tandis que nous, nous patrouillerons ensemble.

Les yeux écarquillés, Hadrien la regarda extraire du sac toute une ribambelle de petits paquets emballés.

— J'ai découvert une petite boutique de produits locaux dans le bourg de Carquefou. Je me suis dit que ce serait parfait pour le réveillon de Noël. J'espère que cela vous conviendra.

Bras ballants, Hadrien demeura interdit. Émilie avait absolument tout prévu, jusqu'aux serviettes en papier. Jamais il n'aurait imaginé passer la soirée du réveillon en si charmante compagnie.

*

— Alors, qu'est-ce qu'elle te voulait, la patronne ? s'enquit Simon, lorsque Hadrien vint le rejoindre dans son bureau.

— Rien ; elle voulait juste me remercier…

— Te remercier de quoi ?

— De m'être porté volontaire pour la garde de cette nuit.

Simon scruta attentivement le visage de son collègue avant de déclarer :

— Il y a autre chose… Ça se voit rien qu'à ta tête, Hadrien…

— Que veux-tu qu'il y ait d'autre ?

— Je ne sais pas, c'est à toi de me le dire. Mais je sens que tu me caches quelque chose. Je commence à bien te connaître maintenant…

Hadrien haussa les sourcils en souriant et s'installa devant l'écran de son ordinateur en sifflotant. À quarante ans, la vie allait peut-être enfin lui sourire.

Chapitre X

20h30.

Moteur allumé, Hadrien patientait au volant du Peugeot Partner, les yeux rivés sur la porte de sortie de la caserne. Les essuie-glaces peinaient à déchirer le rideau de pluie qui se reconstituait inlassablement sur le pare-brise.

À cette heure-ci, la plupart des habitants de la commune réveillonnaient tranquillement en famille, autour d'un savoureux repas, dans une atmosphère chaleureuse. Alors que lui s'apprêtait à sillonner les rues de la ville, pour assurer la sécurité des Carquefoliens, sous une pluie diluvienne. Il passerait Noël ainsi. Ce serait, pour lui, un soir comme un autre, enfin presque… Mais pour rien au monde, il n'aurait échangé sa place.

La silhouette élancée du lieutenant Émilie Girard se dessina dans la lumière des phares. Hadrien s'étant approché le plus près possible du bâtiment principal, elle n'eut que quelques mètres à parcourir pour le rejoindre.

Lorsqu'elle ouvrit la portière, un vent glacial s'engouffra aussitôt dans le véhicule. Hadrien frissonna et tourna le bouton du chauffage à son maximum. La jeune femme déposa à ses pieds le sac isotherme qui contenait le dîner qu'elle avait préparé pour la soirée du réveillon. Elle retira son vêtement de pluie, et le jeta sur la banquette arrière.

— Quel temps de chien ! maugréa-t-elle en ébouriffant ses longs cheveux bouclés.

De subtils effluves floraux envahirent l'habitacle.

Hadrien ferma les yeux un instant. C'était, d'après lui, la première fois qu'elle portait ce parfum. À sa grande surprise, il se sentit désarçonné par cette fragrance enivrante. L'avait-elle mis spécialement pour l'occasion ? Hadrien réfréna ses pensées ; il lui fallait impérativement garder la tête froide. Depuis l'arrivée du lieutenant à la brigade, c'était la première fois qu'ils patrouillaient ensemble.

Il l'observa du coin de l'œil, tandis qu'elle examinait la feuille de route. Sa longue chevelure de jais retombait en cascade sur ses épaules. Une mèche était plaquée sur sa joue humide.

Cette vision troubla Hadrien.

Il se retint de ne pas tendre la main pour écarter cette mèche rebelle du bout de ses doigts.

Le lieutenant releva la tête et perçut le trouble de l'adjudant-chef. Les yeux d'Hadrien brillaient, malgré lui, dans la semi-obscurité de l'habitacle.

Elle rangea la feuille de route sur le tableau de bord et déclara d'une voix faussement détachée :

— C'est bon, on peut y aller ! On va commencer par la ZAC du Moulin Boisseau : depuis plusieurs jours, une bande de petits malins s'amuse à siphonner le réservoir des véhicules de la société Landreau. Ils ont été filmés par les caméras de surveillance du site, mais on ne voit pas leur visage sur les enregistrements. Le directeur nous a appelés ce matin : son entreprise a encore été visitée hier soir.

Elle sortit un téléphone portable de la poche de sa parka.

— Ils opèrent en général aux alentours de vingt et une heures, vingt et une heures trente. Avec un peu de chance, on pourra les prendre en flag.

Le véhicule de la gendarmerie progressait lentement sur l'artère principale de la ZAC. Depuis le départ de la caserne, la pluie n'avait cessé de battre le pavé.

Brusquement, une ombre surgit de nulle part et traversa la route, juste devant les roues du véhicule. Hadrien écrasa la pédale de frein et, par réflexe, plaqua sa main droite sur la cuisse du lieutenant.

Le véhicule glissa sur quelques mètres et stoppa sa course dans un crissement de pneus.

— Bordel ! C'était quoi ce truc ? hurla-t-il en regardant de tous côtés.

Stupéfaite, Émilie Girard écarquilla les yeux. Elle ouvrit la bouche pour protester, mais aucun son ne sortit.

— Excusez-moi, bredouilla-t-il en retirant promptement la main de la cuisse du lieutenant.

Émilie lui jeta un regard noir de réprobation. Hadrien crispa ses doigts sur le volant. Le véhicule redémarra lentement et reprit sa vitesse de croisière.

— Vos excuses, était-ce pour le freinage d'urgence ou bien pour votre main sur ma jambe ? interrogea-t-elle d'un ton mi-figue, mi-raisin.

Hadrien hésita puis répondit d'un ton flegmatique :

— Pour le freinage.

Il regardait droit devant lui, le visage impassible. Émilie n'aurait su dire s'il plaisantait ou non ; il avait répondu sans la moindre inflexion dans la voix. Elle ne le connaissait pas suffisamment pour en juger. Mais son attitude la déconcertait.

— Vous êtes toujours comme ça ? interrogea-t-elle, après avoir longuement hésité.

— Je ne comprends pas votre question. Que voulez-vous dire exactement par « comme ça » ?

Le lieutenant bascula sa tête en arrière sur l'appuie-tête, avant de répondre :

— Vous êtes un taiseux, n'est-ce pas ?

Hadrien la toisa de ses yeux sombres.

Ce mot sonnait comme un reproche dans sa bouche.

— Je ne suis pas de ceux qui parlent pour ne rien dire, repartit-il du tac au tac.

Le lieutenant détourna le visage et se pinça les lèvres.

— Mais si vous, vous avez envie de parler, je peux vous écouter… Cela ne me gêne pas, ajouta-t-il d'une voix railleuse.

La grande assurance du lieutenant commençait à se déliter peu à peu face à l'attitude déconcertante d'Hadrien. Elle se mordit fortement la lèvre inférieure en songeant au master de criminologie, option psychologie comportementale, qu'elle avait brillamment obtenu à l'Université de Rennes. Elle, qui se targuait d'être une excellente profileuse, se trouvait bien démunie, confrontée à la personnalité aussi complexe qu'intrigante de l'adjudant-chef Velganni.

Elle avait parcouru attentivement son dossier, comme elle l'avait fait pour chacun des membres de la brigade. Le sien avait particulièrement retenu son attention. Un peu trop sans doute... Le charme indéniable de l'adjudant-chef n'y était sans doute pas étranger. Il correspondait en tout point à ce qui lui plaisait chez un homme. Du haut de son mètre quatre-vingt-huit, Hadrien en imposait ; les épaules carrées, le port de tête altier, le regard d'un noir profond parfois empreint d'une certaine arrogance.

Depuis son arrivée à la gendarmerie de Carquefou, en octobre dernier, Hadrien avait été le seul à marquer une certaine distance, pour ne pas dire indifférence, à son égard. Cela n'avait fait qu'accroître son désir d'apprendre à mieux le connaître.

Jamais en sa présence elle n'avait eu le sentiment de n'être qu'une femme « déguisée » en lieutenant. Son prédécesseur, le lieutenant Hoffman, n'avait pas tari d'éloges sur le compte d'Hadrien. C'était de loin son meilleur élément. Force était de constater qu'il correspondait en tout point à la description qu'il lui avait faite : intégrité, probité, efficacité.

Un appel radio la tira brutalement de ses rêveries : il s'agissait d'une intervention dans le quartier de la Madeleine. Une femme était en danger. Il fallait faire vite. Suite à une violente dispute conjugale, elle s'était réfugiée avec ses deux enfants en bas âge dans la salle de bains. Son mari, vraisemblablement alcoolisé, la menaçait à l'aide d'une arme blanche. Le domicile du couple se trouvait à quelques encablures seulement de leur position. Hadrien enclencha le gyrophare et la sirène deux tons. Le véhicule fendit l'asphalte à vive allure et fut sur place en moins de cinq minutes.

À leur arrivée sur les lieux, les gendarmes découvrirent une femme d'une quarantaine d'années, en chemise de nuit, prostrée sur le trottoir. Tremblante de la tête aux pieds, elle serrait contre sa poitrine ses deux fillettes emmitouflées dans un grand drap de bain.

Leurs corps étaient secoués par de violents spasmes, leurs regards mêlés d'incompréhension et de peur.

Les volets des maisons circonvoisines s'étaient ouverts sur des visages frappés d'étonnement. Le quartier, ordinairement si tranquille, devenait, le soir de Noël, le théâtre d'une tragédie familiale; spectacle dont ils se seraient volontiers passés.

Hadrien installa aussitôt les deux fillettes apeurées sur la banquette arrière du véhicule. Il passa un appel radio afin de solliciter des renforts, tandis que le lieutenant tentait d'obtenir des informations auprès de la femme.

— Mon mari est devenu fou, parvint-elle enfin à articuler entre deux sanglots. Il a voulu nous tuer avec un couteau…

— Calmez-vous, lui enjoignit le lieutenant, et expliquez-moi ce qui s'est passé.

— Il a fouillé dans mon téléphone portable et a découvert des messages que mon collègue m'avait envoyés pour me souhaiter un bon réveillon.

Quand nous sommes passés à table, il m'a demandé des explications. Je lui ai dit que ce n'était qu'un collègue, rien de plus, mais il ne m'a pas crue. Il avait beaucoup bu… J'ai bien vu qu'il cherchait la dispute. Ensuite, il s'est jeté sur moi avec un couteau, en m'accusant de l'avoir trompé. Je l'ai repoussé de toutes mes forces ; il est tombé en arrière sur le carrelage. Comme il ne bougeait plus, j'ai pensé que je l'avais tué. Mais il s'est relevé en jurant qu'il allait nous tuer toutes les trois. J'ai vu dans ses yeux que ce n'était pas des paroles en l'air. J'ai eu peur pour mes enfants : nous nous sommes enfermées dans la salle de bains. Il a essayé d'enfoncer la porte à coups de pied ; alors, nous nous sommes enfuies par la fenêtre.

— Votre mari possède-t-il une arme à feu ?

La femme lui répondit qu'à sa connaissance, il n'en avait pas.

— Très bien, allez rejoindre vos filles à l'arrière du véhicule d'ici l'arrivée des secours.

Le lieutenant fit signe à Hadrien qui lui emboîta aussitôt le pas. Ils gravirent les marches de l'escalier quatre à quatre. Plusieurs coups de sonnette et de nombreuses sommations furent nécessaires avant que le mari ne daigne enfin ouvrir la porte d'entrée.

— C'est quoi encore ce bordel ? aboya-t-il en voyant les deux gendarmes en uniforme dressés sur le pas de sa porte.

L'homme dut s'agripper au montant de la porte afin de ne pas vaciller. Ses yeux injectés de sang se posèrent sur la mince silhouette du lieutenant. Un effroyable rictus déforma sa face violacée.

— Gendarmerie nationale ! annonça le lieutenant Girard, d'une voix ferme. Nous avons été appelés pour des faits de violences conjugales. Votre femme…

— Et alors, c'est ma femme ! l'interrompit-il sèchement. Qu'est-ce que ça peut bien vous foutre, à vous ? se récria-t-il en crachant au sol, à quelques centimètres des rangers du lieutenant.

— Vous avez menacé votre femme à l'aide d'une arme blanche. C'est un délit passible de la cour d'assises ! Veuillez nous suivre au poste, monsieur Morel, ordonna-t-elle.

L'homme aviné la regarda de haut en bas avec dédain. Le lieutenant esquiva un second jet de salive, avec un calme inébranlable.

Hadrien se tenait légèrement en arrière, sur la seconde marche, la main droite posée sur le ceinturon.

— C'est pas une bonne femme qui va me donner des ordres ! Ici, c'est chez moi, t'entends ? vociféra-t-il en brandissant le poing vers le lieutenant.

Excédé par l'attitude du quadragénaire, Hadrien gravit la dernière marche et se dressa de toute sa hauteur aux côtés d'Émilie.

D'un geste de la main, elle lui fit signe de ne pas intervenir.

— Puisque vous le prenez ainsi, nous vous plaçons directement en garde à vue ; vous avez le droit de garder le silence, vous pouvez faire appel à un avocat et demander à être visité par un médecin.

Le lieutenant s'empara de sa paire de menottes et ajouta d'une voix calme :

— Veuillez vous retourner, face contre le mur.

L'homme recula de trois pas à l'intérieur de sa maison en ricanant méchamment.

— Non, mais… Pour qui elle se prend, la greluche ? C'est pas avec tes cinquante kilos que tu vas me passer les bracelets…

D'un geste vif, il referma la porte. Le lieutenant bondit en avant et interposa son pied dans l'entrebâillement.

Hadrien avait dégainé son arme. Il fit plusieurs sommations avant d'asséner un puissant coup de pied sur la porte. L'ivrogne bascula en arrière en geignant.

En une fraction de seconde, le lieutenant se retrouva sur lui. Elle lui fit une clé de bras et le retourna sans ménagement, face contre le carrelage. Un genou enfoncé entre les deux omoplates, elle lui passa les menottes. L'homme se contorsionnait au sol en braillant comme une bête sauvage.

— Salope ! hurla-t-il de toutes ses forces. Toutes des salopes ces bonnes femmes !

Hadrien le saisit par le col de sa chemise et le redressa *manu militari* sur ses deux jambes. Il dut le soutenir fermement afin qu'il ne s'affale pas dans l'escalier.

Un second véhicule de la gendarmerie ainsi qu'une ambulance venaient d'arriver, toutes sirènes hurlantes.

Malgré la pluie et le vent, les voisins s'étaient attroupés sur le trottoir d'en face, blottis sous un éventail de parapluies multicolores. La mine effarée, mais soulagée, ils assistèrent à l'arrestation de celui qui venait d'offrir un triste spectacle de Noël à ses petites filles.

Tandis que la femme et les deux fillettes avaient été prises en charge par les secouristes, et le mari violent, placé en cellule de dégrisement, les deux gendarmes avaient repris place à bord du véhicule de patrouille. Ils n'échangèrent pas un mot, murés dans leurs pensées. Parvenus à hauteur du rond-point de la Fleuriaye, le lieutenant suggéra de faire un détour du côté de Port-Jean. Hadrien s'exécuta sans poser de question. Émilie lui indiqua un emplacement sur lequel il gara le véhicule. La veille, elle avait repéré cet endroit en bordure de l'Erdre.

Hadrien coupa le moteur, mais laissa les phares allumés. La vue qui s'offrait à leurs yeux, en ce soir de Noël, était quasi fantasmagorique. Les faisceaux des phares braqués sur la rivière luttaient contre l'assaut des traits obliques de la pluie, qui s'abattait avec fougue sur la surface de l'eau.

L'habitacle était plongé dans la pénombre. Seul le tableau de bord lumineux apportait un peu de clarté.

Parler leur était pratiquement impossible, tant le bruit de la pluie et du vent qui frappait la carrosserie était assourdissant. Ils demeurèrent ainsi quelques instants, bercés par le mouvement hypnotique des essuie-glaces.

La pluie cessa d'un coup. Ils se regardèrent, fortement surpris par ce soudain changement d'ambiance. Dans le silence de la nuit, on n'entendait plus que le tintement des mâts des bateaux. Émilie se racla la gorge.

— Le lieutenant Hoffman m'a raconté ce qui s'est passé ici, l'hiver dernier… Un meurtre particulièrement sordide.

Hadrien tourna son visage vers elle, mais demeura silencieux.

— Si j'ai bien compris, vous étiez présent, ce soir-là, lors de la découverte du corps… La victime était une amie intime de l'adjudant Belfort, c'est cela ?

Hadrien ne répondit pas. L'air étant devenu presque étouffant, il coupa le chauffage et abaissa un peu la vitre.

Elle se pencha légèrement vers lui.

— Vous êtes avec moi, Hadrien ? demanda-t-elle d'une voix étrangement douce.

— Oui, répondit-il dans un souffle.

— J'ai jeté un œil au dossier, et je dois vous avouer que j'en ai eu froid dans le dos…

Hadrien avait baissé les paupières. Les images qui lui revenaient en mémoire lui firent contracter les mâchoires.

— Peut-être n'avez-vous pas envie d'en parler ?

— En effet, je n'y tiens pas particulièrement… Du moins, pas ce soir.

— Je comprends… Veuillez m'excuser, Hadrien : ce n'était pas très habile de ma part… Mais n'allez pas croire que je vous ai emmené ici pour évoquer cette affaire. Je trouvais l'endroit plutôt sympa, idéal pour un soir de Noël.

Émilie alluma la lumière du plafonnier, puis s'empara du sac isotherme qui se trouvait à ses pieds.

Elle en sortit une bouteille de jus de raisin pétillant.

— Vous connaissez ce produit ? Il paraît que c'est une tuerie, sans vouloir faire un vilain jeu de mots.

Hadrien opina de la tête.

— Les vignes se trouvent juste derrière nous, précisa-t-il. Nous sommes passés devant tout à l'heure. Je dois reconnaître qu'il est excellent.

— Parfait, alors ! se réjouit-elle. J'ai également apporté un morceau de cantal. Je tenais à vous faire découvrir une spécialité de ma région.

— Vous venez du Cantal ? Ça ne s'entend pas ! s'étonna-t-il. D'ordinaire, les Auvergnats ont un accent à couper au couteau.

— C'est parce que ma famille s'est installée à Rennes quand j'avais douze ans. Mais je suis restée profondément attachée à ma terre natale. J'y retourne régulièrement pour faire de la rando en montagne et voir mes amis d'enfance.

— Est-ce indiscret de vous demander pourquoi vous avez été mutée à la brigade de Carquefou ? Un collègue de Nantes devait initialement remplacer le lieutenant Hoffman. Vous auriez pu retourner vivre dans votre région…

Émilie détourna le regard et hésita avant de répondre :

— Si ça ne vous dérange pas, j'aimerais autant ne pas aborder ce sujet-là ce soir… Profitons de cette accalmie pour déguster une bonne bouteille ! proposa-t-elle d'une voix excessivement joyeuse.

Hadrien se mordit les lèvres. Il regrettait de s'être montré aussi curieux. Jamais auparavant il ne s'était permis de s'immiscer dans la vie de ses collègues, encore moins dans celle de ses supérieurs.

Il déboucha la bouteille, se pencha vers elle, et remplit précautionneusement le verre qu'elle avait dans sa main. Ses doigts effleurèrent les siens. Le contact de sa peau la fit frissonner de la tête aux pieds. Hadrien perçut les tremblements de la jeune femme, mais ne retira pas pour autant sa main. Il sentit le souffle chaud d'Émilie sur sa joue droite.

Cela le troubla bien plus qu'il ne l'aurait imaginé. Il s'écarta enfin et se servit à son tour.

Ils trinquèrent et burent dans un silence quasi solennel. Émilie se demandait si c'était finalement une si bonne idée d'avoir modifié le planning pour se retrouver seule avec lui le soir de Noël. Alors qu'elle souhaitait initialement mieux apprendre à le connaître, comme elle l'avait fait pour chacun des membres de la brigade, qu'il soit homme ou femme, ne s'était-elle pas menti à elle-même en organisant ce moment privilégié ?

De son côté, Hadrien ne savait que penser du lieutenant Girard. Comment avait-elle pu faire preuve d'une telle force de caractère et d'un courage aussi manifestes lors de l'interpellation, et se montrer à ce point vulnérable ? Cette femme demeurait pour lui un vrai mystère…

Chapitre XI

Mardi 26 décembre.

Depuis une bonne demi-heure, Jacques faisait les cent pas. De temps en temps, il jetait un œil sur la vieille comtoise qui trônait majestueusement au milieu du salon, soupirait, puis reprenait sa marche frénétique. Il allait bientôt être dix heures, et le technicien de l'entreprise Erdre-Securis n'était toujours pas arrivé.

— Bon Dieu, qu'est-ce qu'il fout encore, celui-là ? grommela-t-il entre ses dents. C'est quand même pas compliqué d'arriver à l'heure ! C'est bien la peine de fixer un rendez-vous tôt le matin, si c'est pour se pointer à midi.

Des borborygmes sonores s'échappèrent de son estomac, lui rappelant qu'il n'avait pas pris de petit-déjeuner. Il s'était contenté de vider le reste d'une bouteille entamée la veille, pour tromper la faim et dissiper ses angoisses. Depuis plusieurs jours, la simple vue de la nourriture au réveil lui provoquait des haut-le-cœur.

Son visage blafard était creusé par d'énormes cernes bleus. Depuis la disparition de Huguette, Jacques ne dormait plus que par intermittence.

Dimanche soir, les bruits avaient repris de plus belle.

Jacques était désespéré. Des grincements de porte et des bruits de pas sur le parquet de l'étage se faisaient entendre dès que ses paupières, gonflées de sommeil, se refermaient. Il se redressait alors en sursaut dans son lit, le cœur battant, le souffle court.

L'angoisse étant encore montée d'un cran, il avait dû se résoudre à laisser la lampe de chevet allumée toute la nuit. Cette dépense en électricité lui saignait le cœur. Mais le sommeil n'avait pas de prix. Il patientait de longues heures, allongé sur le dos, les yeux grand ouverts, l'oreille à l'affût du moindre bruit.

La présence de la vieille carabine de Charles, posée sur le lit, à portée de main, ne l'apaisait pas vraiment. Et pour cause, Jacques ne savait pas s'en servir. Malgré les sollicitations réitérées de son père, il avait toujours refusé d'apprendre à manipuler une arme à feu. Il commençait à regretter de ne pas avoir suivi ses conseils.

Durant ces nuits d'insomnie, il se levait à maintes reprises, sans faire de bruit, marchant à pas de loup dans le couloir. La carabine en bandoulière, il descendait l'escalier en veillant à ne pas faire grincer les marches.

En vain. Chaque fois qu'il arrivait en bas, la maison dormait paisiblement. Il retournait se coucher, l'esprit tourmenté, et commençait à douter de lui-même.

Ces bruits n'étaient-ils pas simplement le fruit de son imagination ?

Était-il en train de perdre la tête ?

Par précaution, il avait décidé de maintenir son rendez-vous avec l'expert en vidéosurveillance.

Il voulait savoir… Quoi que cela lui en coûtât.

Le tic-tac de l'horloge lui tapant sérieusement sur les nerfs, il se réfugia dans la cuisine et s'installa à la table, devant un verre de cidre doux. Dès qu'il percevait le bruit d'un moteur, il se précipitait à la fenêtre, et revenait s'asseoir, profondément déçu.

Enfin, la sonnette de l'entrée retentit. Il souleva discrètement le rideau de la cuisine. Un homme en chemise blanche et veste sombre se trouvait sur le perron, une grosse mallette grise posée à ses pieds. Jacques s'empressa d'aller ouvrir la porte et le fit entrer sans perdre de temps.

Le représentant devait avoir une trentaine d'années. Son visage aux traits réguliers était éclairé d'un regard vif et perçant.

Jacques ne put s'empêcher de lui signifier qu'il était très en retard. Il devait reprendre son travail à treize heures. Par sa faute, il n'aurait probablement pas le temps de déjeuner ce midi. Le vendeur devait donc se hâter.

— Nous pouvons fixer un autre rendez-vous si vous le souhaitez, proposa le représentant.

— Ah ça, non ! Certainement pas ! J'ai déjà perdu une demi-journée de congé pour rien. Je vous attendais comme convenu à neuf heures trente et vous vous pointez à onze heures.

— J'ai eu un contretemps sur un chantier, j'ai fait au plus vite, croyez-moi, s'excusa le technicien d'une voix contrite.

Jacques fit signe au vendeur de le suivre dans la cuisine. À peine l'homme eut-il pénétré dans la pièce qu'il fut fortement incommodé par les effluves boisés qui saturaient l'air. Il réprima une grimace en apercevant les volutes de fumée s'échappant de l'encensoir posé sur le buffet. Il toussota, espérant que le client s'aperçoive de sa gêne. Il n'en fut rien.

Il déposa sa mallette sur la table, l'ouvrit et en sortit un formulaire de trois pages. Jacques fronça aussitôt les sourcils.

— C'est quoi, tous ces papiers ?

— C'est un questionnaire. Nous allons le remplir ensemble afin de déterminer avec précision quelles sont vos attentes. Il nous permettra d'aller plus vite. Nous pourrons définir le modèle de caméra qui sera le plus adapté à vos besoins. Ne vous inquiétez pas, cela ne vous engage à rien.

— C'est parfaitement inutile, rétorqua Jacques, en lui signifiant de ranger le questionnaire. Je sais déjà ce que je veux : ce n'est pas la peine de perdre de temps avec de la paperasse.

Le technicien, peu désireux de contrarier son nouveau client, s'exécuta sans perdre de temps.

— Très bien. Dans ce cas, dites-moi exactement ce que vous souhaitez.

Jacques était satisfait. L'affaire allait être réglée en peu de temps. Les deux hommes s'installèrent sur une chaise autour de la table, l'un en face de l'autre.

— C'est très simple à comprendre : j'aimerais que vous installiez des caméras dans chaque pièce de ma maison. Je veux voir ce qui se passe chez moi, en mon absence.

Interloqué, le commercial se frotta le menton.

— Il n'est peut-être pas utile d'équiper toutes les pièces de votre maison. Pouvez-vous me dire s'il y a une raison particulière qui vous encourage à équiper votre maison ?

Jacques réfléchit.

Il ne pouvait décemment pas lui dire la vérité. L'homme le prendrait assurément pour un fou ; pire, il en profiterait pour abuser de sa confiance.

— Il y a eu pas mal de cambriolages dans le quartier, alors vous comprenez…

— Oui, je comprends parfaitement, monsieur Desfontaine. Je dois bien avouer que j'ai rarement eu l'occasion de voir une propriété aussi remarquable que la vôtre. Il est donc normal que vous songiez à protéger votre patrimoine et votre famille. Combien de personnes habitent ici ?

Jacques se redressa sur le dossier de sa chaise. Cette question était suspecte. Quel besoin avait-il de savoir qui habitait dans cette maison avec lui ? Était-ce une question piège ?

— Je vis seul, reconnut-il pourtant.

Le technicien émit un sifflement.

— Vous avez bien du mérite : entretenir une si grande demeure ne doit pas être de tout repos.

Jacques montra un signe d'impatience.

— Vous avez de la chance, reprit l'homme, j'ai tout ce dont vous avez besoin, dans cette mallette. Vous allez voir, le modèle que je vais vous présenter est un vrai petit bijou de technologie, une merveille !

Le visage de Jacques s'illumina.

Ses yeux suivirent avec grand intérêt chacun des gestes du technicien. L'homme disposa sur la toile cirée un boîtier gris anthracite, clipsé sur un socle amovible. Il sortit son téléphone portable, fit quelques réglages et le plaça sous les yeux de son client.

Jacques n'en revint pas. Il voyait son propre visage sur l'écran du téléphone, ainsi que tout ce qui se trouvait derrière lui. Le technicien effleura une icône en forme d'étoile et la caméra se mit à pivoter sur elle-même, offrant à Jacques une vue panoramique de sa cuisine. Les yeux ébahis du quinquagénaire n'en finissaient plus de suivre la rotation à trois cent soixante degrés de la caméra.

Le technicien se frottait déjà les mains, songeant au gros chèque qu'il allait bientôt encaisser. Son nouveau client était conquis.

— C'est exactement ce qu'il me faut, s'écria Jacques en joignant les deux mains. C'est parfait!

— Vous voyez que je ne vous mentais pas. C'est un vrai petit bijou… Et ce n'est pas tout: c'est un modèle Full HD équipé d'une vision nocturne, que vous pouvez relier à notre centrale de sécurité qui se trouve à moins de dix kilomètres de votre domicile. Autant dire que les interventions en cas d'intrusion sont extrêmement rapides. Vous pouvez aussi gérer toutes les options vous-même, en un simple clic, comme je viens de le faire à l'instant. Ah! J'allais oublier le plus important. Tous les enregistrements sont cryptés et sauvegardés dans le Cloud. Vous pouvez me faire confiance, il n'y a pas mieux sur le marché, aujourd'hui. C'est le dernier modèle. Alors, qu'en dites-vous?

Bien que n'ayant rien compris à cette litanie technique, Jacques hocha vigoureusement la tête. Pendant que l'homme poursuivait ses explications, il se leva et saisit deux verres et une bouteille de vin blanc. La perspective de pouvoir surveiller sa maison à toute heure du jour et de la nuit, quel que soit l'endroit où il se trouvait, lui procurait un sentiment de soulagement intense. L'âme légère, il se leva et sélectionna dans sa cave à vin l'une de ses meilleures bouteilles de cabernet.

— Combien ça coûte ? demanda-t-il en remplissant les verres à ras bord.

— D'ordinaire, ce modèle est vendu trois cent quarante-neuf euros. Mais je vous l'installe dès aujourd'hui, si vous le souhaitez, pour la modique somme de deux cent quatre-vingt-dix-neuf euros.

Le visage de Jacques se tordit en une grimace grotesque.

— Quoi ? Deux cent quatre-vingt-dix-neuf euros ! Deux cent quatre-vingt-dix-neuf euros ? répéta-t-il en portant une main à son front.

Il dut s'asseoir pour accuser le coup.

— Ce n'est là que le prix d'une seule caméra. Pour assurer la surveillance complète de votre maison, il faudrait en installer au moins trois : une à l'étage et deux autres au rez-de-chaussée. À cela, nous devons ajouter la somme de neuf euros par mois pour l'abonnement à la société de gardiennage.

Jacques manqua de s'étrangler en buvant son verre de vin. Du revers de la manche de son gilet, il essuya sa bouche humide.

— C'est une somme astronomique ! Qui peut se permettre de dépenser autant d'argent pour ce gadget ?

— Comme je vous l'ai expliqué, il s'agit là d'un modèle haut de gamme. Si toutefois c'est trop onéreux, je peux vous proposer un autre équipement. Cela dit, il y aura beaucoup moins d'options… Tenez, par exemple, je vous recommande cette caméra IP, 5 mégapixels. Vous pouvez la relier facilement à votre réseau local. Certes, c'est un modèle d'entrée de gamme, mais il est aussi fiable que le premier équipement que je vous ai présenté. Cette caméra ne coûte que cent vingt-neuf euros. Vous pouvez la connecter à votre portable et ainsi visualiser, en temps réel, tout ce qui se passe chez vous en votre absence.

— Je n'ai pas de portable, rétorqua Jacques, fortement contrarié.

— Ce n'est pas un souci, vous pouvez très bien le connecter en Wi-Fi à votre ordi.

— C'est que je n'ai pas d'ordinateur non plus.

Jacques se gratta le menton.

— Ça reste cher tout de même, surtout s'il faut que j'en prenne plusieurs. Vous n'auriez pas un modèle plus abordable et sans abonnement ?

À court d'arguments et de patience, l'homme passa une main dans ses cheveux gominés. Il desserra le nœud de sa cravate et se racla la gorge avant de déclarer d'un ton agacé :

— Nous aurions gagné du temps en remplissant le questionnaire, maugréa-t-il. Si votre budget n'est pas très élevé, je vous recommande d'acheter une seule caméra et de la positionner à un endroit stratégique. Par exemple dans votre entrée.

— Non, pas dans l'entrée. Je veux que vous m'installiez une caméra dans cette pièce, et qu'elle soit orientée dans cette direction, précisa-t-il en pointant son index en direction du réfrigérateur.

Le technicien regarda le frigo avec grand étonnement. C'était bien la première fois qu'on lui demandait d'équiper une cuisine.

— Dans cette pièce ? répéta-t-il, abasourdi par la singularité de cette demande.

Jacques hocha vigoureusement la tête.

— Si ce n'est pas trop indiscret, monsieur Desfontaine, puis-je savoir pourquoi vous voulez installer une caméra, précisément dans votre cuisine ? En général, on me demande plutôt d'équiper un salon, un bureau ou un hall d'entrée.

Jacques regarda par-dessus son épaule à gauche, puis à droite, afin de s'assurer qu'ils étaient bien seuls. Il se pencha en avant sur la table.

— Apprenez qu'il se passe des choses étranges ici, chuchota-t-il.

Le commercial dut s'incliner lui aussi pour entendre ce que Jacques avait à lui révéler de si mystérieux.

— Quelqu'un me vole de la nourriture et vide mes bouteilles dès que j'ai le dos tourné ! Et ça fait plusieurs semaines que ça dure. Au début, je pensais que c'était ma mémoire qui me jouait des tours… ou que j'étais distrait. Mais il se trouve que j'ai des preuves irréfutables !

— Quelles preuves avez-vous donc ?

Jacques observa le visage de son interlocuteur. De toute évidence, le commercial n'adhérait pas à son histoire. Vexé, Jacques se leva et ouvrit la porte du réfrigérateur. Il déposa sous les yeux du commercial une plaquette de beurre.

— Regardez par vous-même.

Le représentant eut beau observer la plaquette sous toutes ses coutures, il ne constata rien d'anormal.

— Mais si, vous voyez bien. Il est entamé des deux côtés. Or, moi, jamais je ne fais ça ! Jamais !

Le représentant demeura interdit, les yeux écarquillés. Jacques se dirigea à grands pas vers l'évier. Ses doigts tremblaient frénétiquement.

— Vous voyez cet essuie-main ? continua-t-il d'une voix essoufflée.

Le vendeur hocha la tête, réprimant le fou rire qui lui chatouillait les lèvres.

— Et bien, figurez-vous que ce matin en me levant, j'ai découvert qu'il était plié en quatre. Or, je le plie toujours en six, jamais en quatre ; ça porte malheur, tout comme le beurre ! Bref, vous pouvez vérifier par vous-même en regardant dans le placard. Ils sont tous pliés en six. C'est bien la preuve que quelqu'un s'est introduit ici, dans la nuit. Alors, vous comprenez, maintenant ?

L'homme n'osa faire aucun commentaire et se retint de rire. Mais mieux valait ne pas contrarier le client, s'il ne voulait pas rentrer bredouille à l'agence. Certes, il n'arriverait jamais à faire signer à ce pingre un devis de mille cinq cents euros, comme il l'avait espéré en franchissant le portail de cette somptueuse propriété, mais il était tout de même déterminé à repartir avec un petit chèque en poche.

— Oui, je comprends parfaitement bien. Quel est votre budget, au juste ?

— Je n'ai pas réfléchi à la question. Je veux ce que vous avez de moins cher et qui fonctionne sans ordinateur et sans téléphone.

— Dans ces conditions, je n'aurai qu'un seul équipement à vous proposer. Il s'agit de cette petite caméra GoPro, aussi discrète que robuste, assura-t-il en déposant l'objet sur la table. Comme elle est étanche, vous pourrez même l'utiliser en extérieur. J'ai remarqué en arrivant que votre jardin était admirablement entretenu. Je suis moi-même un passionné de l'art topiaire.

Jacques ne l'écoutait plus que d'une oreille distraite; il songeait à sa pince coupante. Ses yeux s'illuminèrent. Grâce à cette caméra, il pourrait également surveiller l'entrée de son atelier.

— Elle est dotée d'un écran tactile intuitif, et, cerise sur le gâteau, d'un détecteur de mouvement qui lui assure une belle autonomie de vingt-quatre heures.

— Combien coûte-t-elle, celle-ci?

— Une bouchée de pain: quatre-vingt-dix-neuf euros, et c'est sans abonnement!

— Ça fait quand même une sacrée somme!

— C'est le prix de votre tranquillité, monsieur Desfontaine. Si vous voulez, je vous l'installe dès aujourd'hui. Ainsi, quand vous reviendrez de votre travail ce soir, vous pourrez vérifier si quelqu'un est entré dans votre cuisine en votre absence. Si tel était le cas, vous auriez alors une preuve accablante à présenter à la gendarmerie. Je peux vous la fixer ici, derrière la porte vitrée de votre vaisselier, entre ces deux piles d'assiettes.

Le vendeur joignit le geste à la parole. Il s'empressa de déposer la caméra sur l'étagère, craignant que son client ne se ravisât une fois de plus.

— Vous voyez: ni vu ni connu!

L'horloge du salon sonna les douze coups de midi quand Jacques referma la porte d'entrée derrière le technicien.

Il passa plusieurs fois devant la vitrine de son vaisselier et se plaça à différents endroits de la cuisine afin de s'assurer que la caméra était parfaitement invisible.

Il ne lui restait que très peu de temps pour déjeuner ; il se contenta d'un morceau de fromage et d'une tartine de pain qu'il avala au plus vite avec deux verres de vin rouge.

Avant de partir, il suivit à la lettre les recommandations du technicien. Il appuya sur le bouton « ON » de la caméra. Le voyant rouge clignotait, signe qu'elle était bien en marche.

Le piège était tendu. Il n'y avait plus qu'à attendre que le poisson ne morde à l'hameçon, se dit-il en lui-même.

Jacques se félicita une nouvelle fois de cet achat prodigieux qui allait certainement changer le cours de son existence, bien qu'au fond de lui, il eût la sensation d'avoir été saigné à blanc. Quatre-vingt-dix-neuf euros, tout de même, ça faisait cher le bout de plastique.

Il enfila son blouson et referma la porte d'entrée à double tour. Deux fois plutôt qu'une, il vérifia qu'elle était bien verrouillée.

Puis, il descendit les marches du perron en se tenant fermement à la rambarde. Les deux verres de Pastis qu'il avait pris après le départ du commercial, pour fêter cette nouvelle acquisition, lui tournaient un peu la tête. Ses jambes eurent du mal à le porter jusqu'au garage.

Ce ne fut qu'au bout de la quatrième tentative que Jacques parvint à grimper sur sa bicyclette.

Mais il n'avait pas parcouru dix mètres qu'une voiture de la gendarmerie se gara à sa hauteur, sur le bas-côté de la route, lui barrant le passage. Son cœur bondit dans sa poitrine quand il reconnut les deux gendarmes qui avaient sonné chez lui le dimanche midi.

Que lui voulaient-ils encore, ces deux-là ?

Hadrien Velganni et Simon Belfort descendirent du véhicule et vinrent se poster de chaque côté de son vélo.

— Monsieur Desfontaine, nous vous prions de bien vouloir nous suivre à la gendarmerie, déclara le gendarme Belfort.

— Maintenant ? Mais pourquoi ?

— Nous avons des questions à vous poser.

— Si c'est au sujet de Huguette, je ne veux plus en entendre parler ! Je vous ai déjà tout dit, rétorqua-t-il en remontant sur la selle.

Hadrien empoigna le guidon et exerça une pression pour l'immobiliser.

— Veuillez descendre de votre vélo, ordonna-t-il sèchement.

— Mais, je ne peux pas ! Je dois aller travailler… Je vais être en retard.

— Ne vous inquiétez pas pour votre employeur. Nous le contacterons une fois arrivés à la gendarmerie. Maintenant, descendez de vélo et montez dans le véhicule.

Les yeux baissés, Jacques ne bougea pas d'un iota. Ses doigts étaient fermement agrippés aux poignées du guidon. Il inspirait bruyamment par les narines.

— Écoutez, monsieur Desfontaine, c'est simple. Soit vous venez de votre plein gré, soit nous vous plaçons en garde à vue.

Face au ton péremptoire de l'adjudant-chef Velganni, Jacques prit peur et ne s'obstina pas davantage. Il déposa sa bicyclette au garage et s'assit dans le véhicule, en marmonnant des phrases incompréhensibles.

La mort dans l'âme et les yeux embués de larmes, Jacques jeta un dernier regard dans la lunette arrière du véhicule. Il vit sa maison disparaître, au détour du virage.

Le trajet lui fut interminable. D'autant plus que le gendarme Velganni l'observait de ses yeux noirs dans le rétroviseur central. Leurs regards se croisèrent à plusieurs reprises. La froideur de Velganni, qu'il trouvait antipathique, lui glaçait le sang.

Jacques eut tout le loisir de se torturer l'esprit, se demandant pourquoi les enquêteurs avaient à nouveau besoin de l'interroger. Cela faisait déjà trois jours que la vieille Huguette avait passé l'arme à gauche. L'autopsie devait avoir eu lieu. Ils avaient certainement de nouveaux éléments à leur disposition. Cette pensée le fit frémir et son cœur cogna si fort dans sa poitrine qu'il eut l'impression que les gendarmes pouvaient l'entendre à l'avant du Partner.

En arrivant dans le bourg, l'adjudant-chef mit son clignotant à droite, dans la direction opposée à celle de la gendarmerie.

Jacques paniquait. Il commença à gesticuler sur la banquette arrière et à regarder de tous les côtés, en expirant bruyamment par la bouche.

— Vous m'emmenez où, là ? s'écria-t-il en s'agrippant au dossier du conducteur.

Le gendarme Belfort se tourna vers lui et déclara d'une voix qui se voulait rassurante :

— Ne vous inquiétez pas, on fait juste un détour par la poste. Nous avons un courrier urgent à déposer.

Jacques se cala de nouveau sur son siège et referma les paupières. L'espace d'un instant, il crut que les gendarmes le conduisaient directement en prison, sans autre forme de procès.

Ce qu'il craignait le plus, c'était de ne plus jamais revoir ni sa maison, ni son jardin… Cette peur monta encore d'un cran quand il pensa à la tombe de Francine : qui s'occuperait d'elle en son absence ? Personne. Il était sa seule famille.

Son imagination débridée le poussa aux portes de l'angoisse. Il entrevit en rêve le caveau rongé par la rouille, gangrené par les mauvaises herbes.

Il arriva à la brigade dans un état de stress aigu.

Chapitre XII

Mardi 26 décembre.

Le soleil dardait ses rayons obliques sur les vitres encrassées du hall d'accueil de la gendarmerie de Carquefou.

Assis sur une chaise, les bras croisés, Jacques s'impatientait. Ses genoux s'entrechoquaient à un rythme cadencé.

La présence de deux femmes aux cheveux de jais dans la salle d'attente ne fit que décupler son anxiété. Elles étaient assises en face de lui, adossées à un vaste miroir qui occupait toute la partie supérieure d'un pan de mur.

Une odeur de transpiration flottait dans l'air. Il les jaugea au premier coup d'œil.

Des manouches ! Il ne manquait plus que ça ! songea-t-il. Les femmes parlaient fort en agitant les bras, dans un jargon qui lui était complètement étranger.

Il les toisa d'un regard méprisant.

Peu de temps après, elles se mirent à parler à voix basse en poussant de petits ricanements. Jacques eut la certitude qu'elles se payaient sa tête. Pour en avoir le cœur net, il fit mine de regarder par la fenêtre avec une attention manifeste pour les passants ; en réalité, il les épiait du coin de l'œil dans le miroir.

Il ne s'était pas trompé : à peine avait-il tourné la tête, qu'elles jouèrent des coudes en grimaçant.

Il eut envie de se lever et de leur sauter à la gorge, mais un gendarme ouvrit la porte d'entrée et traversa le hall.

Jacques réfléchit à la cinquantaine de gitans qui venait de s'installer sur la commune. Les deux spécimens qu'il avait sous les yeux devaient faire partie de cette communauté qui squattait le parc du château de la Fleuriaye ; aux frais de la princesse, bien entendu ! pensa-t-il.

Pour lui, ce n'était rien que de la vermine qui vivait sur le dos de la société, qui ne payait ni eau, ni électricité, ni impôts. En revanche, elle avait tous les droits et n'était jamais inquiétée. Si cela ne tenait qu'à lui, le problème serait vite réglé : il foutrait le feu à ces satanées caravanes !

Jacques enrageait sur sa chaise. Il songeait déjà à tout le travail de remise en état qui l'attendait, une fois que les caravanes auraient déguerpi. Il en était ainsi à chaque fois. C'était aux agents communaux de nettoyer leurs saletés. Cela prendrait plusieurs jours, voire des semaines entières.

Des gouttes de sueur envahirent son front. Il les essuya du revers de sa manche.

Les ricanements redoublèrent. Jacques fit craquer ses phalanges.

N'y tenant plus, il se leva d'un bond et alla se placer devant elles, les yeux emplis de haine.

— Vous avez fini de vous foutre de ma gueule ? leur hurla-t-il au visage.

Les rires cessèrent immédiatement. Les visages des femmes blêmirent.

Un gendarme accourut aussitôt dans la salle d'attente.

— Qu'est-ce qui se passe ici ? demanda-t-il, d'une voix autoritaire.

Personne ne répondit. Tous baissèrent la tête.

— Vous, Monsieur, asseyez-vous sur une chaise, ordonna-t-il en pointant son index sur Jacques. Et vous deux, suivez-moi !

Le port altier, les gitanes quittèrent la pièce en faisant claquer leurs talons sur le carrelage. Sur leur passage, Jacques boucha ostensiblement ses narines, afin de leur signifier qu'il était fortement incommodé par les effluves malodorants traînant dans le sillage de leurs longues jupes.

Il consulta sa montre : quatorze heures cinq.

Cela faisait trois bons quarts d'heure que Velganni et Belfort lui avaient demandé de patienter dans la salle d'attente.

— Mais qu'est-ce qu'ils fabriquent ? bougonna-t-il. Comme si je n'avais que ça à foutre aujourd'hui !

Des fourmillements lui chatouillèrent les mollets. Il se redressa en grimaçant et arpenta la pièce de long en large. Il s'immobilisa face au miroir, y colla son nez et mit ses deux mains en visière de chaque côté de son visage. Il lui avait semblé apercevoir une ombre derrière le miroir. Il eut beau vérifier, il ne vit rien d'autre que son propre reflet.

Son imagination lui jouait-elle à nouveau des tours ? Jacques frissonna en pensant qu'Huguette pourrait surgir à tout moment, comme elle l'avait fait derrière le rideau de sa salle à manger.

— Monsieur Desfontaine ?

Jacques sursauta. Simon Belfort se trouvait debout derrière lui. Il ne l'avait pas entendu arriver, tout absorbé qu'il était par l'examen du miroir.

— Veuillez me suivre, je vous prie. Nous allons pouvoir procéder à votre audition.

Jacques s'empara du veston qu'il avait posé sur le dossier de la chaise, et le suivit dans le couloir, la gorge nouée.

Quand il entra dans le bureau, l'adjudant-chef Velganni était assis devant son écran d'ordinateur, le visage fermé. Ses doigts couraient sur le clavier à toute vitesse. Cela impressionna Jacques qui, lui, ne tapait qu'avec deux doigts.

Belfort lui fit signe de s'asseoir face à eux.

Jacques observa la pièce tandis que les gendarmes échangèrent quelques paroles.

Cette pièce était en parfaite adéquation avec la personnalité de l'adjudant-chef. Austère et d'une froideur implacable.

Deux immenses bureaux en acier se faisaient front au centre de la pièce ; une armoire métallique et une pile de casiers, qui menaçaient de s'effondrer, constituaient l'unique mobilier de la salle.

Mis à part une carte IGN de la commune, grignotée par le temps, les murs étaient nus, sans le moindre ornement, telle une cellule monacale.

— Bien, monsieur Desfontaine, nous pouvons commencer. Nous avons souhaité vous entendre de nouveau au sujet du décès de votre voisine, Huguette Letellier, annonça Simon.

— Je vous ai déjà dit tout ce que je savais dimanche. Huguette s'est jetée dans le puits. Je ne vois pas pourquoi vous m'embêtez encore avec cette histoire.

— Madame Letellier ne s'est pas suicidée ; elle a été assassinée, corrigea sèchement Hadrien.

— Assassinée ? répéta Jacques d'une voix chevrotante. Mais, vous m'aviez dit qu'elle avait laissé une lettre.

— Oui, et cette lettre a bien été authentifiée par nos experts en graphologie.

— Dans ce cas, qu'est-ce qui prouve qu'elle a été assassinée ?

— Le rapport d'autopsie indique que madame Letellier a tout d'abord été frappée à l'aide d'un objet contondant à l'arrière du crâne. Puis, elle a été précipitée dans le puits par son ou ses meurtriers. Des fragments de verre incrustés dans son cuir chevelu ont été retrouvés. Le médecin légiste a émis plusieurs hypothèses concernant l'objet en question. Il pourrait notamment s'agir d'une bouteille en verre.

— Et la lettre alors ?

— Nous pensons que le meurtrier a voulu nous orienter sur une fausse piste en maquillant son crime en suicide. Madame Letellier pourrait bien avoir écrit cette lettre sous la contrainte.

— Je ne vois toujours pas en quoi ça me concerne. Elle est morte, et ce n'est pas moi qui vais la plaindre après tout ce qu'elle m'a fait !

— Nous cherchons à comprendre ce qui s'est passé dans les heures qui ont précédé le meurtre.

Vous êtes l'une des dernières personnes à avoir été en contact avec la victime. Votre aide pourrait nous être précieuse, assura Simon.

Jacques croisa les bras et répondit d'un air de défi :

— Dites plutôt que vous voulez me coller le meurtre de la vieille sur le dos !

— Je vous conseille vivement de changer d'attitude et de vous montrer plus coopératif avec nous, suggéra Hadrien. À moins que vous ne teniez à passer les prochaines vingt-quatre heures en cellule.

— Vous n'avez pas le droit de me garder ici sans raison !

— Détrompez-vous. Nous avons suffisamment d'éléments à charge contre vous pour déclencher une garde à vue, et nous avons déjà l'assentiment du procureur de la République.

— Vous bluffez.

Hadrien sortit des feuilles du dossier et les disposa en éventail devant lui.

— Nous avons en notre possession plusieurs témoignages qui prouvent que vous avez menacé de mort la victime, et ce, quelques heures seulement avant son assassinat.

— Et alors ? Ce n'est pas parce que j'ai dit que je voulais la tuer que je l'ai forcément fait. Et pourtant, croyez-moi, ce n'était pas l'envie qui m'en manquait. Ça ne vous est jamais arrivé à vous de lancer des menaces en l'air, comme ça ?

— Non, jamais.

— Bah, vous devez bien être le seul. Sous le coup de la colère, on dit parfois des choses qu'on ne pense pas.

— Vous venez de déclarer à l'instant que vous aviez déjà eu envie de la tuer. Nous savons que vous avez aussi menacé monsieur Letellier avec une arme à feu depuis la fenêtre de votre cuisine. Et là, il ne s'agissait pas que de paroles en l'air.

— Avec une arme à feu ? bredouilla Jacques. Je ne vois pas de quoi vous parlez.

— Du fusil de chasse que vous avez braqué sur votre voisin, samedi soir, quand il est venu vous rendre votre pince coupante.

Jacques baissa les yeux. Cet incident lui était complètement sorti de la tête.

— De toute façon, le fusil n'était même pas chargé ! se défendit-il à mi-voix.

— Vous reconnaissez donc les faits ?

Jacques se mordit violemment la lèvre inférieure : il avait parlé sans réfléchir aux conséquences d'un tel aveu.

— C'était juste pour lui faire peur.

— Pour lui faire peur, répéta Simon. Vous n'y êtes pas allé de main morte.

— Je voulais que Maurice et Huguette me foutent la paix une bonne fois pour toutes. Je n'en pouvais plus. Voilà, c'est tout !

— C'est pour cette raison que vous êtes retourné chez eux et que vous avez assassiné votre voisine ? demanda Hadrien.

— Puisque je vous dis que je ne suis pas un assassin ! s'écria Jacques.

— Ça, c'est vous qui l'affirmez, rétorqua Hadrien.

— Je n'étais pas en état de faire quoi que ce soit. J'avais tellement bu qu'après le départ de Maurice, je suis allé me coucher tout habillé.

— Vous auriez très bien pu retourner chez eux une troisième fois. Quand on a de l'énergie pour braquer une arme sur quelqu'un, on est tout à fait capable de traverser une rue et de passer à l'acte.

— Puisque je vous répète que je n'y suis pas retourné !

— Vous aviez abusé de l'alcool... Or, quand on boit, on ne se souvient pas toujours de ce qu'on a fait la veille. Comment pouvez-vous être aussi sûr de vous ?

Jacques haussa les épaules, bien qu'au fond de lui, il sût que le gendarme Velganni avait parfaitement raison.

— Je le sais, un point c'est tout.

— J'ai bien peur que cela ne soit pas suffisant devant un tribunal.

— Vous n'avez qu'à me passer au détecteur de mensonges, et vous verrez bien que je vous dis la vérité.

— Nous ne sommes pas dans une série policière, monsieur Desfontaine. En revanche, nous allons vous soumettre à des prélèvements ADN. Mais pour cela, il nous faut votre accord.

— Et si je refuse ?

— Nous vous placerons en garde à vue. Nous n'aurons alors plus besoin de votre consentement pour effectuer les prélèvements.

— Vous allez me faire une piqûre ? demanda Jacques d'une voix étranglée.

— Non, on va juste vous prélever un peu de salive dans la bouche avec un écouvillon, l'informa Simon. Nous prendrons aussi vos empreintes digitales.

— Qu'allez-vous faire de mon ADN ?

— Il sera comparé à l'ADN qui a été prélevé sur la scène du crime, ainsi que sur le corps de la victime, expliqua Simon. Madame Letellier s'est manifestement défendue contre son agresseur. Le légiste a trouvé des fragments de peau sous ses ongles.

Jacques sentit le regard d'Hadrien Velganni se poser sur sa cicatrice. Il porta instinctivement la main à sa joue. Bien que l'entaille commençât à cicatriser, elle était encore rouge et boursouflée.

— Concernant votre blessure, maintenez-vous votre déclaration ?

Jacques fit semblant de ne pas comprendre.

— Dimanche midi, vous nous avez dit que vous vous étiez blessé en taillant un arbre.

Jacques acquiesça d'un hochement de tête. Hadrien consulta la déclaration de Maurice Letellier et objecta :

— Voilà qui est étrange… Votre voisin nous a assuré que vous n'aviez aucune entaille sur la joue quand il est venu vous rendre la pince. Elle est pourtant bien visible.

— Il aura mal vu dans le noir… répondit Jacques, peu à l'aise.

— Très bien, fit Hadrien en refermant le dossier d'un claquement sec. Puisque vous vous obstinez dans vos mensonges, vous ne nous laissez pas d'autre choix que de vous placer en garde à vue.

— Non, attendez ! balbutia Jacques. Je vais tout vous expliquer.

Il avoua alors qu'il avait bien menti au sujet de cette blessure qu'il avait découverte le dimanche matin à son réveil. Jacques était incapable de leur fournir une explication rationnelle. Malgré tous les efforts qu'il avait faits pour tenter de se souvenir, cela était resté un grand mystère pour lui. Seule certitude, il avait dormi comme un loir. Mis à part quelques traces sur son oreiller, il n'avait pas décelé la moindre présence de sang à son domicile. Le plus étrange était qu'il ne se souvenait pas d'être monté se coucher. Après le départ de Maurice, il avait récupéré sa pince sur le paillasson et rangé le fusil dans l'armoire du salon. Il se souvenait parfaitement bien de s'être assis à la table de la cuisine et d'avoir pris un dernier verre… ou deux. À partir de ce moment-là, c'était le trou noir. Il mentionna également le désordre qu'il avait constaté dans sa cuisine, en se levant. Or, il était sûr et certain de ne pas avoir dîné la veille. Il avait perdu l'appétit depuis quelques jours et ne mangeait désormais que sur le pouce.

Après un long moment d'hésitation, Jacques ajouta qu'il avait menti parce qu'il avait craint qu'on ne tisse un lien entre cette blessure et le décès de Huguette. Lui-même s'était demandé s'il n'avait pas, en définitive, assassiné sa voisine…

Ce doute le rongeait de l'intérieur depuis l'annonce de la découverte du corps.

Jacques passa sous silence l'épisode de l'apparition du fantôme de Huguette dans le salon ; à coup sûr, les gendarmes l'auraient pris pour un déséquilibré.

— Le seul moyen d'être fixé, monsieur Desfontaine, est de vous soumettre à un test ADN, l'informa Simon.

Jacques redressa la tête.

— Et Maurice ? Il a fait ce test, lui aussi ?

— Bien sûr.

— Vous avez d'autres suspects ? demanda-t-il, l'air inquiet. Ou bien, suis-je le seul à vous mettre sous la dent ?

— Nous recherchons un homme qui aurait été aperçu à plusieurs reprises dans votre quartier. Nous n'avons malheureusement que très peu d'informations le concernant. De taille moyenne, il serait vêtu d'un imperméable gris. Dernier détail : il s'agirait d'un fumeur.

— Huguette m'avait parlé de ce rôdeur, reconnut Jacques. Je pensais qu'elle avait inventé cette histoire pour me faire peur.

— Avez-vous une idée de qui il pourrait s'agir ?

Jacques fit semblant de réfléchir.

— Maintenant que vous le dites... Je connais bien une personne qui correspond en tout point à cette description.

D'une voix fébrile, il déclina l'identité de Valmont. Celui-ci habitait dans un petit appartement rue de Corinthe, derrière le château de Florigny. Jacques le connaissait de longue date. Valmont était d'un tempérament très impulsif, confia-t-il aux gendarmes.

Puis il raconta diverses anecdotes survenues lors de leur scolarité. Tous deux avaient fréquenté le même collège. À l'époque, Valmont ne perdait jamais une occasion de se battre. Il le croyait tout à fait capable d'assassiner une vieille dame sans défense.

— Quel aurait été son mobile ? interrogea Simon.

— Je ne sais pas, moi. Il en aurait eu après mon argent et Huguette l'aurait surpris en train de fouiner autour de ma maison. Ensuite, il se serait débarrassé d'elle pour qu'elle ne le dénonce pas. Elle a toujours eu la fâcheuse manie de se mêler de ce qui ne la regardait pas !

Hadrien nota ces dernières informations, puis rangea les pièces du dossier dans le classeur en déclarant :

— Très bien, monsieur Desfontaine, si vous êtes d'accord, nous allons procéder au prélèvement de votre ADN ainsi qu'aux différentes formalités anthropométriques nécessaires au dossier. L'adjudant Belfort va vous accompagner dans une autre pièce.

— Et après ça, je pourrai rentrer chez moi ? demanda Jacques, d'une voix chevrotante, les yeux luisants.

— Non. Vous reviendrez dans ce bureau afin de relire et de signer votre déclaration.

Les jambes flageolantes et les mains moites, Jacques se leva et suivit l'adjudant Belfort dans le couloir. Dans son dos, une traînée de sueur imprégnait sa chemise de haut en bas.

Chapitre XIII

— C'est bon, on a l'ADN de Jacques Desfontaine, déclara Simon en se laissant tomber sur la chaise qui se trouvait face au bureau d'Hadrien.

Il bascula la tête en arrière et croisa les doigts sur sa nuque.

— Ça n'a pas été une mince affaire ! J'ai bien cru qu'il allait nous claquer entre les doigts !

— Ça ne me surprend pas du tout, répliqua Hadrien. Il était très anxieux à l'idée de se soumettre aux tests. Comment ça s'est passé ?

— Mal… On n'avait pas encore commencé qu'il nous a demandé d'ouvrir la fenêtre. Il n'arrivait pas à respirer, soi-disant. Quand il a vu l'écouvillon qu'on allait lui mettre dans la bouche, il est devenu blanc comme un linge et s'est évanoui. Il est resté allongé sur le sol un bon quart d'heure. Il nous a dit qu'il n'avait pas mangé le midi. Je crois surtout qu'il avait trop bu… Son haleine empestait l'alcool.

Hadrien esquissa un sourire et se replongea dans la lecture du rapport d'audition.

— Sans l'intervention du lieutenant, poursuivit-il, je pense qu'on y serait encore.

Hadrien releva la tête et se cala contre le dossier de son fauteuil.

— Quelle femme, tout de même! s'exclama Simon, conscient de l'intérêt soudain qu'il venait de susciter chez son collègue. Quand elle a entendu tout ce remue-ménage, elle a fait irruption dans la salle, et en deux temps, trois mouvements, elle lui a collé le bâtonnet dans la bouche. Et le problème a été réglé!

Hadrien ne fit aucun commentaire, mais une lueur vive brillait au fond de ses yeux noirs. Simon s'en aperçut.

— Au fait, tu ne m'as toujours pas dit comment s'était passée votre patrouille, le soir du réveillon, dit-il en croisant les bras sur son torse. C'était la première fois que vous faisiez équipe tous les deux, non?

— Il n'y a pas grand-chose à dire. Nous avons procédé à une interpellation, dans le quartier de La Madeleine. Un mari jaloux a tenté de poignarder sa femme. Il était connu de nos services pour des faits similaires. Mais cette fois, son épouse a décidé de porter plainte contre lui et de le quitter. Nous l'avons déféré au parquet de Nantes, hier après-midi.

— Tout ça, je le savais déjà. Paul m'en avait touché deux mots. L'enjeu de ma question n'était pas là. Je voulais savoir ce que tu pensais de notre lieutenant…

Hadrien leva un sourcil interrogateur.

— Je pense qu'elle mérite amplement son grade. Lors de l'interpellation, elle a fait preuve d'une efficacité et d'un sang-froid remarquables.

— Pour une femme, tu veux dire ?

— Non, ce n'est pas ce que j'ai dit. C'est un excellent officier. Je me fous que ce soit une femme ou un homme.

— Vraiment ? Ce n'est pas l'impression que tu donnes quand tu es en sa présence... Je suis sûr qu'elle te plaît bien !

— ... C'est une belle femme, je ne peux pas dire le contraire. Mais, j'avoue que j'ai beaucoup de mal à la cerner.

— En clair ?

— J'ai l'impression qu'elle nous cache quelque chose. Quand j'ai essayé d'aborder la question de sa mutation ici, elle a botté en touche.

— On a tous nos petits secrets... Et puis, je te connais : tu as cette fâcheuse tendance à te méfier de tout le monde.

— Tu as sans doute raison.

— Il faut lui laisser le temps d'apprendre à mieux nous connaître. Elle vient à peine d'arriver à la brigade. À force de passer du temps avec nous, elle finira par se détendre un peu.

— On verra bien jeudi soir.

— Qu'est-ce qu'il y a de particulier jeudi soir ?

— On doit patrouiller à nouveau ensemble.

Simon esquissa une moue dubitative.

— Tu dois te tromper, Hadrien. Si je me fie au planning qui est affiché dans la salle de repos, c'est avec moi qu'elle fera équipe.

Hadrien se leva prestement et quitta la pièce.

— T'avais raison, Simon, bougonna Hadrien en revenant s'asseoir à son bureau, quelques minutes plus tard.

— Ça te contrarie à ce point qu'elle ait modifié le planning ?

— Non, ce qui me dérange, c'est qu'elle m'ait placé en congé jeudi, sans même m'avoir demandé mon avis.

— Ce n'est pas sa façon de procéder d'habitude. Il y a certainement une explication.

L'adjudant Paul Landrin passa la tête par l'entrebâillement de la porte.

— Qu'est-ce que vous foutez tous les deux ? On vous attend en salle de réunion, depuis un bon moment déjà ! Grouillez-vous un peu, la patronne est furax.

Quand Simon et Hadrien poussèrent la porte de la salle de réunion, Paul Landrin et son collègue, Guillaume Blanchet, étaient assis autour de la grande table ovale. Le lieutenant Girard était debout à côté de la fenêtre, les mains posées sur les hanches, l'air visiblement irrité.

Les deux retardataires bredouillèrent de vagues excuses et s'installèrent sans perdre de temps.

Hadrien choisit délibérément de s'asseoir en face du lieutenant Girard. Quand leurs yeux se croisèrent, elle lui décocha un regard noir.

Elle contourna la table et vint se positionner à côté du vidéoprojecteur.

Cette stratégie d'évitement ne fit que confirmer les soupçons d'Hadrien : elle avait sans aucun doute changé le planning afin d'éviter de se retrouver seule avec lui.

Hadrien ressentit comme un pincement au cœur en comprenant que sa présence lui était soudainement devenue indésirable.

L'indiscrétion dont il avait fait preuve le dimanche soir pouvait-elle expliquer à elle seule son comportement distant ? Ou bien y avait-il une autre raison ? Hadrien songea au trouble qu'elle avait manifesté lorsque leurs doigts s'étaient effleurés dans le véhicule.

Un sifflement strident tira Hadrien de ses pensées. Émilie venait de mettre en route le vidéoprojecteur. Le rapport du légiste apparut en gros plan sur le mur du fond.

— À présent que l'équipe est au complet, nous pouvons faire le point sur l'affaire Letellier.

Elle se tourna vers Paul et Guillaume.

— Est-ce que la seconde expertise de la scène du crime vous a permis de récolter de nouveaux éléments ?

— Oui, quelques-uns. Tout d'abord, les techniciens ont concentré leurs recherches autour du puits, commença Guillaume. Grâce au luminol, ils ont pu déceler d'infimes gouttelettes de sang sur l'un des rebords de la brouette. Nous en avons déduit qu'elle avait bien servi à transporter la victime jusqu'au puits. Nous avons envoyé les prélèvements au labo ; les résultats devraient nous parvenir dans les prochaines heures. Ils ont également relevé une empreinte digitale partielle sur le manche du râteau. Nous pensons que le meurtrier s'est servi de cet outil pour effacer les traces de pas sur les gravillons. Concernant l'extérieur de la maison, c'est malheureusement tout ce que nous avons pu collecter.

— Nos recherches ont été plus fructueuses à l'intérieur du domicile, assura Paul. Les experts ont découvert plusieurs éclats de verre dans l'arrière-cuisine, précisément sous le congélateur. Ils seront comparés à ceux prélevés sur le cuir chevelu de la victime. Nous avons demandé à monsieur Letellier de recenser tous les objets en verre qui se trouvaient ordinairement dans cette pièce. Il a remarqué la disparition d'un vase qui avait été offert à sa femme lors de son départ en retraite. Habituellement, il était posé sur le congélateur.

— Ont-ils trouvé dans l'arrière-cuisine des traces de sang appartenant à la victime? interrogea le lieutenant.

— Oui. Mais cela n'a pas été facile. Le meurtrier s'est montré particulièrement méticuleux: la pièce a été nettoyée de fond en comble. Les techniciens n'ont pu relever qu'une seule gouttelette de sang sur l'un des joints du carrelage.

— La victime aurait donc bien été assommée dans cette pièce, avant d'être transportée jusqu'au puits à l'aide de la brouette, conclut Guillaume. Bien que nous n'ayons trouvé aucune trace d'ADN qui puisse le prouver, nous pensons que les assassins étaient au nombre de deux… À moins que la victime ne se soit assise elle-même dans la brouette, plaisanta-t-il, nous ne voyons pas comment une seule personne aurait pu la soulever. En dehors de la plaie à l'arrière du crâne, elle ne présentait aucun hématome ou griffure qui laisse penser qu'elle se serait débattue ou qu'elle aurait été traînée sur le sol.

— C'est assez étonnant que le mari n'ait rien

entendu du tout, remarqua Émilie. Sa chambre se trouvait juste au-dessus de cette pièce.

— Monsieur Letellier prend régulièrement des somnifères pour dormir.

— Avez-vous relevé des traces d'effraction ? demanda Émilie.

— Non, aucune, répondit Guillaume. Or, monsieur Letellier est certain d'avoir vérifié les portes avant de monter se coucher. À son réveil, celle de l'arrière-cuisine était fermée, mais non verrouillée. Il en a déduit qu'Huguette s'était enfuie par cette issue samedi soir.

— À ce stade de l'enquête, avez-vous des hypothèses quant au mobile du meurtre ? reprit Émilie.

— Nous avons retrouvé une importante somme d'argent dissimulée dans le poêle à bois. Il y avait, en tout, deux mille cinq cents euros en grosses coupures. Les billets de banque étaient soigneusement emballés dans du papier journal.

— C'est assez risqué comme planque, ironisa Simon.

— Le couple ne l'utilisait plus depuis plusieurs années, précisa Paul. En tout cas, c'était une bonne cachette : les meurtriers n'ont pas songé à regarder à l'intérieur du poêle.

— Je ne pense pas qu'ils en avaient après cet argent, objecta Hadrien. Sinon, pourquoi se seraient-ils donné autant de peine pour nous faire croire à un suicide ?

— C'est exact, reconnut Émilie. Le mari vous a-t-il fourni une explication à propos de cet argent ?

— Monsieur Letellier paraissait très surpris par cette découverte. Le couple avait de gros problèmes d'argent, alors il ne comprend pas comment Huguette a pu se procurer une telle somme. Après examen de leurs relevés de comptes, il apparaît que madame Letellier a effectué un virement en espèces sur son livret A, samedi matin.

— Quel était le montant de ce virement ? questionna Émilie.

— Trois mille sept cent cinquante euros, et, encore une fois, en grosses coupures.

Les gendarmes se regardèrent interloqués. Comment une vieille dame de quatre-vingts ans avait-elle pu se procurer autant de liquidités en si peu de temps ?

— Il y a un dernier point très important, c'est un appel téléphonique passé à vingt-trois heures quarante-cinq, depuis le domicile des Letellier vers un téléphone à carte prépayée. Cet appel a duré moins d'une minute. Nous supposons que c'est la victime, elle-même, qui a contacté son agresseur. Il n'y a pas d'autres empreintes que les siennes sur le combiné.

Paul ajouta après une courte pause :

— Dommage que nous ne puissions pas remonter jusqu'au destinataire de cet appel.

— Il y a bien un moyen, objecta Hadrien.

— Lequel ? s'empressa de demander le lieutenant.

— L'opérateur peut localiser l'antenne qui a servi de relais.

— Dans ce cas, il nous faut cette information au plus vite.

Paul proposa de s'en charger. Il quitta la salle de réunion sur-le-champ.

Le lieutenant se tourna vers Simon et Hadrien.

— Et de votre côté, Messieurs ?

— Jacques Desfontaine maintient ses déclarations initiales et clame toujours son innocence, répondit Simon.

— C'est le cas pour bon nombre de meurtriers, rétorqua le lieutenant. Il n'en demeure pas moins notre principal suspect dans cette affaire.

— Jacques Desfontaine est tout sauf un meurtrier, trancha Hadrien.

Émilie se tourna vers lui.

— Qu'est-ce qui vous permet d'être aussi catégorique, adjudant-chef? interrogea-t-elle d'un ton sec.

— Mon intuition.

— J'ai bien peur que ce ne soit pas suffisant.

— Jusqu'à preuve du contraire, cet homme est innocent. Et des preuves, nous n'en avons justement aucune.

— Plusieurs témoins l'ont entendu menacer de mort la victime, peu de temps avant son décès. Il a également braqué un fusil de chasse sur son voisin. Votre petit protégé est un individu instable, impulsif et violent.

— Je n'ai aucune sympathie pour cet homme, mais force est de constater que nous n'avons aucune preuve tangible. La perquisition à son domicile et l'étude des relevés téléphoniques n'ont absolument rien donné. Par ailleurs, il n'a pas de téléphone portable, par souci d'économie. Je ne suis même pas certain qu'il saurait s'en servir.

— Ne vous fiez pas aux apparences. On a tendance à sous-estimer ce genre de profil. Et du côté de ses comptes bancaires?

— Il effectue régulièrement de petits retraits en espèces, plusieurs fois par semaine.

— Pensez-vous qu'il puisse y avoir un rapport avec l'argent retrouvé dans le poêle à bois des Letellier ?

— Non. Je ne pense pas. Jacques Desfontaine n'a retiré jusqu'à présent que des billets de dix ou de vingt euros. Les coupures qui étaient au domicile des Letellier étaient de cinquante, cent et deux cents euros. Sans compter que ces retraits ne sont pas nouveaux. Il procède ainsi depuis plusieurs mois, précisément depuis que sa mère a remporté la cagnotte du loto.

— À quoi peut bien lui servir tout cet argent ? Surtout s'il est plutôt du genre grippe-sou, s'étonna Émilie.

— Je dirais qu'il se méfie des banques. Ses voisins le décrivent comme étant paranoïaque : il est convaincu que tout le monde veut lui prendre son fric. Nous l'interrogerons à ce sujet tout à l'heure.

— Il est encore dans nos locaux ? s'étonna Guillaume.

— Quand vous ne sentirez plus cette odeur d'encens qui traîne dans les couloirs, répliqua Émilie, vous saurez qu'il est rentré chez lui.

— Nous l'avons installé dans la cellule de dégrisement. Il n'était pas en état de rentrer chez lui après son audition… Trop d'émotions associées à l'alcool ne font pas bon ménage, ajouta Simon d'un ton narquois.

— Nous concentrons à présent nos recherches sur le mystérieux individu à l'imper gris qui a été aperçu par plusieurs témoins dans ce quartier, informa Hadrien. Jacques Desfontaine nous a fourni un nom lors de son audition. Bien que je n'apporte que peu de crédit à ce qu'il nous a dit, je vais tout de même questionner cette personne…

— Nous allons également convoquer la voisine des Letellier, Marthe Robert. Elle en sait certainement plus qu'elle ne le dit. Les deux femmes étaient très proches. Elle connaît peut-être la provenance de l'argent que son amie cachait dans son arrière-cuisine.

— Cela ne m'étonnerait pas qu'on découvre qu'elles cultivaient de l'herbe toutes les deux pour arrondir leurs petites retraites. L'attitude de Marthe Robert laisse à penser qu'elle n'a pas la conscience tranquille.

— Je vous rappelle que nous parlons de vieilles dames âgées de quatre-vingt ans… recadra Émilie.

— Ce n'est pas si absurde que ça, déclara Hadrien. On a eu ce genre de cas l'hiver dernier, lors d'une enquête sur le meurtre d'une septuagénaire handicapée. On a découvert qu'elle cultivait du cannabis pour le compte de son neveu. En échange, il lui refilait du liquide…

L'adjudant Paul Landrin, un large sourire aux lèvres, fit irruption dans la salle de réunion en agitant une feuille.

— C'est bon ! J'ai l'info ! L'appel émis depuis le domicile de la victime a été reçu dans un rayon de trois cents mètres.

— Voilà qui devrait nous aider.

Elle projeta sur le tableau blanc un plan du quartier et délimita un large périmètre à l'aide d'un marqueur.

— Il va falloir réinterroger tous les voisins qui se trouvent dans cette zone, à commencer par Marthe

Robert et Jacques Desfontaine. Si vous n'avez plus rien à ajouter, au travail, Messieurs !

Les gendarmes quittèrent la pièce sans perdre de temps, à l'exception du lieutenant et d'Hadrien, qui restèrent assis à leur place respective. Un silence de plomb s'était abattu sur eux. Émilie s'attachait à mettre de l'ordre dans ses notes et à ranger le matériel informatique. Elle sentait bien que les yeux d'Hadrien étaient posés sur elle.

Les bras croisés, il observait ses gestes, songeant à ce qu'il allait lui dire, à chacun des mots qu'il pèserait le moment venu. L'enjeu était simple, mais la démarche risquée : il voulait obtenir des explications sans la froisser.

— Avez-vous quelque chose à me demander, Hadrien ? l'interpella-t-elle d'un ton glacial, sans daigner relever la tête.

— Oui…

Elle patienta quelques secondes sans bouger.

Comme il ne poursuivait pas sa phrase, elle leva le menton. L'expression de son visage trahissait un profond agacement. Ses yeux bleus le fixaient avec intensité. Hadrien remarqua que ses iris étaient bien plus sombres que d'ordinaire.

— J'aimerais savoir pourquoi vous m'avez mis en repos jeudi.

Sa voix était posée et particulièrement douce. L'espace d'un instant, cela déconcerta Émilie.

— Vous travaillez depuis huit jours non-stop. J'ai pensé que cela vous ferait du bien de faire un break.

— Sans me demander mon avis ?

Émilie enroula une mèche de ses cheveux autour de ses doigts et la positionna derrière son oreille.

— Je comptais vous en parler en fin de journée, assura-t-elle en se levant.

Comme elle se dirigeait vers la porte, Hadrien prononça la phrase qu'il avait préparée à l'avance.

— Si je vous ai offensée de quelque manière que ce soit, dimanche soir, je tiens à m'en excuser.

Le lieutenant fit volte-face. Elle le toisa du regard.

— Qu'est-ce qui vous fait penser que vous m'avez offensée ?

— Votre attitude, répondit-il d'une voix rauque.

Elle haussa les sourcils.

— Mon attitude ?

— J'ai le sentiment que vous m'évitez depuis le soir du réveillon de Noël. Je sais que je me suis montré indiscret en vous interrogeant sur votre mutation.

— Cela n'a absolument rien à voir ! trancha-t-elle. Mais, puisque vous abordez le sujet, j'aimerais qu'à l'avenir nos relations restent strictement professionnelles.

Sur ces dernières paroles, elle tourna les talons et disparut dans le couloir.

Hadrien renversa la tête en arrière et ferma les paupières.

Il ne bougea plus durant quelques instants, humant les fragrances florales du discret parfum qu'elle portait. Il était loin d'être un expert en psychologie féminine, mais force était de constater qu'il avait vu juste… Sinon, pourquoi aurait-elle réagi ainsi ?

Chapitre XIV

Mercredi 27 décembre.

Fernand, Martin et Valmont se trouvaient joyeusement attablés à leur place habituelle, au fond du bar L'Atelier, un éventail de cartes entre les mains.

Jacques poussa bruyamment la porte d'entrée du café. Tous les visages se tournèrent vers lui. Les discussions et les rires qui allaient bon train cessèrent brusquement.

D'un pas mal assuré, il progressa entre les rangées de tables, grognant chaque fois qu'il rencontrait un obstacle sur son chemin. Sa face rougeaude et sa démarche titubante ne laissaient aucun doute. Jacques avait, une fois de plus, bu plus que de raison.

Les clients évitèrent soigneusement de croiser le regard de cet homme à l'apparence débraillée et aux cheveux hirsutes. Mathilde, la serveuse, se trouva malencontreusement sur sa trajectoire. Elle s'écarta du mieux qu'elle put afin de le laisser passer ; mais Jacques semblait ne pas la voir. Il filait droit devant lui, tête baissée. Il manqua de renverser le plateau encombré de verres qu'elle tenait sur son avant-bras. Elle protesta à mi-voix. Il s'arrêta face à elle, le regard méprisant.

— Quoi ? J'ai quand même bien le droit de passer, non ? lui cria-t-il au visage.

Son haleine empestait l'alcool à plein nez, ses pupilles étaient dilatées. Comme Mathilde le regardait sans oser parler, il ajouta d'une voix tonitruante :

— Tu veux ma photo ou quoi ?

La jeune femme sursauta. Elle adressa un regard inquiet au patron qui se trouvait derrière le bar. Derrière ses petites lunettes rondes, il observait la scène du coin de l'œil en essuyant les verres à pied. Il contourna le comptoir, et vint à la rencontre de Jacques. Il posa une main amicale sur son épaule.

— Tu vas bien, Jacques ?

Mécontent, Jacques maugréa. Non, il n'allait pas bien du tout ! Il dégagea son épaule d'un geste brusque.

— Tu ne travailles donc pas aujourd'hui ?

Jacques esquissa un vague signe de la main qui voulait dire non. Il marmonna quelques mots incompréhensibles et rejoignit enfin la table de ses camarades.

Ces derniers, consternés par l'entrée fracassante de leur ami, le regardaient les yeux ronds, bouche bée.

— On dirait que vous avez vu un revenant, les gars ! remarqua Jacques.

— Qu'est-ce que tu fous là ? demanda Fernand en tirant une chaise.

— J'ai été viré ! articula-t-il en se frottant le menton. Comme un malpropre !

— Que s'est-il passé ? demanda Martin, incrédule.

— Je l'ignore.

— Comment ça ? On ne vire pas les gens sans raison, renchérit Fernand.

— Je n'en sais foutrement rien. J'ai soif... J'ai grand soif, déclara-t-il en tapant du poing sur la table. Mathilde ! cria-t-il en levant un bras lourd, apporte-moi un verre. Et vite !

Le patron fit signe à Mathilde de ne pas s'en occuper et se présenta lui-même à la table, le visage tendu, les mains sur les hanches.

— Tu devrais rentrer, Jacques, conseilla-t-il d'une voix ferme. Tu as bien assez bu pour aujourd'hui. Allez, retourne chez toi et repose-toi un peu.

À ces paroles, le sang jaillit aux joues de Jacques. Il remua sur sa chaise comme s'il s'y fût trouvé des épines, mais ne se leva pas pour autant.

— Comment ça ?... Que je rentre chez moi ? J'ai bien le droit d'être ici, comme tout le monde, non ? Allez sers-moi un verre, j'ai soif !

Martin adressa un clin d'œil au patron.

— Allez, Patron ! Sers donc un petit verre à notre ami. Ensuite, c'est promis, je le raccompagnerai en personne jusqu'à sa porte. Tu vois bien qu'il a besoin d'un petit remontant. Il vient de se faire virer.

Le patron haussa les épaules et s'éloigna en râlant dans sa barbe que s'il devait y avoir le moindre problème, ce ne serait pas de sa faute.

— Quand est-ce qu'ils t'ont viré au juste ? s'enquit Martin.

Assailli par l'émotion, Jacques ne répondit pas.

Ses mains se mirent à trembler et ses yeux s'humidifièrent. Il prit sa tête entre ses mains et resta un long moment silencieux. Une larme glissa sous sa paupière, roula sur sa joue et vint s'écraser sur la table. D'autres suivirent, plus grosses et plus nombreuses, accompagnées de reniflements sporadiques.

Fernand et Martin le regardaient avec une sorte de tendresse, ne sachant que dire. Valmont était assis à gauche de Jacques, bien droit sur sa chaise, les bras croisés. Il jetait à la serveuse des regards concupiscents auxquels elle répondait par de petits clins d'œil.

Le patron vint déposer un Pastis sur la table en précisant que ce serait « le premier et le dernier qu'il servirait à cette table aujourd'hui ». Face aux protestations de Martin et de Fernand, le patron maugréa qu'il était pénalement responsable de ses clients. Si Jacques venait à causer un accident sur le chemin du retour, c'est à lui qu'on demanderait des comptes. Il n'aurait plus qu'à mettre la clé sous la porte !

Martin fit glisser le verre sous le nez de Jacques.

Les paupières de ce dernier se soulevèrent d'instinct. Il s'en empara des deux mains et le but d'un trait.

— Alors, tu te sens mieux ? interrogea Fernand.

Jacques acquiesça d'un hochement de tête.

— Dis-nous ce qui s'est passé… Quand est-ce qu'ils t'ont foutu à la porte ?

— Ce matin… J'étais à peine arrivé au boulot que mon chef m'a demandé de rentrer chez moi.

— Sans explication, comme ça ?

— Il a dit que je recevrai une lettre, précisa Jacques, des sanglots dans la voix.

— Si t'es arrivé dans cet état dès l'embauche, pas étonnant qu'il t'ait fichu à la porte, déclara Valmont d'un ton railleur. Inutile de chercher plus loin.

Jacques se tourna vers Valmont, extrêmement surpris de le voir assis à côté de lui.

Il cligna des paupières et se frotta les yeux d'une main tremblante.

— T'es là, toi ?

— Eh bien, mon pauvre vieux, si tu n'as même pas vu que j'étais à cette table, c'est que tu dois en tenir une bonne !

Jacques grinça des dents et pointa un index menaçant vers Valmont.

— Toi, tu fermes ta gueule ! ordonna-t-il en martelant chaque syllabe. Tout ce qui m'arrive en ce moment, c'est à cause de toi !

— Allons donc, qu'est-ce que j'ai encore fait ? interrogea Valmont, un rictus au coin des lèvres.

— Ne joue pas au plus fin avec moi ! Si les gendarmes sont venus me chercher hier midi, et si j'ai été viré, c'est entièrement de ta faute ! vociféra-t-il.

— Ben, voyons… Rien que ça ! ironisa Valmont.

— Ça te fait marrer, en plus ?

— Tu déraillles complètement. Faut te faire soigner…

— Il a raison, Jacques, se risqua Fernand. Hier, tu avais l'air plutôt content de nous voir et aujourd'hui, tu nous agresses. On a du mal à te suivre en ce moment. T'es vraiment bizarre.

— Qu'est-ce que tu racontes, là ? Hier, on ne s'est pas vus.

— Bien sûr que si, même que tu nous as payé un verre. N'est-ce pas, Martin ?

Martin confirma que Jacques était bien passé au café après son travail. Jacques eut beau sonder sa mémoire, il ne se souvenait pas d'être venu à L'Atelier en fin de journée. Après son audition, il était directement rentré chez lui. Il est vrai qu'il avait bien songé à venir prendre un verre avec ses amis, mais il s'était ravisé, se sentant incapable d'aller jusqu'au bourg à pied.

L'esprit confus, Jacques se mit à douter.

Il ne se souvenait pas non plus de ce qu'il avait fait la veille au soir. Il s'était réveillé le matin, tout habillé sur son lit, la bouche pâteuse, un terrible mal de crâne en prime.

— Si tu ne nous crois pas, demande à Mathilde. Tu lui as glissé un petit billet de dix dans son tablier…

Mathilde, qui se trouvait non loin de leur table, hocha la tête en signe d'acquiescement.

— Je ne suis pas fou ! Si j'avais mis les pieds ici hier, je m'en souviendrais ! se défendit-il ardemment.

Jacques réfléchit un instant. Pour rien au monde, il n'aurait donné un billet de dix à Mathilde, comme ça, sans raison. L'idée même lui paraissait inconcevable. De toute sa vie, il n'avait jamais laissé le moindre pourboire à un serveur, dût-il avoir de beaux yeux verts, comme l'étaient ceux de Mathilde.

Jacques fixa ses amis à tour de rôle. Il lui semblait voir une expression fausse gravée sur leur visage, dupliquée en trois exemplaires parfaitement identiques. Tous trois avaient cette même lueur au fond des yeux et cette grimace similaire au coin des lèvres.

Il lui apparut alors comme une évidence que Fernand, Martin et Valmont étaient de mèche. Ils avaient dû se concerter avant son arrivée au café, afin de lui servir la même version. Finalement, Valmont n'était pas tout seul dans le coup, se dit-il. Plus il y songeait, plus il en était convaincu : Valmont avait des complices…

Fernand et Martin étaient donc bien venus chez lui samedi pour l'espionner, comme il l'avait tout d'abord pensé. Ils avaient endormi sa méfiance en lui apportant une bonne bouteille de vin. Se souvenant de tout ce qu'il leur avait confié, Jacques se mordit les lèvres. Il se retourna sur sa chaise et eut la sensation désagréable que tous les clients du café se moquaient de lui. Ceux qu'il pensait être ses amis avaient sans nul doute raconté à qui voulait bien l'entendre absolument tout ce qu'il avait dit au sujet des phénomènes étranges qui se déroulaient chez lui. Ils avaient dû crier sur les toits que Jacques croyait aux fantômes. Cette pensée lui serra le cœur.

— Vous ne vous en sortirez pas comme ça, menaça-t-il. Et toi, Valmont, tu vas voir ce que tu vas prendre : j'ai déjà tout balancé aux flics. Je leur ai donné ton nom et ton adresse. Ils ne vont pas tarder à débarquer chez toi !

— Qu'est-ce que tu as été raconté aux poulets ?

— Rien que la vérité. Car figure-toi que je sais tout… Huguette m'avait dit qu'elle t'avait vu rôder autour de ma maison. Elle t'a démasqué et c'est pour ça que tu l'as assassinée. Tu ne t'en sortiras pas comme ça, crois-moi !

— Je ne comprends rien à ce que tu baragouines ! déclara Valmont.

— Je sais très bien que c'est toi qui as poussé Huguette dans le puits.

— T'es complètement barge, mon pauvre vieux, s'écria Valmont. Je ne la connais même pas, cette femme.

C'est en tremblant que Mathilde vint récupérer les verres vides qui se trouvaient sur la table.

De sa main tavelée de taches brunes, Jacques agrippa avec force l'avant-bras de la jeune femme. Stupéfaite, elle poussa un petit cri d'oiseau.

— Toi aussi, Mathilde, tu es dans le coup, hein ? N'empêche que vous vous êtes bien fichus de ma gueule, autant que vous êtes !

La serveuse tenta de dégager son poignet, mais Jacques le serrait fermement entre ses doigts tortueux.

— Vous me faites mal. Lâchez-moi ! s'écria la malheureuse en jetant des regards désespérés en direction de Valmont.

Ce dernier se leva d'un bond, saisit Jacques par le col de sa veste et le souleva à bout de bras.

— Lâche-la immédiatement ! ordonna-t-il.

Surpris par la réaction de Valmont, Jacques s'exécuta.

— Vous ne vous en sortirez pas comme ça ! menaça-t-il en reprenant son souffle. Et mon fric, vous n'êtes pas près d'en voir la couleur, c'est moi qui vous le dis !

— Tu es devenu complètement parano depuis que ta mère a gagné au loto. On n'en a strictement rien à foutre de ton fric ! assura Valmont. Quand on voit où ça t'a mené d'avoir autant d'argent, ça ne fait pas envie.

Valmont enfila son imperméable, tira de sa poche une cigarette qu'il porta aussitôt à ses lèvres. Ses doigts tremblaient de colère.

— Allez, asseyez-vous tous les deux, dit Martin. On ne va pas encore se prendre la tête pour des histoires d'argent.

— Non, moi je préfère me casser d'ici plutôt que d'écouter ces conneries, déclara Valmont. Il nage en plein délire et en plus, il a agressé Mathilde. Trop c'est trop !

— Tu vois bien qu'il n'est pas dans son état normal, Valmont, répliqua Martin.

— Il vient tout de même de m'accuser d'avoir tué la vieille ! Je ne vais pas rester assis sans rien dire. Je me casse…

Comme Jacques lui barrait le passage, et n'entendait pas bouger, Valmont le poussa d'un léger coup d'épaule. Déjà branlant sur ses deux jambes, Jacques manqua de basculer à la renverse. Cela l'irrita au plus haut point.

D'un geste vif, il saisit la chaise qui se trouvait à sa portée et la fracassa sur le dos de Valmont. Ce dernier s'effondra de toute sa hauteur, emportant avec lui dans sa chute la table et les verres qui se brisèrent au sol dans un grand fracas. Épouvantés, les clients les plus proches se levèrent à leur tour, prêts à détaler comme des lapins.

Jacques s'enfuit du bar en poussant des jurons tandis que Mathilde, Fernand et Martin venaient en aide au pauvre Valmont, qui gisait inerte au sol, face contre terre.

Alertés par le patron, les gendarmes et les secouristes ne tardèrent pas à arriver sur place. Valmont fut pris en charge et transféré au CHU de Nantes. Il s'en tirait avec une belle fracture de l'omoplate et un léger traumatisme crânien.

Moins d'une heure après, suivant les indications des voisins, les gendarmes retrouvèrent Jacques. Ne sachant où aller, il s'était réfugié dans le cimetière. Le malheureux était prostré sur la tombe de Francine.

Les gendarmes eurent bien du mal à le faire lâcher prise pour l'emmener : Jacques était fermement agrippé à la grille de fer forgé qui délimitait le périmètre de la tombe. Il était convaincu d'avoir tué Valmont. Dans son esprit, il ne faisait aucun doute qu'il allait finir en prison pour le restant de ses jours. Plus jamais il ne reverrait ni sa maison, ni son beau jardin… Et Francine, qu'allait-elle devenir sans lui ?

Il se débattit furieusement en poussant des hurlements de bête quand les gendarmes l'arrachèrent enfin à la tombe.

Il fut placé en cellule de dégrisement, en attendant d'être vu par un médecin. Allongé sur le matelas, les bras en croix, il dormit à poings fermés durant plusieurs heures d'affilée.

Lorsque le médecin vint le voir dans sa cellule en fin d'après-midi, Jacques était étrangement calme, assis sur le lit, le regard vitreux. Il ne voulut répondre à aucune de ses questions et refusa catégoriquement d'être examiné.

Le médecin sollicita l'assistance des gendarmes, mais Jacques résista en les bousculant et en criant. Il se mit en position fœtale sur le matelas et répéta des phrases incompréhensibles ; on eut dit des incantations. Il semblait avoir perdu l'esprit.

Le médecin remarqua une forte odeur d'encens qui émanait des vêtements de Jacques. Hadrien expliqua qu'il avait aperçu un encensoir posé sur la table de son salon. Il avait lui-même été incommodé par cette odeur prégnante lorsqu'il était allé l'interroger à son domicile, le dimanche matin. Les gendarmes avaient émis l'hypothèse qu'il s'en servait pour chasser les mauvais esprits ou « fantômes » de sa maison. A priori, cela n'avait rien de bien inquiétant en soi.

« Tout dépend de ce que vous mettez dans l'encensoir », avait rétorqué le médecin. À titre d'exemple, il exposa un fait divers qui était survenu peu de temps auparavant à la cathédrale de Nantes. Pour se marrer, deux enfants de chœur avaient mis du cannabis dans le vase cérémonial. Cela aurait pu relever de la simple plaisanterie, s'ils n'avaient pas eu l'idée de faire quelque mauvais mélange. En plus des hallucinations provoquées par l'herbe, des dizaines de personnes furent gravement intoxiquées.

Il fut convenu que Jacques serait soumis à un dépistage de drogue. Les gendarmes le conduisirent d'abord aux urgences psychiatriques du CHU de Nantes. Puis, sur décision du médecin de garde, on le transféra dès le lendemain à l'hôpital Saint-Jacques, pour un séjour de quinze jours minimum.

Les enquêteurs avaient reçu entre-temps les résultats des prélèvements : son ADN ne correspondait pas avec celui retrouvé sous les ongles de Huguette Letellier. Cela ne signifiait pas pour autant qu'il était innocent. L'ADN prélevé sur la victime s'était révélé être celui d'une femme. Il avait été comparé avec la base de données du Fichier national des empreintes génétiques. Cela n'avait pas permis d'identifier cette personne : elle était inconnue des services de gendarmerie.

Compte tenu de la corpulence de la vieille dame, et de la logistique qu'il avait fallu mettre en place pour déplacer son corps et le jeter dans le puits, les gendarmes en avaient déduit que les assassins devaient obligatoirement être deux.

Valmont, quant à lui, put regagner son domicile le soir même de l'agression, ses blessures ne nécessitant aucun soin particulier. Il fut convoqué à la gendarmerie de Carquefou dès le jeudi matin afin de témoigner de ce qui s'était passé à L'Atelier.

Les gendarmes souhaitaient également l'interroger dans le cadre de l'affaire Letellier. Était-il le mystérieux individu qui avait été aperçu par plusieurs témoins dans le quartier ?

*

Valmont se présenta aux environs de neuf heures trente, les traits tirés, le visage tendu. Inquiet de ce que Jacques avait bien pu raconter aux gendarmes à son sujet et souffrant de ses blessures, il n'avait pas réussi à fermer l'œil de la nuit.

Il patienta dans la salle d'attente une bonne demi-heure ; il eut donc tout le loisir de se faire du mauvais sang. Mathilde lui envoya plusieurs messages. Elle était très inquiète et voulait savoir comment s'était passée son audition… Il lui répondit qu'il gérait la situation, et qu'il irait la voir dès qu'il sortirait de la gendarmerie.

Valmont arpenta nerveusement le hall et revint s'asseoir face au miroir.

Il fit craquer les jointures de ses phalanges, renversa la tête et ferma les yeux quelques instants.

Cette attente lui parut interminable et le replongea quarante-sept ans en arrière…

*

Il se revit assis sur une chaise, face à l'impressionnant bureau de monsieur Hubert, le principal du collège Sainte-Anne. Peu avide de savoir, mais enclin à la bonne humeur, Valmont avait acquis une solide réputation de cancre. Aussi était-il un habitué du bureau du directeur.

Les traits de monsieur Hubert étaient encore gravés dans son esprit ; jamais il n'oublierait ce teint cireux, ce nez aquilin semblable à celui d'un vautour, et surtout cette bouche constamment ouverte dont la lèvre inférieure pendait sur un menton en galoche.

Valmont se remémora les circonstances de son renvoi du collège. Jacques Desfontaine l'avait accusé d'avoir sectionné les freins de son vélo et d'être ainsi responsable de l'accident qui s'était ensuivi. La chute de vélo avait valu à Jacques une amputation du petit orteil.

Valmont avait toujours nié être à l'origine de ce drame, mais les preuves étaient accablantes : on avait retrouvé un sécateur dans son cartable. Valmont était convaincu que c'était Jacques, lui-même, qui avait coupé les freins de sa bicyclette et placé l'outil dans ses affaires pour le faire accuser.

Pourquoi ?

Tout simplement pour se venger d'un mauvais tour que Valmont lui avait joué la veille. Ce dernier, accompagné de deux camarades, lui avait attaché les mains dans le dos et baissé son pantalon au milieu de la cour de récréation.

En fomentant son propre accident, Jacques n'avait probablement pas imaginé que cela irait aussi loin…

Aujourd'hui, Valmont se retrouvait à nouveau sur le banc des accusés à cause des élucubrations mensongères de Jacques. Il serrait les dents.

Hadrien se trouvant en repos forcé, l'adjudant Simon Belfort vint le chercher en salle d'attente.

Il invita Valmont à expliquer les circonstances précises de l'agression. Ce dernier ne se fit pas prier. Il se lança dans un récit épique, n'omettant aucun détail qui put incriminer davantage son agresseur. Le portrait à charge qu'il brossa traduisait son profond mépris pour Jacques.

— Désirez-vous porter plainte pour coups et blessures contre monsieur Desfontaine ? s'enquit l'adjudant Belfort.

Contre toute attente, Valmont répondit qu'il ne le souhaitait pas.

— Puis-je vous demander pourquoi ?

— Ça se voit que vous ne connaissez pas Jacques ! Si je porte plainte contre lui, il m'en voudra à mort et je paierai au centuple !

En disant cela, Valmont avait à l'esprit son renvoi du collège et bien d'autres déboires qu'il lui imputait directement.

Le gendarme parut fortement surpris. Alors, Valmont relata avec force détails quelques anecdotes, dont certaines émanaient de sa propre imagination. À mesure qu'il parlait, il augmentait le débit, le volume, et la gravité des faits. Il illustra ses propos d'une gestuelle éloquente.

Tandis que Valmont s'égosillait, Simon observait les mimiques de son visage. Bien qu'il l'écoutât sans rien laisser transparaître, il n'en crut pas un mot.

— Vous ne l'appréciez pas du tout, à ce que je vois, conclut-il d'un ton ironique.

— Disons que c'est un homme qui est passé maître dans l'art de faire le vide autour de lui. Déjà au collège, il n'avait aucun ami. Les adultes qui ne voyaient pas clair dans son jeu le prenaient en pitié. En vérité, c'était lui-même qui se mettait à l'écart des autres. Il parlait souvent tout seul dans son coin, comme avec un ami imaginaire. Il était différent des autres enfants de son âge… Tout ça, c'est sûrement à cause de sa mère qui le couvait comme un oisillon tombé du nid. À force de le surprotéger, elle a fini par le rendre complètement barge… Fallait les voir tous les deux marcher dans le bourg de Carquefou, bras dessus, bras dessous. On aurait dit un vrai couple. Et quand son père est mort, on ne les vit plus jamais sortir l'un sans l'autre. C'était à se demander s'ils ne dormaient pas tous les deux dans le même lit. Vous voyez ce que je veux dire ?

Simon s'abstint de répondre. Valmont poursuivit :

— J'ignore pourquoi, mais Jacques en veut à la terre entière et ça ne date pas d'aujourd'hui. Mais depuis que sa mère est morte, il a complètement pété un plomb ! Mis à part Fernand et Martin, il n'a aucun ami, vous savez. Personne ne le supporte. C'est un fourbe… Il ne faut pas croire tout ce qu'il dit.

Valmont fit une courte pause. Ses yeux verts effectuaient des mouvements saccadés de gauche à droite. Il retira ses petites lunettes carrées et les essuya du revers de sa chemise.

— Il raconte à qui veut bien l'écouter qu'il y a des personnes qui squattent chez lui. Il a dû vous le raconter à vous aussi…

— En effet.

— Vous ne l'avez pas cru, j'espère?

Simon éluda la question.

— Qu'est-ce qui vous fait penser qu'il ment?

— Jacques ne vit pas dans le même monde que nous, vous savez. Mais comme je vous l'ai expliqué, ces dernières semaines, les choses ont empiré. Il lui est même arrivé de venir nous voir au café et de ne pas s'en souvenir ensuite. Je crois qu'il perd la boule. Et vu qu'il passe son temps à picoler, ça n'arrange rien du tout! Voilà ce que je peux vous dire sur lui…

— Je vous remercie, répondit Simon.

— Il est bien normal de vouloir aider…

— Comme vous le savez certainement, nous enquêtons sur un homicide. Si vous le permettez, j'aurais quelques questions à vous poser à ce sujet.

— Oui, je crois savoir que la voisine de Jacques a été assassinée. Mais je ne vois pas en quoi ça me concerne.

— Un homme d'une cinquantaine d'années, vêtu d'un imperméable gris, a été aperçu par plusieurs témoins dans le quartier. Bien que nous n'ayons retrouvé aucun mégot, il s'agirait d'un fumeur.

— C'est Jacques qui vous a dit que ça pouvait être moi?

— Je ne suis pas autorisé à vous répondre. Est-ce vous?

— Non, je ne vais jamais du côté du cimetière. C'est un quartier que je préfère éviter.

— Pouvez-vous me dire où vous étiez dans la nuit de samedi à dimanche ?

Valmont se redressa sur sa chaise, les yeux ronds :

— Non, mais je rêve : vous êtes en train de m'accuser d'avoir tué la vieille ! Vous n'allez quand même pas croire ce que Jacques vous a dit ? C'est un affabulateur de première catégorie.

— Veuillez répondre à ma question, je vous prie, insista Simon.

Les yeux de Valmont dévièrent sur la gauche. Il se racla la gorge et déclara d'une voix enrouée.

— J'étais chez moi, dans mon lit, précisa-t-il sèchement.

— Votre femme pourra-t-elle confirmer ce que vous dites ?

— Laissez ma femme tranquille… Elle n'a rien à voir avec cette histoire.

— Elle doit simplement confirmer que vous étiez bien chez vous au moment des faits. Donnez-moi un numéro de téléphone auquel la joindre. On va l'appeler tout de suite, ainsi nous serons fixés, déclara-t-il en s'emparant du téléphone.

Valmont prit peur.

— Non, ne mêlez pas ma femme à tout cela…

Il baissa les yeux et déclara :

— Je n'ai pas dormi à la maison samedi soir. Je lui ai dit que j'étais à la chasse avec Fernand et Martin. On se fait parfois des petits week-ends tous les trois et on campe sur place.

— Vous n'étiez pas à la chasse…

— Non.

— Où étiez-vous ?

— Chez une amie.

— Il me faut son nom et son numéro de téléphone afin que votre amie puisse confirmer ce que vous avancez.

— Ce n'est pas utile, croyez-moi.

— Je ne peux vous croire sur parole, d'autant que vous avez délibérément menti en disant que vous aviez dormi chez vous.

— C'est parce que c'est délicat comme situation…

— Je ne suis pas là pour vous juger. Son nom, je vous prie ?

— Elle s'appelle Mathilde Le Corvec. Elle habite à Sainte-Luce-sur-Loire.

Simon nota les coordonnées de la jeune femme sur une feuille. Ce nom lui disait vaguement quelque chose. La mémoire lui revint soudain. Sans laisser transparaître son embarras, il demanda s'il s'agissait de la serveuse du café.

Valmont acquiesça, tête baissée.

— Très bien, ce sera tout pour le moment, déclara Simon en se levant.

Alors qu'il raccompagnait Valmont vers la sortie, ce dernier lui demanda à voix basse :

— Puis-je compter sur votre discrétion concernant Mathilde ?

Simon le salua sans prendre la peine de lui répondre. De retour dans son bureau, il se laissa lourdement tomber sur son fauteuil. Mathilde avait été l'une de ses conquêtes d'un soir. Il allait devoir reprendre contact pour vérifier si Valmont était bien avec elle dans la nuit de samedi à dimanche.

Chapitre XV

Samedi 6 janvier.

Le véhicule de la gendarmerie remontait à faible allure la rue François René de Chateaubriand.

Derrière le volant, l'adjudant Simon Belfort sifflotait un air enjoué qu'il composait probablement selon l'inspiration du moment, tandis que Hadrien regardait par la fenêtre, l'air morose. Il observait les rares passants qui avaient osé s'aventurer dehors, bravant la pluie fine et pénétrante qui s'abattait sur eux sans discontinuer. Certains se protégeaient tant bien que mal, tenant fermement leur capuche à deux mains. D'autres, plus téméraires, tentaient de s'abriter sous leur parapluie démantibulé, transformé en pantin décharné, sous les rafales de vent.

Simon jeta un œil sur son collègue. Hadrien était perdu dans ses pensées.

— Tu n'as pas décroché un mot depuis qu'on a quitté la caserne. J'ai comme l'impression qu'il y a de l'eau dans le gaz entre le lieutenant et toi en ce moment. Je me trompe?

— Ce n'est pas qu'une impression, maugréa-t-il entre ses lèvres. Ça se voit tant que ça?

— Je ne suis pas le seul à l'avoir remarqué. Paul et Guillaume m'en ont touché deux mots hier. Ils voulaient avoir des infos sur ce qui se passait entre vous deux. Évidemment, j'ai fait celui qui ne savait rien.

— Mais, tu ne sais rien, Simon! rétorqua Hadrien d'un ton qu'il aurait souhaité moins brutal. D'ailleurs, moi-même, je ne comprends pas pourquoi Émilie se montre aussi froide et distante avec moi.

— Oui, j'ai bien vu le regard qu'elle t'a lancé ce matin en te filant la feuille de route. Tu devrais peut-être l'inviter à prendre un verre un de ces soirs après le boulot, histoire de briser la glace entre vous deux. Les femmes se montrent souvent plus chaleureuses quand elles ont quelques verres dans le nez, plaisanta Simon.

— Tu suggères que je la fasse boire?

Simon lui adressa un sourire complice, puis ajouta:

— Si tu l'avais vue, le soir du réveillon du Premier de l'an, tu comprendrais pourquoi je te dis de l'inviter dans un bar. Après deux verres de punch, elle était complètement désinhibée; elle dansait presque sur les tables. Elle n'en était que plus désirable d'ailleurs, reconnut-il en plissant les yeux de malice.

— J'ai bien fait de rester chez moi alors; les femmes qui picolent, c'est pas mon truc!

— Allez, arrête de jouer les rabat-joie, sois courageux et invite-la! Je suis prêt à parier un billet de vingt qu'elle en crève d'envie, déclara-t-il en tendant sa main.

— Dans ce cas, tu viens de perdre vingt euros. Elle m'a dit très clairement que nos relations devaient rester strictement professionnelles. Je pense que c'est mieux ainsi.

— Si c'est vraiment ce que tu veux, tu ne verras pas d'objection à ce que je l'invite à prendre un verre, un de ces soirs ?

Hadrien éluda la question. Mais son regard en disait long sur le fond de sa pensée.

— Cette femme est trop compliquée à cerner pour moi. Je préfère quand les choses sont plus simples.

— Tu penses toujours qu'elle nous cache la vérité sur sa mutation ? Elle a certainement ses petits secrets, comme la plupart des gens ! Tant que ce n'est pas un cadavre dans le placard…

— Va savoir ?

— Impossible. Cette femme est la droiture incarnée.

— C'est ce que tu disais aussi à propos d'Amandine, je crois. Ça ne l'a pas empêchée d'assassiner trois personnes en l'espace d'une semaine. Et tu n'as rien vu venir.

— Inutile de me le rappeler. Il ne se passe pas un jour sans que je pense à Caroline, confia-t-il d'une voix éraillée.

Simon regardait droit devant lui. Des images qu'il aurait préféré effacer de sa mémoire remontaient à la surface. Il revoyait les corps meurtris de Camille, Rose et surtout celui de Caroline, sa petite amie. Toutes les trois avaient été sauvagement assassinées. Amandine n'avait été qu'une simple marionnette…

mais une marionnette profondément démoniaque.

Hadrien avait raison : il avait beau être gendarme, il s'était fait avoir comme un bleu. Pire, ces femmes étaient mortes à cause de lui. Il lui fallait désormais vivre avec ce poids sur la conscience.

— Désolé, ce n'était pas très malin de ma part, reconnut Hadrien.

Simon apprécia ses excuses à leur juste valeur. Hadrien n'était pas un homme qui reconnaissait facilement ses erreurs.

— Pour en revenir au lieutenant, reprit Simon, je pense qu'il ne faut pas lui en vouloir. Le procureur lui met une pression inouïe sur les épaules. Vendeuvre veut que l'affaire Letellier soit vite bouclée, du moins avant que la presse ne s'en mêle. Il passe son temps à la harceler au téléphone. En plus, tu le connais, il n'y a pas plus misogyne que lui. Autant dire qu'au premier faux pas du lieutenant, Vendeuvre ne lui fera pas de cadeau.

Hadrien n'émit aucun commentaire. L'attitude du lieutenant avait pour lui une explication plus personnelle… Au rond-point, le véhicule de la gendarmerie bifurqua sur la gauche et remonta la rue qui longeait le cimetière. La maison de Jacques se dressait de toute sa hauteur en haut de la côte.

Simon stoppa le véhicule à quelques mètres du mur de l'enceinte. De là où ils se trouvaient, les gendarmes apercevaient l'arrière de la bâtisse ainsi qu'une partie du jardin d'agrément. Les volets en bois claquaient dans le vent du nord. Les voiles d'hivernage de quelques arbres fruitiers flottaient dans l'air, comme des rubans de soie. La grande bâtisse semblait abandonnée.

— As-tu eu des nouvelles de Jacques Desfontaine ? demanda Simon.

— Non, aucune. Et, je pense qu'on n'est pas près de le revoir par ici. Le médecin psychiatre qui le suit à l'hôpital m'avait dit, au début de son internement, qu'il en aurait pour deux à trois semaines minimum.

— De quoi souffre-t-il exactement ?

— Le docteur a diagnostiqué une forme de névrose obsessionnelle qui serait due à un choc traumatique.

— Suite au décès brutal de sa mère ?

— A priori, oui. C'est en tout cas à partir de ce moment-là qu'il a vrillé.

— Quels sont les symptômes de cette maladie ?

— Ils peuvent varier d'un patient à l'autre, mais en l'occurrence, chez Desfontaine, cela s'est traduit par une grande agressivité et de nombreuses hallucinations.

— Pas étonnant qu'il ait cru voir des fantômes chez lui… Ou qu'il ait imaginé qu'il y avait des gens qui vivaient sous son toit, à son insu. Tu penses toujours que ce n'est pas lui qui a assassiné sa voisine ?

Hadrien opina de la tête.

— Le lieutenant pense exactement le contraire, poursuivit Simon. Et j'avoue que je partage cet avis, surtout après ce que tu viens de me dire.

— Vous vous trompez tous les deux.

— Il a bien été capable de pointer une arme sur son voisin et d'envoyer son pote à l'hôpital en lui brisant une chaise sur le dos.

— Ce sont des actes irréfléchis, spontanés, guidés par la colère. Les meurtriers de Huguette Letellier ont agi de sang-froid. Ils avaient tout planifié.

D'ailleurs, c'est bien pour cette raison qu'on n'arrive pas à remonter jusqu'à eux.

— J'ai surpris une conversation téléphonique ce matin entre le lieutenant et Vendeuvre. D'après ce que j'ai compris, le proc lui a dit que si d'ici à lundi, on n'avait pas de nouveaux éléments, il nous dessaisirait de l'enquête. Je te laisse imaginer dans quel état était la patronne en raccrochant.

Simon remit le moteur en route. D'un geste de la main, Hadrien lui fit signe de ne pas démarrer. Il fixait les fenêtres de l'étage. Il avait cru voir passer une ombre furtive derrière l'une d'entre elles.

Non, ce n'était rien, il avait dû se tromper.

Le véhicule s'engagea dans la rue de Jacques Desfontaine.

Simon ralentit en passant devant la maison de Marthe Robert. La fenêtre de la cuisine était ouverte. La vieille dame était juchée en haut d'un escabeau. Absorbée par le nettoyage des vitres, elle ne les avait pas entendus arriver. Lorsqu'elle se rendit compte de la présence des gendarmes, elle descendit précipitamment et referma bien vite les vantaux, oubliant le chiffon et le pulvérisateur sur le rebord de la fenêtre.

— Encore une qui n'a pas la conscience tranquille, annonça Simon.

— Je dirais plutôt qu'elle a peur, corrigea Hadrien. Lors de son audition, elle n'a pas cessé de nous mentir, notamment quand il a été question de l'argent retrouvé dans le poêle à bois des Letellier. Je suis convaincu qu'elle sait comment son amie se l'est procuré et je dirais même qu'elle connaît l'identité des meurtriers.

Les gendarmes prirent la direction du bourg.

Alors que le véhicule descendait lentement la rue du 9 août, Hadrien pointa son index en direction du bureau de tabac.

— Mais, c'est Jacques Desfontaine ! s'écria-t-il.

Simon stoppa le véhicule au milieu de la route et jeta un coup d'œil dans le rétroviseur central.

Il n'eut le temps d'apercevoir que la frêle silhouette d'un homme, dissimulée sous un vaste parapluie. Ce dernier remontait la rue, laissant traîner dans son sillage des volutes de fumée blanche.

— Ça m'étonnerait que ce soit lui, déclara Simon en lâchant la pédale de frein. Je n'ai pas eu le temps de bien le voir… mais il m'a semblé qu'il ne boitait pas de la même façon, et qu'en plus, il fumait.

— Je suis certain que c'était lui ! J'ai vu son visage quand il est sorti du bureau de tabac.

— À moins qu'il n'ait le don d'ubiquité, je ne comprends pas comment ça pourrait être Jacques. Aux dernières nouvelles, il est toujours interné.

— Je suis certain que c'était bien lui ! Prends tout de suite à gauche ! On va faire le tour et remonter sur la place de l'église. On est samedi, et c'est l'heure de l'apéro. Si c'est bien Jacques, il doit certainement se rendre au café pour rejoindre ses amis.

Simon gara le Partner dans le parking couvert et retint Hadrien par le bras au moment où il s'apprêtait à ouvrir la portière.

— Attends, je pense qu'il est préférable que ce soit moi qui y aille, seul.

— Pourquoi ?

— Pas la peine de débarquer à deux dans le café. Il pourrait prendre peur. Mieux vaut que l'un de nous reste dans le véhicule.

Simon abaissa le miroir de courtoisie et passa une main dans ses cheveux bruns.

— Tu salueras la jolie serveuse de ma part, dit Hadrien d'une voix malicieuse.

Simon se contenta de sourire et s'extirpa du véhicule.

Hadrien observa attentivement les véhicules garés sur le parking. Son attention se porta sur une vieille Ford Mondéo blanche immatriculée dans le Cantal. De là où il se trouvait, il ne pouvait qu'apercevoir la silhouette d'une femme assise derrière le volant du véhicule.

Alors qu'il croyait avoir réussi à chasser Émilie Girard de ses pensées, cette simple plaque minéralogique le ramena brutalement à elle. Il songea qu'il n'était jamais allé dans ce département, bien qu'il fût certainement l'un des plus beaux de France. Il se souvint du magnifique paysage de la carte postale qui était posée sur le bureau d'Émilie. Excepté en Bretagne, Hadrien ne voyageait pas souvent. Il considérait que tout le plaisir du voyage était dans le partage.

Simon ouvrit la portière du Partner. Le froid humide s'engouffra avec lui.

— T'avais raison, Hadrien ! C'était bien Jacques ! s'empressa-t-il de déclarer.

— Tu l'as vu ? interrogea Hadrien les yeux écarquillés.

— Non, mais ses amis m'ont dit qu'il était passé au café un peu plus tôt dans la matinée.

— C'est étrange, le médecin avait certifié qu'il devait rester à l'hôpital pour au moins deux à trois semaines.

— Ses amis ont eux aussi été fortement surpris. D'autant que Jacques avait l'air particulièrement en forme. Il leur a dit qu'il était sorti plus vite que prévu de l'hôpital, car son traitement avait bien fonctionné.

— Difficile à croire.

— Il est entré dans le bar, les bras chargés de cadeaux, et leur a payé deux tournées de Pastis pour se faire pardonner. En tout cas, c'est ce qu'il leur a dit avant de partir. Il n'est pas resté bien longtemps : il avait un rendez-vous important.

— Il leur a offert des cadeaux ? s'étonna Hadrien. Il n'y a pourtant pas plus radin que lui…

Simon hocha vigoureusement la tête.

— Oui, et il ne s'est pas fichu d'eux. Le plus âgé des trois s'est vu offrir une belle canne à pêche toute neuve, et Mathilde… un foulard en soie assorti à la couleur de ses yeux.

— Qui est Mathilde ?

— C'est la serveuse.

— La petite brune aux yeux verts ?

Le visage de Simon s'illumina comme un phare au milieu de l'océan. Il détourna la tête.

— Je comprends mieux pourquoi c'est moi qui suis resté dans le véhicule…

Les yeux rieurs, Simon attacha sa ceinture de sécurité et mit le moteur en route.

Tandis que le véhicule progressait lentement vers la sortie du parking, les gendarmes aperçurent de nouveau la silhouette courbée sous son parapluie. Elle avançait droit dans leur direction, une grande enveloppe du Crédit Mutuel serrée contre elle. Simon abaissa sa vitre et l'interpella.

— Monsieur Desfontaine !

L'homme bondit en arrière. Il releva son parapluie et demeura quelques instants stupéfait, la bouche entrouverte. Bien que la cicatrice sur sa joue fût moins rouge et moins boursouflée, elle contrastait avec son teint blafard.

— Nous sommes surpris de voir que vous êtes déjà sorti de l'hôpital, Monsieur.

— Les médecins m'ont dit que je pouvais rentrer chez moi ; je me sens beaucoup mieux à présent.

— Quand êtes-vous sorti ? s'enquit Simon.

— Mardi matin.

Les gendarmes échangèrent un regard.

— Puisque vous avez retrouvé vos esprits, nous souhaiterions vous interroger à nouveau, annonça Hadrien. Disons lundi, vers dix heures trente. Ça vous convient ?

— Oui, pas de souci. Veuillez m'excuser, mais je suis attendu…

— Très bien. Passez un bon week-end, monsieur Desfontaine, lança Simon en remontant sa vitre.

Hadrien le regarda s'éloigner vers le fond du parking.

— C'est curieux : je pensais que Jacques Desfontaine boitait du pied droit…

Simon haussa les épaules.

— Je ne fais pas attention à ce genre de détail. Le traitement a dû guérir ses rhumatismes ! plaisanta-t-il en démarrant.

Avant que le Partner ne quitte le parking, Hadrien jeta un dernier regard dans le rétroviseur.

À son grand étonnement, il constata que Jacques montait à bord de la Ford Mondéo blanche.

*

De retour à la caserne, Hadrien et Simon informèrent leurs collègues de cette étonnante rencontre.

Alors que Hadrien sortait de son bureau, il croisa le lieutenant dans le couloir central. Elle se planta devant lui, les bras croisés sur sa poitrine.

— Il paraît que vous avez vu Jacques Desfontaine dans le bourg. Il est déjà sorti de l'hôpital ?

— Oui. C'est assez surprenant. Je viens de contacter le secrétariat du médecin qui le suit à l'hôpital afin d'avoir des explications.

— Que vous a-t-il dit ?

— Le docteur Landemont s'est absenté pour le week-end. Je lui ai laissé un message. Il me rappellera certainement lundi matin.

— Vous avez bien fait. Connaissant l'énergumène, cela ne m'étonnerait pas qu'il se soit enfui de l'hôpital.

— On verra bien ; j'ai convoqué monsieur Desfontaine une nouvelle fois. Il doit se présenter ici, lundi matin.

— Vous avez changé d'avis à son sujet ?

— Non. J'espère seulement qu'il a retrouvé la mémoire et qu'il sera en mesure de nous donner davantage de précisions sur la nuit du meurtre.

— Je l'espère aussi, déclara Émilie à mi-voix.

Les yeux bleus de la jeune femme le fixaient intensément.

Comme elle se trouvait sur son passage, Hadrien demanda :

— Vous avez autre chose à me dire ?

Émilie parut gênée. D'une main distraite, elle passa une boucle de ses cheveux derrière son oreille.

— Je n'ai pas vu votre nom sur le tableau d'inscription, pour le repas, lui fit-elle remarquer en se mordillant la lèvre inférieure.

— De quel repas s'agit-il ?

— Du repas de ce soir. Celui de la galette des Rois.

— Je ne viendrai pas.

— J'ai remarqué que vous ne participez jamais aux fêtes que vos collègues organisent. C'est pourtant l'occasion d'apprendre à connaître les personnes avec lesquelles vous travaillez.

— Justement, je préfère ne pas mêler le personnel et le professionnel.

Se souvenant de ce qu'elle lui avait dit en sortant de la salle de réunion, la jeune femme baissa les yeux. Il venait de marquer un point. Ses joues s'empourprèrent.

— J'ai pas mal de boulot à faire chez moi, ajouta-t-il d'une voix plus douce. C'est ma seule soirée de libre cette semaine. Alors, je préfère en profiter.

— Ça ne peut pas attendre ? insista-t-elle.

— Non. Mais gardez-moi une part de galette !

Hadrien fit quelques pas puis se retourna. Elle n'avait pas bougé ; elle était immobile au milieu du couloir et le regardait s'éloigner, l'air pensif.

— Si vous faites les livraisons à domicile, ce soir, je serai là-haut dans mon appart, lança-t-il à son adresse.

Sans attendre de réponse, il s'éloigna. Ces dernières paroles résonnèrent dans sa tête : « Si vous faites les livraisons à domicile, je serai là-haut dans mon appart ». Quel idiot ! se dit-il en se martelant le front de la paume de sa main. Non, mais quel idiot ! se répéta-t-il, réalisant qu'il avait invité le lieutenant chez lui.

Mais oserait-elle venir ?

Hadrien s'installa devant l'écran de son ordinateur. Ses longues mains, posées sur le clavier, restèrent résolument statiques. Il fut incapable d'écrire le moindre mot.

Chapitre XVI

Samedi 6 janvier, 22 h 45.

Les doigts agiles d'Hadrien parcouraient la baguette de noisetier sur toute sa longueur, à la recherche d'éventuelles imperfections.

Parfait, songea-t-il en s'emparant du sécateur.

D'un geste net et précis, il sectionna les deux extrémités de la branche. Il ajusta ses lunettes de protection et, à l'aide d'un ciseau à bois biseauté, racla la fine couche d'écorce en effectuant de petits mouvements latéraux. Les copeaux retombaient sur la table, minces et légers comme des rubans de soie.

Deux coups frappés à l'entrée le firent sursauter. Hadrien releva la tête, son cœur s'accéléra.

Il retira ses lunettes et jeta un œil au cadran de la pendule.

Les aiguilles indiquaient 22 h 45. Bien qu'il n'osât se l'avouer, il espérait, au fond de lui, que ce soit Émilie.

Durant tout l'après-midi, il s'était en effet demandé si elle avait pris au sérieux l'invitation qu'il lui avait lancée dans le couloir. Certes, il l'avait conviée sur le mode de la plaisanterie, mais le regard de défi qu'elle lui avait adressé lui laissait entrevoir la possibilité qu'elle se présente.

Cependant, compte tenu de l'heure, il lui apparaissait plus probable que ce soit Simon. Ce dernier avait pris la fâcheuse habitude de venir toquer à sa porte tard le soir pour lui emprunter un chargeur de téléphone portable. Ce ne serait rien que la troisième fois en quinze jours. Deux nouveaux coups, plus sonores que les précédents, retentirent.

— C'est bon, j'arrive! annonça-t-il d'une voix agacée.

Quand Hadrien ouvrit, il demeura interdit, la main sur la poignée, bouche bée.

Le lieutenant Girard se trouvait sur le seuil. Elle tenait dans une main une assiette contenant une part de galette des Rois et dans l'autre, une bouteille de cidre.

— Votre commande est arrivée, adjudant-chef Velganni! plaisanta-t-elle en plissant malicieusement les yeux.

Elle souriait de ses belles dents blanches, le menton levé.

Hadrien la dévisagea de la tête aux pieds.

La jeune femme portait une longue robe bleu roi qui épousait parfaitement ses courbes. Cette couleur accentuait l'intensité de son regard envoûtant. Ses cheveux bouclés remontés en un chignon déstructuré lui conféraient l'aspect d'une déesse. Il devait bien se l'avouer, elle était très séduisante.

Comme il restait figé sur le pas de la porte, Émilie fronça les sourcils.

— Puis-je entrer un instant ou dois-je me contenter de votre paillasson ?

Les yeux de la jeune femme brillaient intensément, ses joues étaient rouge flamboyant.

Se souvenant de ce que Simon lui avait dit à propos du réveillon du Premier de l'an, Hadrien en conclut qu'elle avait certainement bu plus que de raison avant de monter le voir.

Même s'il la trouvait particulièrement désirable, il hésita un instant à la faire entrer.

Il était tiraillé entre le désir et la crainte. Elle était sa supérieure hiérarchique ; il ne pouvait donc pas se permettre d'agir avec elle comme il l'aurait fait avec n'importe quelle autre femme. D'autant qu'il se sentait incapable de dissimuler le trouble qu'elle provoquait en lui. En d'autres circonstances, il ne se serait même pas posé la question ; il l'aurait chaleureusement accueillie.

Hadrien remarqua immédiatement qu'elle n'était pas dans son état normal. Se rendait-elle seulement compte de ce qu'elle faisait ?

— Vous tombez mal, je suis occupé, se surprit-il à dire.

— Cinq minutes, insista-t-elle d'une voix posée.

Hadrien secoua catégoriquement la tête en signe de dénégation.

— C'est pourtant vous qui m'avez invitée cet après-midi, lui rappela-t-elle.

— C'était une plaisanterie ! Je ne pensais vraiment pas que vous prendriez ce que je vous ai dit au pied de la lettre.

À peine eut-il achevé sa phrase qu'il regretta aussitôt d'avoir parlé aussi sèchement.

Le visage d'Émilie se rembrunit. L'espace d'un instant, Hadrien crut qu'elle allait s'enfuir.

— Juste cinq minutes alors, s'entendit-il lui dire.

Émilie ne se le fit pas répéter deux fois. Elle franchit le seuil de la porte en le frôlant légèrement au passage. L'esprit confus, Hadrien referma derrière elle, ne sachant s'il devait se réjouir ou bien au contraire s'inquiéter de ce qui allait suivre. Il prit la sage résolution de rester éloigné d'elle le plus possible.

Jamais il n'aurait imaginé recevoir un jour le lieutenant dans son appartement ; et encore moins dans cette tenue. Il était nu-pieds, portait un vieux jean délavé et un t-shirt maculé de sciure de bois.

Émilie fit quelques pas en direction du salon et glissa doucement dans la pénombre.

Quand les yeux du lieutenant se furent un peu habitués à la semi-obscurité, elle fut surprise de constater que la pièce était quasiment vide, ayant pour seul mobilier un vaste canapé en velours noir, deux chaises, une table basse et un meuble télé. Il n'y avait pas le moindre bibelot ou bouquin en vue.

Le salon était impeccablement bien rangé. Un immense poster de la Nasa, offrant une vue panoramique de la Voie lactée, décorait la pièce. En l'apercevant, elle ne put s'empêcher d'émettre un cri d'admiration. Tout comme lui, elle était passionnée de ce qui avait trait aux mystères de l'univers. À ce titre, elle possédait de nombreux clichés de la terre vue de l'espace, mais cette photo-là lui plaisait plus que les autres.

Hadrien l'observait sans rien dire, adossé contre le montant de l'entrée du salon, à bonne distance.

Elle déposa l'assiette et la bouteille qu'elle avait apportées sur la table basse en déclarant :

— Je ne m'attendais pas à trouver un appartement aussi… bien rangé, finit-elle par dire.

— Je ne m'encombre pas d'objets inutiles. Comme vous pouvez le voir, je vis avec le strict minimum.

— Dans ce cas, je ferais bien de vous embaucher comme majordome. Mon appartement est aux antipodes du vôtre : il y a des piles de cartons dans chaque recoin. Depuis mon emménagement, je n'ai pas encore trouvé le temps de déballer toutes mes affaires. Vous seriez effaré de voir tout ce que j'ai entassé au fil des années. Je ne jette jamais rien. Je me dis qu'un jour ou l'autre, ça pourrait me servir.

— Il faut savoir se délester de tout ce dont on n'a plus besoin, suggéra-t-il. Il y a des associations dans la commune qui seraient ravies de vous rendre ce service.

— J'y songerai, promit-elle.

Émilie frotta ses épaules dénudées en frissonnant.

— Il fait rudement froid chez vous. Vous ne trouvez pas ?

Hadrien haussa les épaules, ce qui voulait signifier qu'il ne partageait pas cette sensation. Son regard glissa sur la pointe de ses seins dressée sous l'étoffe fine de sa robe. Il fit des efforts pour ne rien laisser paraître du trouble qui s'était emparé de lui.

— Votre chauffage est en panne ?

— Non, il n'est pas allumé. Je ne suis pas frileux. Je ne vois pas l'intérêt d'activer les centrales nucléaires quand il suffit de mettre un pull.

— Je suppose qu'il en va de même pour la lumière… ironisa-t-elle en regardant le lustre.

Gêné, Hadrien réalisa que le salon était plongé dans la pénombre. Seule l'applique du couloir apportait un peu de clarté à la pièce dans laquelle ils se trouvaient. Il s'empressa d'appuyer sur l'interrupteur qui était à sa droite, en bredouillant de vagues excuses.

— Désolé : j'ai une vue de lynx… et je n'ai pas l'habitude de recevoir du monde.

— Oui, je vois ça ; j'ai dû quand même bien insister pour que vous acceptiez de me laisser entrer.

— Puis-je vous offrir quelque chose à boire ?

Elle posa ses mains sur ses hanches et arrondit les yeux de manière exagérée.

— Parce que vous avez des verres ? se moqua-t-elle.

Hadrien croisa les bras sur son torse.

— Très drôle, se contenta-t-il de répondre.

— Je ne sais pas si ce serait bien raisonnable. J'ai déjà pas mal abusé de l'alcool avant de venir chez vous. Faut dire que vos collègues avaient préparé un délicieux punch pour accompagner la galette des Rois. Mais, puisque j'ai apporté une bonne bouteille de cidre, autant lui faire honneur !

Hadrien hocha la tête en signe d'acquiescement et quitta la pièce.

— On en profitera pour trinquer ensemble à cette nouvelle année qui commence, l'entendit-il annoncer gaiement depuis sa cuisine.

Il lui sembla que son cœur battait plus vite que d'ordinaire. Qu'est-ce qu'il lui avait pris de l'inviter à venir boire un verre, alors qu'ils avaient convenu tous deux qu'elle n'entrerait pas plus de cinq minutes ?

De retour au salon, Hadrien fut surpris de constater que la jeune femme était confortablement installée sur le canapé. Elle avait retiré ses talons et dénoué son chignon. Ses cheveux bruns retombaient en cascade sur ses épaules nues, les paupières mi-closes, la tête légèrement renversée en arrière. Elle fredonna un air enjoué entre ses lèvres. Cette vision troubla fortement Hadrien. Il fit des efforts terribles pour ne rien laisser transparaître.

— Vous avez l'intention de rester debout? s'amusa-t-elle, en lui faisant signe de s'asseoir sur le canapé.

Au grand étonnement d'Émilie, Hadrien tira une chaise et s'installa en face d'elle. Elle croisa ses jambes et le regarda sans rien dire.

Afin de rompre le silence devenu presque gênant, Hadrien entreprit de parler de l'affaire Letellier. Ce matin, l'étrange changement d'attitude de Jacques Desfontaine lui avait paru on ne peut plus suspect. Ce qui ne signifiait pas pour autant qu'il eût participé de près ou de loin à l'assassinat de sa voisine. Hadrien mentionna la présence sur le parking de la Ford Mondéo blanche dans laquelle il avait aperçu la silhouette d'une femme. Jacques avait pris place à bord de ce véhicule après être sorti du Crédit Mutuel.

Hadrien prit soin de garder le meilleur pour la fin: la Ford en question était immatriculée… dans le Cantal!

Alors qu'il s'attendait à ce que le lieutenant, elle-même originaire de ce département, commente cette dernière information, la conversation achoppa brutalement.

— Dites-moi, Hadrien, vous tenez véritablement à ce qu'on parle boulot, ce soir ?

— Non, pas spécialement. De quoi voulez-vous que nous parlions ?

— Je l'ignore… De ce que vous souhaitez. Peu importe le sujet, posez-moi toutes les questions que vous voulez, pourvu qu'elles n'aient aucun rapport avec les enquêtes en cours.

Cela tombe très bien, pensa Hadrien. Il avait justement une question qui le taraudait depuis plusieurs jours.

— Pourquoi avez-vous demandé votre mutation à Carquefou, alors que vous n'avez aucune attache dans la région ?

Le lieutenant parut quelque peu désappointé.

Les paupières baissées, elle porta à ses lèvres le verre de cidre qu'elle dégusta à petites gorgées.

— En tant que major de votre promotion, poursuivit Hadrien, vous auriez pu choisir un poste plus prestigieux, du moins plus en adéquation avec vos ambitions.

— D'où tenez-vous donc ces informations ?

— Je me suis renseigné sur vos états de service.

— Pourquoi tenez-vous tant à le savoir ?

— C'était moi qui devais poser les questions ce soir, non ? rétorqua-t-il d'un ton narquois.

— C'est vrai, reconnut-elle. Poursuivez.

— Quelques semaines avant son départ en retraite, le lieutenant Hoffmann nous avait annoncé qu'il serait remplacé par le lieutenant Fournier. Pour ne rien vous cacher, cet officier fait partie de mes connaissances.

— Je vois… Que savez-vous exactement ?

— Je sais que votre nomination s'est faite à la dernière minute. Le lieutenant Fournier s'est vu confier un autre poste, sans aucune explication.

— J'en suis sincèrement navrée pour lui. Sachez que je n'ai pas eu le choix. La vie parfois décide pour vous… ajouta-t-elle d'un air songeur.

— Je ne crois pas à la fatalité. Nous sommes maîtres de nos destins.

— C'est ce que vous croyez ? Vraiment ?

Émilie se tut. Les traits de son visage se durcirent et ses yeux brillèrent. Hadrien s'en aperçut et regretta aussitôt ses paroles.

— Rien ne vous oblige à me répondre… précisa-t-il d'une voix rauque.

— Non, ça va aller… J'occupais le poste de lieutenant dans une commune de la banlieue rennaise. Mon ex-compagnon, Ludovic, exerçait dans la même brigade que moi ; il est adjudant. Ce que je vais vous dire va probablement vous surprendre. Vous ne me croirez peut-être même pas.

— Je vous écoute…

— Cela faisait neuf ans que Ludovic et moi étions en couple. Nous devions nous marier au printemps prochain…

Elle fit tourner sa bague en argent sur son annulaire. Ludovic la lui avait offerte pour leurs fiançailles. Elle n'avait pas encore trouvé le courage de la retirer. Elle attendait d'être enfin prête.

D'une voix faible, presque sans timbre, elle raconta sa longue descente aux enfers.

Tout avait commencé, il y avait environ deux ans. Ludovic et son jeune collègue, Raphaël, avaient été appelés sur un cambriolage dans un magasin d'informatique. À leur arrivée sur place, les cambrioleurs étaient toujours dans la boutique. Ludovic et Raphaël avaient tenté de les interpeller sans les renforts. Son jeune collègue avait été abattu froidement d'une balle dans la tête. Il était décédé sur le coup. Il laissait derrière lui une femme et une petite fille de dix-huit mois. Se sentant intimement responsable de ce qui était arrivé à son jeune collègue, Ludovic avait sombré peu à peu dans l'alcool. Raphaël étant inexpérimenté, ils n'auraient jamais dû s'aventurer seuls à l'intérieur du bâtiment.

Émilie avait essayé de l'aider du mieux qu'elle avait pu, mais en vain. Il avait systématiquement refusé son soutien. Pire, il l'avait tenue pour responsable de ce qui était arrivé. Selon lui, elle avait trop tardé à envoyer les renforts.

Des larmes luisaient au bord de ses paupières. Hadrien baissa les yeux.

— Au tout début, Ludovic se contentait de hausser la voix, de m'insulter. Même si je trouvais cela profondément injuste, je ne répondais jamais. Je savais que ses paroles étaient guidées par sa souffrance. Puis, ce furent les coups, de plus en plus nombreux et de plus en plus forts. Je sais que j'aurais dû partir à ce moment-là…

À ces mots, la gorge d'Hadrien se serra.

— Pourquoi ne pas l'avoir fait ? demanda-t-il d'une voix qui trahissait son émotion.

— Parce que ce n'était pas si facile… Je n'ai pas trouvé le courage, ou l'énergie pour le faire. Sans compter que je savais que, si je partais, il mettrait fin à ses jours d'une manière ou d'une autre. Il me l'avait dit très clairement lorsque je l'avais menacé de le quitter. Il n'était plus vraiment lui-même depuis le drame ; sans doute espérais-je au fond de moi qu'il redevienne comme il était autrefois.

— Il ne vous avait jamais battue ?

— Non, jamais ! Quand ma famille et mes amis ont appris que Ludovic me violentait, ils sont tombés des nues. Je ne leur avais rien dit. Je ne voulais pas les inquiéter, et j'avais terriblement honte… Je me sentais coupable de ce qui m'arrivait. Je n'ai même pas osé en parler à ma meilleure amie, Fred. D'ordinaire, je ne lui cache rien ; c'est ma confidente. Mais là, je n'ai pas pu…

— Et vos collègues ? Ils ont bien dû voir que ça n'allait plus entre vous deux.

— Ils appréciaient beaucoup Ludovic. Ils n'y ont vu que du feu. Il faut dire que j'ai fait tout mon possible pour qu'ils ne se rendent compte de rien.

Émilie fit une courte pause afin de reprendre son souffle.

— La dernière fois qu'il a levé la main sur moi, poursuivit-elle, j'ai été hospitalisée pendant une semaine. C'était en juin. J'ai eu plusieurs côtes fêlées et un poumon perforé.

— Il y a eu une enquête interne ?

— Oui, mais il a tout nié en bloc. C'était sa parole contre la mienne. Mes supérieurs m'ont bien fait comprendre que si je portais plainte, il y aurait de graves conséquences, pour lui, comme pour moi.

— Vous avez renoncé à vous défendre ?

— Aussi étonnant que cela puisse paraître, oui. Je n'ai aucune rancœur vis-à-vis de lui. Je ne voulais pas lui attirer davantage d'ennuis.

— Vous plaisantez ? Après ce qu'il vous a fait endurer ? s'indigna Hadrien.

Émilie pâlit.

Il s'excusa d'avoir ainsi haussé le ton et l'encouragea à poursuivre son récit.

— Peu de temps après, j'ai été convoquée dans le bureau de mon chef. Il m'a signifié ma nouvelle affectation à la brigade de Carquefou. C'était le seul poste disponible.

— Pourquoi avez-vous accepté ? C'était plutôt à votre conjoint de partir.

— Vous croyez que j'ai eu le choix ? interrogea-t-elle d'une voix étranglée.

Après une courte pause, elle reprit :

— Sur le moment, je n'ai pas compris ce qui m'arrivait. J'ai vidé mon bureau sans faire de vague. Ce n'est qu'ensuite, en discutant avec l'une de mes collègues, que j'ai réalisé… Mais il était trop tard. J'ai appris par la suite que mon chef avait couvert Ludovic parce que lui-même frappait son épouse.

Hadrien mesurait combien les épreuves qu'elle avait traversées avaient été traumatisantes. Il lui avait fallu quitter sa famille, ses amis et ses collègues, alors qu'elle n'était en rien responsable de la situation.

Il ne pouvait s'empêcher d'imaginer l'enfer qu'elle avait dû vivre aux côtés de celui qui était pourtant censé la protéger.

La jeune femme tenait sa tête entre ses mains, les coudes appuyés sur ses genoux.

Hadrien se leva de sa chaise et vint s'asseoir près d'elle sur le canapé. Émilie redressa la tête et le regarda droit dans les yeux.

— Personne n'est au courant ici, Hadrien.

— Il est inutile de me demander de garder tout ça pour moi, la rassura-t-il. Et vous n'avez pas à avoir honte de ce qui vous est arrivé.

— Je préfère ne rien dire. De toute façon, personne ne comprendrait que je me sois laissé faire sans rien dire. Un gendarme, et à plus forte raison un lieutenant, est censé savoir se défendre.

— Ça n'a rien à voir. Il suffit de regarder les statistiques pour comprendre que notre profession est loin d'être épargnée par ce problème. L'avez-vous revu depuis ?

Émilie lui répondit que non. Mais elle avoua que Ludovic avait cherché à la joindre à plusieurs reprises et qu'elle avait été tentée de le rappeler. Il était très difficile de se libérer d'une telle emprise. Il fallait souvent lutter contre soi-même.

Le regard d'Émilie se troubla derechef. Elle secoua la tête comme pour chasser les pensées qui l'assaillaient et tourna son visage vers lui.

Une mèche de ses longs cheveux bouclés retomba sur sa joue. Hadrien ne put s'empêcher de tendre la main et de la faire glisser derrière l'oreille de la jeune femme. Il la sentit frémir sous ses doigts tandis qu'ils s'attardaient sur sa chevelure, douce et soyeuse. Il avait envie de la serrer contre lui et de lui murmurer des paroles rassurantes.

— Que puis-je faire pour vous redonner le sourire, ou du moins pour vous changer les idées ?

Les yeux d'Émilie se posèrent sur le t-shirt d'Hadrien, couvert de sciure de bois.

— Vous m'avez dit que vous étiez très occupé quand je suis arrivée. J'aimerais bien savoir ce que vous faisiez ? À moins que ce ne soit secret-défense.

— Non, pas de soucis. Si vous le souhaitez, je peux vous montrer. Ce sera d'ailleurs plus simple.

Hadrien lui fit signe de le suivre dans le couloir. Lorsque la jeune femme pénétra dans la pièce adjacente au salon, elle fut surprise par ce qu'elle y découvrit. Ce qui devait initialement être une chambre ou un bureau avait été transformé en un véritable atelier. Un vaste établi en bois brut sur lequel reposaient divers outils trônait au milieu de l'espace. Une dizaine d'arcs de formes et de dimensions variées étaient accrochés aux murs, certains sculptés et vernis, d'autres restés à l'état naturel.

— Ils sont magnifiques, s'exclama Émilie. J'ignorais que vous étiez amateur d'arcs ! Vous les avez tous fabriqués de vos propres mains ?

Hadrien lui répondit que oui, mais que cela lui avait pris plusieurs années. Il fallait compter environ trois à quatre mois pour la réalisation d'un seul prototype.

Émilie promena un regard admiratif sur les murs, puis s'approcha de l'établi. Du bout des doigts, elle effleura la tige de bois qui était posée sur le plateau.

— De quelle essence s'agit-il ?

— C'est une branche de noisetier. Ce bois a l'avantage d'être à la fois robuste et souple. C'est à mon sens le matériau idéal pour confectionner des flèches.

— Vous les fabriquez juste pour votre plaisir ou bien vous faites partie d'un club de tir ?

— Ni l'un ni l'autre.

Émilie pivota sur ses talons.

— Ne me dites pas que vous vous en servez pour chasser ?

Hadrien répondit par l'affirmative.

— Pourquoi ne chassez-vous pas avec un fusil, comme tout le monde ?

— Probablement pour ne pas faire comme tout le monde. Je n'aime pas les armes à feu.

— C'est plutôt paradoxal pour un « gens d'armes », non ?

— Pas nécessairement. Je sais que certains d'entre nous exercent cette profession pour avoir le privilège de porter une arme, mais ce n'est pas mon cas. Autrefois, je chassais avec un fusil, mais je trouve que c'est trop facile. On n'en retire aucune gloire. *A contrario*, chasser avec un arc et des flèches relève d'une pratique ancestrale beaucoup plus exigeante, qui requiert une excellente maîtrise de soi et une connaissance parfaite du territoire. Et puis, cela me semble plus équitable pour l'animal.

— Plus équitable ? répéta-t-elle, ahurie. Que ce soit avec un fusil ou un arc, en fin de compte, l'animal perd à tous les coups ! Encore heureux que vous ne pratiquiez pas la chasse à la colle.

— Vous dites cela sur un ton de reproche ; seriez-vous contre la chasse ?

— Absolument contre ! Je ne comprends pas comment on peut éprouver du plaisir à traquer une pauvre bête sans défense jusqu'à ce que mort s'ensuive.

— Accompagnez-moi un de ces jours en forêt, et qui sait, vous serez peut-être séduite...

— Vous n'y pensez pas ! s'indigna-t-elle.

— La plupart des gens achètent de la viande dans les supermarchés sans se soucier réellement des techniques d'abattage. Il est en effet plus difficile d'avoir de la compassion pour une tranche de jambon blanc…

— Je suis végétarienne, déclara-t-elle en posant les mains sur ses hanches.

— Vous dites cela pour me provoquer ou bien est-ce la vérité ?

— Que vous me croyiez ou non, je suis bel et bien végétarienne.

Émilie saisit la baguette de noisetier que Hadrien venait de tailler et la fit tourner entre ses doigts comme un bâton de majorette. Elle ajouta d'un ton narquois :

— Tout comme l'étaient nos premiers ancêtres… L'homme moderne chasse aujourd'hui pour tuer son ennui, éprouver un sentiment de toute-puissance ; quel progrès fulgurant, ne trouvez-vous pas ?

Il s'approcha d'elle, plongea son regard dans le sien, fit glisser lentement la flèche entre ses doigts et la reposa délicatement sur la table.

— Vous vous trompez, Émilie, corrigea-t-il d'une voix pénétrante. Que je sache, nos ancêtres étaient des charognards et se livraient parfois même… au cannibalisme.

Émilie tressaillit en entendant son prénom dans la bouche d'Hadrien. C'était la première fois qu'il le prononçait devant elle. Il était si près qu'elle pouvait sentir son souffle chaud sur son visage. Les prunelles noires d'Hadrien brillaient d'un vif éclat. Elle recula d'un pas et se retrouva bloquée contre l'établi.

— Je n'avais pas l'intention de vous manger, plaisanta-t-il. Quoique… Je commence à avoir un peu faim. Ça vous dit de partager avec moi la part de galette que vous avez apportée ?

— Non merci, répondit-elle sèchement. Je pensais que vous vous nourrissiez exclusivement des pauvres bêtes que vous exécutiez dans les bois.

— L'idée que je chasse vous gêne à ce point, Émilie ?

La jeune femme croisa les bras sur sa poitrine et le défia du regard.

— Ce qui me gêne, c'est que vous tuez des animaux pour votre bon plaisir, et non pas pour vous nourrir.

— Je vous assure que je ne prélève dans la nature que ce dont j'ai besoin, se défendit-il.

— Justement, le corps humain n'a pas besoin de viande pour survivre.

— Il faut savoir se faire plaisir…

— Il se fait tard, dit-elle en jetant un œil à la pendule. Je ferais mieux d'aller me coucher.

Bien qu'il eût terriblement envie de la retenir, il ne répondit rien. Émilie se dirigea d'un pas lent vers l'entrée, ouvrit la porte et se retourna vers Hadrien. Elle le salua d'un signe du menton, le regard triste.

Le cœur d'Hadrien se mit à battre la chamade. De la main gauche, il referma, tandis que de la droite, il enlaça la taille de la jeune femme. Il l'attira à lui dans un élan de douceur et la serra dans ses bras.

— Non, murmura-t-elle en tentant de le repousser.

— Je ne peux pas vous laisser repartir ainsi, susurra-t-il dans le creux de son cou.

Émilie frissonna au contact de ses lèvres sur sa peau. Les mains d'Hadrien remontèrent le long de son dos et vinrent se poser de chaque côté de son visage. D'une légère pression, il l'invita à lever les yeux vers lui. Les joues d'Émilie étaient en feu, sa poitrine se soulevait par intermittence sous l'étoffe de sa robe.

Il plongea son regard droit dans le sien et s'inclina lentement vers elle.

Alors que les lèvres d'Hadrien effleurèrent les siennes, Émilie posa ses paumes sur son torse.

— Hadrien, souffla-t-elle en s'écartant.

Il relâcha immédiatement son étreinte et recula de deux pas. Il éprouvait un profond désarroi. Il renversa la tête en arrière en expirant, et, les yeux fermés, demeura silencieux. Émilie ne bougeait pas non plus.

Quand il reprit ses esprits, il vit qu'elle était toujours là, debout face à lui. Elle esquissa un sourire timide auquel il répondit. Ils demeurèrent quelques instants à se regarder.

— Je ne suis pas partie… articula-t-elle d'une voix chancelante.

Hadrien restait immobile.

— Vous attendez que je parte?

— Non, répondit-il.

Émilie avança timidement vers lui. Le cœur battant, Hadrien attendit qu'elle fût suffisamment proche pour la saisir par les hanches et l'attirer à lui. Il s'empara de ses lèvres avec fougue. Elle noua ses bras autour de son cou et ferma les yeux, grisée par la vague de désir qui l'envahissait peu à peu.

D'un geste incroyablement lent, il fit descendre la fermeture éclair de sa robe jusqu'à la chute de ses reins. Et, de ses doigts brûlants de désir, il abaissa les bretelles de sa robe sur ses épaules nues qu'il parcourut de ses lèvres fébriles. La jeune femme renversa la tête en arrière et poussa un gémissement de plaisir quand la bouche d'Hadrien s'empara de sa poitrine. Son corps se cambra tel un arc sous ses caresses audacieuses. D'une voix rauque, il murmura son prénom. Elle frissonna de tout son être. Emporté par le tourbillon tumultueux de ses sens, Hadrien la souleva dans ses bras jusqu'à la chambre.

Émilie frémit au contact des draps froids. Le corps brûlant d'Hadrien se pressa contre le sien ; une onde de chaleur l'enveloppa. Sa bouche s'entrouvrit lorsque les lèvres d'Hadrien explorèrent sa peau, puis glissèrent le long de son ventre en suivant une ligne invisible. Impatiente, elle le saisit doucement par les hanches pour le ramener à elle. Mais Hadrien rassembla ses poignets dans une main au-dessus de sa tête, et de sa main libre écarta ses cuisses. Elle soutint son regard tandis qu'il fit glisser ses longs doigts en elle. Haletante, elle fondit sous ses caresses et ferma les yeux.

Enfin, il entra en elle en un long et délicieux mouvement.

*

6 h 30.

L'alarme du téléphone portable d'Hadrien le réveilla en sursaut.

Le souffle court, il se redressa sur un coude. Il réalisa alors qu'il était entièrement nu, allongé sur la couette.

Émilie n'était plus là.

L'espace d'un instant, il crut qu'il avait rêvé. Mais la présence d'un petit papier blanc plié en deux, posé sur la table de chevet, lui certifia qu'il avait bien passé la nuit avec le lieutenant. Hadrien devait dormir profondément : il ne l'avait pas entendue se lever.

Il déplia la lettre et lut les mots suivants :

« *Je n'ai pas osé te réveiller. Émilie* »

Chapitre XVII

Lundi 8 janvier, 12 h 30.

— Toujours aucune nouvelle de Jacques Desfontaine ?

Hadrien pivota sur son fauteuil et se trouva face à Émilie qui s'était adossée contre le montant de la porte. Les traits de son visage étaient tirés, son regard éteint. Elle ne souriait pas.

— Non, pas la moindre. Ça fait plus de deux heures que je l'attends, maugréa-t-il.

— Vous avez essayé de le joindre ?

— Oui, à plusieurs reprises, mais je tombe systématiquement sur sa messagerie. J'ai demandé à Paul d'aller vérifier à son domicile, mais il n'y est pas non plus. J'espère qu'il a une bonne raison de ne pas s'être présenté au rendez-vous.

— La raison, vous la connaissez aussi bien que moi, Hadrien. Son attitude ne fait que renforcer les soupçons qui pèsent sur lui depuis le début de l'enquête, ajouta-t-elle en croisant les bras sur sa poitrine. Vous continuez malgré tout à croire en son innocence ?

Hadrien se cala dans le fond du fauteuil et passa une main sur sa nuque.

— Aussi étonnant que cela puisse paraître, oui. Je pense que vous faites fausse route.

— Je ne me trompe que très rarement lorsqu'il s'agit de décrypter les comportements humains, déclara-t-elle fièrement en se dirigeant d'un pas lent vers la fenêtre.

Émilie s'immobilisa face à la vitre, le dos tourné. Son regard était posé sur les branches des arbres qui frémissaient dans le vent.

Silencieux, Hadrien admirait la courbe de ses reins.

La jeune femme sortit une barrette argentée de la poche de son uniforme et rassembla ses boucles brunes en une queue-de-cheval haute.

Il fut troublé par la sensualité toute féminine qui se dégageait de chacun de ses mouvements.

Avait-elle conscience qu'il la dévorait des yeux ? Sans aucun doute, songea-t-il en son for intérieur. Après la nuit qu'ils avaient passée ensemble, elle ne pouvait ignorer le désir qu'elle suscitait en lui.

Depuis samedi soir, c'était la première fois qu'ils se retrouvaient enfin seuls dans la même pièce, soit qu'elle fût réellement occupée, soit qu'elle l'évitât pour une raison qui lui échappait complètement. Il avait bien pensé à lui envoyer un SMS, mais il s'était abstenu, espérant sans doute qu'elle fît le premier pas.

Dimanche soir, il avait ardemment espéré sa visite jusque tard dans la nuit, guettant le moindre bruit de pas dans le couloir. Mais à son plus grand regret, la jeune femme n'était pas venue frapper à sa porte comme elle l'avait fait la veille.

Il avait alors pensé à aller la rejoindre dans son appartement au second étage. Quelques marches seulement les séparaient l'un de l'autre, mais la crainte d'être aperçu par un collègue l'en avait dissuadé. N'ayant pas réussi à trouver le sommeil, il avait travaillé tard dans son atelier à la confection de nouvelles flèches.

Lorsqu'elle était arrivée, le matin, elle l'avait salué de la même manière que tous les autres membres de la brigade, ni plus, ni moins, et cela l'avait quelque peu affecté. En aucune façon, il ne s'était attendu à ce qu'elle change radicalement d'attitude, mais l'indifférence qu'elle lui avait manifestée n'était pas de très bon augure. Il avait espéré secrètement un regard, un mot, un sourire.

Durant toute la réunion, Émilie était restée impassible, comme verrouillée de l'intérieur. Elle ne laissait transparaître aucune émotion.

Hadrien avait passé le reste de la matinée à se demander si, dans le fond, elle ne regrettait pas de s'être donnée à lui. À plusieurs reprises, il avait voulu aller la trouver dans son bureau et lui poser la question, sans détour, histoire d'être fixé une bonne fois pour toutes. Mais il s'était ravisé, convaincu qu'elle répondrait par l'affirmative.

À présent qu'elle se trouvait face à lui, Hadrien préféra chasser cette pensée de son esprit.

Curieusement, les bureaux adjacents étaient plongés dans un silence de plomb. Les collègues étaient tous affairés, le nez dans leurs dossiers. Ce début d'année était marqué par une forte recrudescence de petits délits en tous genres. Sans compter les altercations entre les habitants de la commune et les gens du voyage qui n'avaient cessé de se multiplier. L'installation des caravanes dans le parc du château de la Fleuriaye avait ravivé les tensions.

Tandis que la voix envoûtante d'Émilie lui parvenait comme dans un rêve, Hadrien luttait pour ne pas aller la rejoindre près de la fenêtre. Les paupières à demi closes, il se vit, en pensée, entremêler ses doigts dans la chevelure de la jeune femme, l'attirer à lui, comme il l'avait fait samedi soir. Ce souvenir fit naître en lui un puissant désir de la posséder à nouveau.

— Vous m'écoutez, Hadrien ?

Il se redressa promptement sur son fauteuil. Les yeux bleus de la jeune femme, qui avaient retrouvé tout leur éclat, étaient braqués sur lui.

— Je vous avoue que non. Je repensais à samedi soir… murmura-t-il du bout des lèvres.

Désarçonnée par l'audace de cette réponse, Émilie détourna le visage. Hadrien regretta aussitôt ses paroles. Emporté par le souvenir grisant de leur étreinte, il en avait presque oublié qu'il se trouvait face à sa responsable hiérarchique.

— Je vous demande pardon, Émilie, s'excusa-t-il d'une voix rauque.

La sonnerie du téléphone portable d'Hadrien retentit. Le numéro d'appel entrant était celui du secrétariat du docteur Landemont, médecin psychiatre de l'hôpital Saint-Jacques. D'un geste de la main, il fit signe à Émilie de s'asseoir en face de son bureau. Il enclencha le haut-parleur.

— Adjudant-chef Velganni ? demanda une voix légèrement traînante.
— Lui-même.
— Docteur Landemont à l'appareil. Vous avez cherché à me joindre samedi en fin de matinée ?
— C'est exact.
— En quoi puis-je vous être utile ?
— J'ai quelques questions à vous poser au sujet de votre patient, Jacques Desfontaine.
— Vous n'êtes pas sans savoir que tout comme vous, je suis tenu au secret professionnel.
— Oui, je le sais, mais comme je vous l'ai expliqué la dernière fois, nous enquêtons sur un homicide dans lequel votre patient se retrouve plus ou moins impliqué.
— Je vous écoute.
— Pour commencer, je vous avoue que je suis étonné que monsieur Desfontaine soit déjà sorti de l'hôpital.
— Je le suis tout autant que vous.
Surpris par cette réponse improbable, Émilie et Hadrien échangèrent un regard.
— Comment ça ? interrogea Hadrien.
— Sachez que je me suis formellement opposé à ce que monsieur Desfontaine rentre chez lui aussi tôt. Son état de santé était encore très préoccupant, à mon sens.
— Je ne comprends pas... Pourquoi l'avez-vous laissé sortir alors ?
— Sans injonction du tribunal, je ne peux obliger un patient à recevoir des soins contre son gré. Surtout lorsqu'un membre de la famille s'y oppose.
— Quelqu'un est venu le chercher à l'hôpital ?

— Oui, une femme s'est présentée au secrétariat mardi en fin de matinée. Suivant la procédure habituelle, je lui ai fait remplir une attestation de sortie contre avis médical. Mon pouvoir se limite à cela.

Hadrien ouvrit le premier tiroir de son bureau et s'empara de son carnet de notes.

— Pouvez-vous me communiquer le nom de cette personne ? demanda-t-il avec empressement.

— Oui, j'ai justement le document sous les yeux… Il s'agit de madame Louise Tremblais.

Ce nom ne leur disait absolument rien. Jamais ils n'avaient entendu parler de cette femme au cours de leur enquête.

— A-t-elle précisé son lien de parenté ?

— Il s'agirait de sa cousine.

— Sa cousine ? répéta Hadrien en tournant frénétiquement les pages de son carnet. En êtes-vous bien certain ?

Le docteur Landemont assura que c'était bien cette information qui figurait au bas de l'attestation. Hadrien trouva ce qu'il cherchait dans son cahier.

— Il ne peut pas s'agir de sa cousine, assura-t-il. Les parents de Jacques Desfontaine étaient tous deux « enfant unique ».

Le médecin demeura sans voix.

— Cette personne a-t-elle laissé un numéro auquel la joindre ?

— Hélas, non. En revanche, je peux vous communiquer une adresse postale. Dans ce genre de situation, nous demandons toujours une pièce d'identité.

— Oui, donnez-la-moi, je vous prie.

— Madame Tremblais réside 16 allée du Chêne Vert, à Petit-Mars.

Tandis que Hadrien s'entretenait avec le docteur Landemont, Émilie effectuait des recherches sur son téléphone portable. Elle s'empara du bloc-notes et griffonna quelques mots sur une feuille qu'elle fit glisser sous les yeux d'Hadrien : « *Fausse adresse, fausse identité* ».

Les traits du visage d'Hadrien se durcirent.

— Comment monsieur Desfontaine a-t-il réagi lorsque cette personne est venue le chercher ? A-t-il eu l'air surpris ?

— Je ne saurais vous dire... Voyez-vous, du fait des médicaments, monsieur Desfontaine était comme qui dirait... dans un état second. Chaque patient réagit différemment aux psychotropes ; il y a souvent un temps d'adaptation, un cap à passer comme on dit dans notre jargon. En l'occurrence, monsieur Desfontaine s'était replié sur lui-même depuis quelques jours. Il n'interagissait plus avec nous.

— Ce que vous me dites me surprend, car lorsque je l'ai rencontré samedi midi, il avait l'air parfaitement lucide et alerte.

Il y eut un long silence à l'autre bout du fil.

— Vous êtes toujours là, docteur ?

— Oui, veuillez m'excuser, je relisais l'ordonnance que j'avais établie. C'est curieux, j'ai comme l'impression que nous ne parlons pas du même patient...

— Comment ça ?

— Eh bien, avec une telle posologie, ce que vous me dites me paraît impossible.

— Je vous assure que c'est bien monsieur Desfontaine que j'ai vu samedi midi.

Il y eut un nouveau silence.

— Sans doute a-t-il interrompu son traitement dès sa sortie de l'hôpital, suggéra Hadrien.

— Quand bien même ce serait le cas, il faudrait compter une bonne dizaine de jours avant que les effets des médicaments ne s'estompent et que le patient retrouve sa pleine lucidité.

— Est-il possible qu'il ait fait semblant de suivre son traitement à l'hôpital ?

— Ça m'étonnerait fort. Le personnel soignant est très vigilant à ce sujet, surtout avec les nouveaux patients, assura le docteur Landemont. Néanmoins, ajouta-t-il, je ne vous cache pas que depuis quelques mois, nous sommes à flux tendu. Les infirmières sont débordées, et ça ne va pas en s'arrangeant. Aussi je dirais que, pour peu que le patient soit un peu rusé, cela est fort possible.

Hadrien adressa un regard au lieutenant. Il n'eut aucune peine à deviner ce qu'elle pensait. Jacques était suffisamment malin pour duper le personnel soignant. Elle avait certainement à l'esprit le malaise qu'il avait simulé pour se soustraire au prélèvement d'ADN.

— Je ne sais que vous dire. Le mieux serait que vous l'interrogiez vous-même à ce sujet.

— Monsieur Desfontaine aurait dû se présenter ce matin à la gendarmerie, mais il ne répond pas au téléphone. Je vous avoue que cela m'inquiète. Pensez-vous qu'il puisse présenter un danger pour les autres, ou pour lui-même ?

Le docteur Landemont sembla hésiter un instant.

Il se racla la gorge avant de déclarer :

— Je regrette, je ne peux répondre à cette question… Tout ce que je peux vous dire, c'est que monsieur Desfontaine souffre d'une psychose paranoïde, déclenchée par le décès brutal de sa mère.

— Quelles sont les manifestations de cette maladie ?

— Sa perception de la réalité est altérée par les pertes de mémoire et les hallucinations. Il éprouve un réel sentiment de persécution.

Hadrien se souvint de sa première entrevue avec Jacques.

— Monsieur Desfontaine nous avait signalé des phénomènes étranges dont il disait avoir été témoin à son domicile : disparition de nourriture, bruits intempestifs…

— Nous avons longuement échangé avec lui à ce sujet. Et, vous voyez, malgré la caméra qu'il avait fait installer dans sa cuisine et les preuves qu'il avait collectées, il a persévéré dans son délire de persécution.

— De quelles preuves parlez-vous, exactement, docteur ?

— Eh bien, lorsqu'il a consulté les enregistrements de la caméra, il s'est vu, lui-même, en train de se préparer à manger au beau milieu de la nuit. C'est bien l'assurance qu'il n'y a jamais eu de voleurs, et encore moins de fantômes, chez lui. Je vous prie de m'excuser, mais je vais devoir vous laisser. Mes patients m'attendent. Tenez-moi informé.

— Je n'y manquerai pas, promit Hadrien avant de prendre congé du médecin.

Hadrien et Émilie firent le point. Ce diagnostic apportait un nouvel éclairage à l'affaire. Toutefois, plusieurs questions demeuraient sans réponse, et de nombreuses interrogations furent soulevées. Qui était donc cette mystérieuse femme qui se faisait passer pour la cousine de Jacques ? Pourquoi l'avait-elle fait sortir prématurément de l'hôpital contre l'avis des médecins ?

Elle avait fait en sorte qu'on ne puisse pas l'identifier. Selon le témoignage du docteur Landemont, elle s'était présentée à l'hôpital, les cheveux dissimulés sous un foulard sombre, des verres teintés sur le nez. Le seul élément exploitable était, en définitive, son âge : elle devait avoir entre cinquante et cinquante-cinq ans... Bien que ce portrait fût des plus laconiques, Hadrien fit immédiatement le rapprochement avec la femme qu'il avait aperçue au volant de la Ford Mondéo.

— Dommage que nous n'ayons que les deux derniers chiffres de la plaque d'immatriculation, regretta Émilie en se levant de sa chaise. À moins qu'il n'y ait qu'une seule Ford Mondéo blanche à travers tout le Cantal, je ne vois pas comment on pourrait retrouver le propriétaire de ce véhicule.

— Je pense qu'il y a un moyen de le savoir...

Émilie s'immobilisa au milieu de la pièce.

— Si vous avez une idée de génie, c'est le moment, Hadrien, l'encouragea-t-elle vivement.

— Sauf erreur de ma part, ce parking est équipé d'un système de vidéosurveillance. Reste à déterminer si le véhicule se trouvait précisément dans le champ de la caméra.

Hadrien consulta le cadran de sa montre.

Treize heures quinze. Il se leva à son tour et saisit sa parka suspendue au portemanteau.

— Je vais au domicile de Jacques Desfontaine, annonça-t-il en enfilant son manteau. On ne sait jamais, avec un peu de chance, il sera peut-être rentré entre-temps. J'en profiterai pour aller voir où est positionnée la caméra de surveillance. À mon retour, je contacterai la mairie afin d'obtenir les enregistrements au plus vite.

Alors qu'il remontait le col de sa parka, Hadrien constata qu'Émilie l'observait étrangement.

— Vous avez quelque chose à ajouter, Émilie ? demanda-t-il en s'approchant d'elle.

Alors qu'elle s'apprêtait à ouvrir la bouche, Simon fit irruption dans le bureau.

— Désolé pour le retard, j'ai été retenu sur un accident au rond-point de la Croix Verte, s'excusa-t-il en retirant sa veste.

— Garde-la sur toi, on va rendre une petite visite à Jacques Desfontaine, annonça Hadrien. Je te rejoins tout de suite à la voiture.

À ces paroles, Simon comprit qu'il dérangeait. Les yeux noirs que lui lança Hadrien confirmèrent cette impression. Il s'éclipsa sans demander son reste et disparut dans le couloir. Hadrien se retourna vers Émilie. Elle n'avait pas bougé d'un pouce, à la différence près qu'elle n'avait plus le même regard.

— Que souhaitiez-vous me demander ?

— Ça peut attendre… répondit-elle en détournant la tête.

Hadrien rejoignit Simon sur le parking de la gendarmerie et prit place à bord du véhicule, côté passager. Il passa une bonne partie du trajet à se demander ce qu'Émilie avait voulu lui dire dans son bureau. Il était certain que cela avait un lien avec samedi soir.

Écoutant Simon d'une oreille distraite, il écrivait plusieurs fois de suite le même message sur son portable et l'effaçait aussitôt.

Quand il leva les yeux de son écran, il vit que Simon l'observait à la dérobée.

— Tu lui envoies ce SMS, oui ou non ? plaisanta-t-il derrière le volant.

Hadrien sourit. Il relut le dernier message qu'il venait de taper :

« *On discute devant un verre ce soir ?* »

Après une ultime hésitation, il appuya sur envoi et rangea son téléphone dans sa poche.

*

13 h 45.

Les gendarmes garèrent leur véhicule sur le bas-côté de la route, devant le grand portail en fer forgé de Jacques Desfontaine. Ils constatèrent que les volets du rez-de-chaussée étaient tous fermés, ce qui leur sembla inhabituel compte tenu de l'heure.

Ils gravirent les marches du perron et sonnèrent plusieurs fois à la porte d'entrée.

La maison demeura silencieuse.

Seul le bruit métallique du portillon qui claquait sous le souffle du vent se faisait entendre. Hadrien et Simon contournèrent la bâtisse par la gauche et remarquèrent que les volets étaient également clos à l'arrière.

Les gendarmes s'apprêtaient à regagner leur véhicule lorsque Simon aperçut un objet métallique luisant au sol, près d'un escalier extérieur. Il se pencha pour le ramasser.

— Qu'est-ce que c'est ? questionna Hadrien, en revenant sur ses pas.

— Une roulette de valise, je suppose, répondit Simon en la tendant à son collègue.

L'air pensif, Hadrien la retourna avant de la poser sur le muret. Un grincement de porte à peine perceptible attira son attention vers le bas de l'escalier en bois. Ce dernier menait probablement à une cave souterraine.

Prudemment, il descendit les marches qui grincèrent sous son poids. Il poussa doucement la porte. Ne trouvant aucun interrupteur, il alluma la lampe torche de son téléphone portable et la braqua dans l'obscurité. La cave devait être immense ; il n'en apercevait pas le fond. Sans doute courait-elle sous toute la surface du plancher. Des émanations âcres exhalaient des profondeurs. Hadrien releva le col de son blouson à hauteur de son nez.

Son téléphone portable vibra dans sa main. Il consulta l'écran. *« Black Shelter. 20 h 30. »*

Bien que le message fût d'un laconisme implacable, il le relut plusieurs fois afin de s'assurer qu'il ne rêvait pas. Émilie avait répondu à sa proposition dans les dix minutes qui avaient suivi l'envoi de son SMS.

Le cœur léger, il fit demi-tour et remonta l'escalier en haut duquel l'attendait Simon.

— RAS, dit-il en passant près de lui.

Alors qu'ils allaient remonter dans leur voiture, ils aperçurent au loin la frêle silhouette de Maurice Letellier. L'homme, poussif, avançait lentement vers eux, tête baissée, pliant sous le poids d'un grand panier en osier.

Quand il aperçut les gendarmes qui venaient à sa rencontre, sa gorge se serra, son sang afflua par saccades au niveau de ses tempes. Le cauchemar allait-il prendre fin ? Allaient-ils lui annoncer qu'ils avaient enfin arrêté les assassins de Huguette ? Depuis la disparition de sa femme, Maurice vivait dans une attente insupportable. Il craignait qu'on ne vienne lui régler son compte à lui aussi.

L'argent que les gendarmes avaient retrouvé dans son poêle à bois ne laissait aucun doute quant au fait qu'Huguette avait passé un pacte avec le Diable. Il tremblait à l'idée que les assassins puissent revenir lui réclamer cet argent. Maurice était persuadé que Jacques n'était pas étranger à cette affaire, et qu'il avait tout orchestré. Il lui en voulait à mort.

L'octogénaire faisait peine à voir. Il flottait dans ses vêtements trop grands pour lui, le visage amaigri, le teint cadavérique. Malgré les somnifères, il ne parvenait plus à fermer l'œil de la nuit. Les militaires le soulagèrent du poids de son panier et l'accompagnèrent jusqu'à sa porte d'entrée.

D'une voix étranglée, Maurice leur confia :

— Vous savez, je ne pensais pas qu'elle me manquerait autant, la Huguette. Elle avait son fichu caractère… Ça, c'est bien vrai, mais tout de même, elle me manque, répéta-t-il, des sanglots dans la voix. Qu'est-ce que je vais devenir, moi, sans elle ?

Les gendarmes ne surent que répondre.

— Nous faisons tout notre possible pour retrouver les assassins de votre femme, assura Simon en déposant le panier sur le pas de la porte.

Les paupières du vieil homme se soulevèrent, laissant apparaître ses yeux globuleux.

— Ce n'est pas la peine de chercher bien loin, grogna-t-il en jetant un regard mauvais en direction de la maison de Jacques.

— Justement, nous aimerions nous entretenir avec monsieur Desfontaine. Savez-vous où nous pourrions le trouver ?

Maurice haussa les épaules et cracha au sol d'un air de dédain.

— Ce salopard a fichu le camp ! Vous n'êtes pas près de le revoir, c'est moi qui vous le dis.

— Quand est-il parti ?

— Hier soir, aux environs de vingt-deux heures trente.

— Dites-nous ce que vous savez, lui enjoignit Hadrien.

— Je l'ai vu quand je suis sorti pour rabattre mes volets. Il ne s'est pas rendu compte que je l'observais : les lampadaires ne fonctionnent plus dans la rue. Ça ne m'étonnerait pas que ce soit ce bougre qui les ait déglingués.

— Qu'avez-vous vu, monsieur Letellier ?

— Il y avait une femme avec lui… Ils ont chargé plusieurs sacs de voyage à l'arrière du véhicule, puis ils ont mis deux grosses valises dans le coffre. Je ne sais pas ce qu'il y avait dedans, mais elles devaient être rudement lourdes, car ils ont eu du mal à les soulever, précisa-t-il.

— Aviez-vous déjà vu cette femme ?

Maurice Letellier secoua la tête de gauche à droite.

Lorsque les gendarmes lui demandèrent de la décrire, il en fut incapable : il faisait très sombre ce soir-là, et elle avait un foulard sur sa tête. Quant au véhicule, il n'en était pas certain, mais il pensait l'avoir aperçu à plusieurs reprises dans le quartier. Le modèle lui était inconnu ; en revanche, il précisa que la voiture était immatriculée dans le Cantal.

— En êtes-vous bien certain ?

— Pour sûr : si je ne m'y connais pas en bagnole, au moins, je sais mes départements par cœur ! assura-t-il. Et le 15, c'est le Cantal !

— L'attitude de monsieur Desfontaine vous a-t-elle paru normale ?

— Normale ? Jacques est tout sauf normal, Messieurs ! s'écria-t-il en levant les bras. Il est fou à lier, et je ne comprends pas pourquoi on l'a laissé sortir de l'hôpital aussi vite. Tout ce que je peux vous dire, c'est qu'il avait l'air pressé de partir…

— D'accord… Autre chose ?

— Je ne sais pas si c'est important, mais j'ai remarqué que Jacques s'était remis à fumer. Ça faisait bien longtemps qu'il avait arrêté. Je ne sais pas qui est cette femme, mais je suis prêt à mettre ma main au feu qu'elle n'est pas étrangère au changement d'attitude de Jacques. Elle a dû lui retourner le ciboulot pour faire main basse sur sa fortune, si vous voyez ce que je veux dire…

— Savez-vous si monsieur Desfontaine a de la famille dans le Cantal ? demanda Hadrien.

— Sa mère était originaire d'une petite ville, près d'Aurillac… Jussac, oui c'est bien ça, Jussac. Mais d'après ce que je sais, elle n'avait plus aucune famille là-bas. Elle était fille unique et ses parents sont décédés depuis belle lurette !

Les gendarmes prirent congé du vieil homme en

lui demandant de les contacter, aussitôt que Jacques referait surface.

Alors que les deux hommes regagnaient leur véhicule, ils aperçurent la silhouette de Marthe Robert qui disparut, comme par enchantement, derrière la porte de son garage. La vieille dame avait probablement espionné leur conversation.

Simon esquissa un mouvement dans sa direction.

— Laisse tomber, Simon, elle ne t'ouvrira pas.

— Elle pourra peut-être nous dire où se trouve Jacques.

— Elle ne te dira rien. Depuis la mort d'Huguette, elle est devenue muette comme une tombe.

Avant de rentrer à la brigade, les gendarmes firent un détour par le parking couvert de l'église. Hadrien vérifia le positionnement de la caméra de surveillance. Par chance, elle était orientée dans l'axe où la Ford Mondéo se trouvait garée samedi midi.

De retour à la gendarmerie, Hadrien et Simon se rendirent immédiatement dans le bureau du lieutenant Girard. Ils l'informèrent du départ précipité de Jacques Desfontaine et de ce qu'ils avaient appris de la bouche de Maurice Letellier.

Le regard de la jeune femme s'assombrit. La fuite de Jacques renforçait les soupçons qui pesaient déjà sur lui.

Ipso facto, elle lança un avis de recherche pour retrouver au plus vite Jacques Desfontaine et cette mystérieuse femme qui se faisait passer pour sa cousine.

Simon se rendit à la mairie afin de récupérer les enregistrements vidéo de la caméra de surveillance. Si la plaque minéralogique de la Ford Mondéo s'avérait lisible, les gendarmes ne tarderaient pas à connaître l'identité de la conductrice.

De son côté, Hadrien entra en contact avec la gendarmerie de Jussac. Il exposa rapidement la situation à son interlocuteur, l'adjudant Magne.

— Qu'est-ce qui vous fait penser que ces deux personnes se trouvent dans notre région ? demanda l'Auvergnat d'une voix chantante.

— La mère du suspect était originaire de Jussac, répondit Hadrien. Par ailleurs, le véhicule à bord duquel ils se sont enfuis est immatriculé dans le Cantal.

— Vous avez lancé un mandat de recherche ?

— Oui, nous venons de l'établir à l'instant. Vous pouvez d'ores et déjà le consulter sur la plateforme en ligne.

— Très bien, mais, ça ne va pas être possible dans l'immédiat : nous avons quelques soucis avec Internet en ce moment. J'y jetterai un œil dès que le réseau sera opérationnel. Redonnez-moi leurs noms. Je travaille dans cette commune depuis une vingtaine d'années… Autant vous dire que je connais presque tout le monde ici !

— L'homme s'appelle Jacques Desfontaine, et la femme, Louise Tremblais. Mais pour cette dernière, nous savons qu'il s'agit d'une fausse identité.

Le militaire prit le temps de la réflexion.

— Ces noms ne me disent rien du tout… Navré.

Hadrien parcourait des yeux les pages de son carnet de notes.

— Peut-être que le nom de la mère du suspect vous parlera davantage.

— Allez-y, on ne sait jamais…

— Elle s'appelait Francine Vidal ; elle est décédée il y a quelques mois.

— Francine Vidal… Vidal, répéta l'adjudant Magne. On a bien un Victor Vidal, ici.

— Pensez-vous qu'il puisse avoir un lien de parenté avec Francine Vidal ?

— C'est peu probable, voyez-vous. Sa mère est morte en couche, et Victor est fils unique. Quant à son père, il est décédé lui aussi. Le vieil homme a connu une fin bien tragique : il est mort piétiné par son troupeau…

— Pas d'autre famille ?

— À part une vieille tante qui n'a pas eu de descendance, non. Victor a repris l'exploitation de vaches laitières de son père. C'était le seul héritier.

Il y eut un silence.

— Encore navré de ne pouvoir vous aider davantage. Si vous voulez, je peux aller interroger Victor. Sa ferme se trouve à moins de deux kilomètres d'ici.

— Oui, si cela ne vous dérange pas.

— Me déranger ?

L'auvergnat éclata d'un rire franc.

— N'ayez crainte. Par ici, c'est plutôt calme. J'irai faire un tour à la ferme en fin de matinée et je vous rappellerai en début d'après-midi.

— C'est entendu, convint Hadrien avant de raccrocher.

Chapitre XVIII

Mardi 9 janvier.

Jacques Desfontaine demeurait introuvable. Les volets de sa maison étaient restés fermés depuis le dimanche soir. Pas le moindre signe de vie.

Dans le quartier, les rumeurs allaient bon train. Pour certains voisins, il ne faisait aucun doute que Jacques était tombé sous le joug d'une secte machiavélique désireuse de faire main basse sur sa fortune ; pour d'autres, il avait savamment orchestré sa propre disparition afin d'échapper au fisc. En effet, Jacques n'avait cessé de répéter qu'il payait trop d'impôts.

Tous s'accordaient sur un point : il avait sauvagement tué Huguette Letellier. Les plus véhéments allèrent jusqu'à suggérer qu'il avait aussi pu assassiner la pauvre Francine, maquillant son crime en accident domestique.

Marthe Robert n'était pas étrangère à tous ces cancans ; elle avait pris soin de rapporter plus ou moins fidèlement la conversation qu'elle avait surprise entre les gendarmes et Maurice. Tous furent soulagés d'apprendre que Jacques ne remettrait probablement jamais les pieds dans le quartier.

Du côté des gendarmes, l'enquête avançait à grands pas. Grâce aux enregistrements de la caméra de surveillance du parking, les gendarmes disposaient à présent du numéro d'immatriculation de la Ford Mondéo.

Le véhicule était enregistré au nom d'un certain Michel Pelletier, domicilié à Marmanhac. Après vérification, il s'avérait que cette commune était située à seulement six kilomètres de celle de Jussac. Était-ce une simple coïncidence ?

Aussitôt informée par le lieutenant Girard, la brigade de Marmanhac avait procédé à l'interpellation du propriétaire de la Ford Mondéo. Ce dernier, quoique fort surpris en apparence, n'avait opposé aucune résistance lorsque les gendarmes étaient venus le chercher sur son lieu de travail. L'homme d'une cinquantaine d'années, inconnu des services de police, avait été interrogé sans perdre de temps.

*

14 h 45.

— Tu avais raison, s'exclama Simon d'une voix triomphante en pénétrant dans le bureau de son collègue.

Hadrien leva les yeux de son clavier.

— À quel sujet ?

Simon déposa le dossier qu'il tenait sous le bras, et en tira une liasse de feuilles qu'il étala sur la totalité du bureau.

— Pour commencer, Jacques Desfontaine revenait bien de la banque quand on l'a croisé sur le parking, samedi midi. Je viens de m'entretenir avec son conseiller financier. Celui-ci a confirmé qu'ils avaient bien eu rendez-vous en fin de matinée.

— Quel était l'objet de cet entretien ?

— Jacques voulait clôturer l'ensemble de ses comptes.

Hadrien fronça les sourcils. Simon poursuivit :

— Le banquier était tout aussi surpris que toi, d'autant qu'une bonne partie de sa fortune est bloquée sur des placements à long terme. De ce fait, il lui était impossible de retirer tout son argent du jour au lendemain. Ce petit détail semblait lui avoir échappé. Il est reparti fort mécontent. La banque lui a tout de même consenti un retrait de quarante-cinq mille euros, histoire de le faire patienter.

Hadrien arrondit les yeux.

— Quarante-cinq mille euros… en espèces ?

Simon acquiesça du chef.

— Je suis curieux de savoir quel motif il a indiqué sur la déclaration de soupçon…

Simon lui tendit une photocopie de ladite déclaration. Hadrien lut à voix haute :

« Financement d'un voyage »

Il esquissa une moue dubitative.

— Pour quelqu'un qui, de toute sa vie, n'est jamais parti en vacances, c'est assez curieux, non ?

— Et ce n'est pas tout, il a également passé trois ordres de virement.

— Tu as pu obtenir le nom des bénéficiaires ?

— Non. Les transactions ont été effectuées vers des comptes basés à l'étranger. La banque fait le nécessaire pour que nous obtenions ces infos au plus vite… Il faudra patienter quelques jours, voire quelques semaines pour en savoir davantage. Les délais dépendent entièrement des accords de confidentialité qui ont été passés avec ces pays. Espérons que ce ne soit pas avec le Panama…

— Ça représente quelle somme, au total ?

Simon parcourut le dossier des yeux.

— Il y en a pour la bagatelle de… neuf cent cinquante-cinq mille euros.

Hadrien s'enfonça dans le dossier de son fauteuil et fit craquer les articulations de ses doigts.

— Pourquoi a-t-il décidé subitement de clôturer ses comptes ?

Simon haussa les épaules.

À ce stade de l'enquête, toutes les hypothèses étaient envisageables : changement de vie, chantage, extorsion… Seule certitude, la femme au foulard n'était pas étrangère à ce soudain changement d'attitude.

— On n'a toujours aucune info des collègues de Marmanhac ? s'informa Simon en regardant les éléments du dossier bancaire.

— Ils interrogent en ce moment même le propriétaire de la Ford.

On ne devrait pas tarder à avoir de leurs nouvelles.

Alors que Simon venait de quitter le bureau, le portable d'Hadrien vibra dans sa poche. Le numéro lui était inconnu. Il décrocha.

— Adjudant-chef Velganni, j'écoute.

— Adjudant Magne, à l'appareil. Je vous rappelle comme convenu. J'arrive tout juste de la ferme de Victor Vidal.

— Merci de me rappeler. Alors, dites-moi, qu'avez-vous appris ?

— Hélas, pas grand-chose. Victor était absent, je n'ai pu voir que son employé.

— Vous a-t-il dit où on pouvait le joindre ?

— Non, et je peux vous dire qu'il était bien remonté contre son patron. D'après ce que j'ai compris, Victor aurait délaissé l'exploitation ces derniers temps. Il aurait fait une brève apparition hier matin, à l'aube, avant de repartir, sans donner d'explications.

— L'ouvrier sait-il quand son patron reviendra ?

— Non, et c'est bien là le problème… Il suppose qu'il s'est absenté pour un long moment.

— Qu'est-ce qui lui fait dire ça ?

— Victor aurait chargé deux grosses valises dans la voiture et plusieurs sacs de voyage, avant de prendre à nouveau la clé des champs. Son ouvrier est très inquiet pour le bétail…

Hadrien parut soucieux.

— Sauf erreur de ma part, vous m'avez dit que monsieur Vidal n'avait pas le permis de conduire.

— Oui, c'est exact. Victor n'a jamais voulu le passer ; son tracteur lui suffit amplement par ici. Il s'agit de la voiture de sa nouvelle compagne.

— Monsieur Vidal a-t-il un téléphone portable sur lequel je pourrais le joindre ?

— Selon son employé, Victor en aurait acheté un, tout récemment, alors qu'il était farouchement opposé à ce genre de technologie. Bref, l'ouvrier n'a pas pu me communiquer le numéro de son patron, car il n'avait pas son téléphone avec lui quand je l'ai interrogé.

— Dans ce cas, pouvez-vous me donner le numéro de cet employé ? Je l'appellerai directement, ce sera plus rapide.

— Pas de soucis. Je vous l'envoie par SMS dès que je raccroche. Tenez-moi au courant si vous parvenez à joindre Victor avant moi. J'avoue que toute cette histoire m'inquiète un peu. Je connaissais bien son père, c'était un brave homme.

Hadrien laissa un message sur la boîte vocale de l'employé de Victor Vidal, le priant de bien vouloir le rappeler dans les plus brefs délais.

*

16h30.

La lumière du jour commençait à décliner lentement lorsque Hadrien frappa à la porte du bureau d'Émilie. La jeune femme se tenait debout près de la fenêtre, l'air visiblement préoccupé. Seul l'écran de son ordinateur diffusait une pâle clarté dans la pièce.

— Tout va bien ? demanda Hadrien d'une voix douce en s'approchant d'elle.

Comme elle ne répondait pas et qu'il lui était impossible de distinguer son regard dans la pénombre, Hadrien s'immobilisa à quelques pas d'elle.

— Je vais bien, je vous remercie, déclara-t-elle en quittant soudainement son poste d'observation.

Émilie se dirigea vers la porte, pressa le bouton de la lumière et s'installa derrière son bureau.

— Asseyez-vous, Hadrien, le pria-t-elle sans toutefois le regarder. Laissez-moi quelques secondes, le temps que je retrouve mon carnet, et je suis à vous.

Ces derniers mots firent sourire Hadrien. Qu'elle soit à nouveau à lui… Elle ne pouvait parler plus à propos, songea-t-il en lui-même.

Il ne rêvait que de cela depuis qu'elle avait quitté son appartement au petit jour, le dimanche matin.

Tandis qu'Émilie ouvrait et refermait frénétiquement les tiroirs, soulevait les piles de dossiers entassés sur son bureau, Hadrien l'observait, un sourire amusé aux coins des lèvres.

— Où est passé ce fichu carnet ? s'impatienta-t-elle d'une voix agacée.

Était-ce leur rendez-vous de ce soir qui la rendait à ce point nerveuse ? se demanda Hadrien. La simple pensée qu'elle put annuler au dernier moment lui causa une vive inquiétude.

— C'est bon, je l'ai, déclara-t-elle en posant le carnet devant elle. Bien, faites-moi part des dernières infos. D'après Simon, vous avez de nouveaux éléments.

— C'est exact, Émilie, répondit-il en s'installant sur la chaise qui faisait face au bureau.

Hadrien avait prononcé son prénom avec douceur. Les joues de la jeune femme se teintèrent de rose. Elle baissa les yeux.

Rassuré par l'émoi qu'il venait de susciter chez elle, Hadrien se lança dans un compte rendu détaillé des différents échanges qu'il avait eus avec ses homologues auvergnats.

Suite à l'interpellation du propriétaire de la Ford Mondéo par la brigade de Marmanhac, l'identité de la mystérieuse femme au foulard était désormais connue. Il s'agissait de Christelle Berthomé, l'ex-femme de Michel Pelletier. Durant son audition, ce dernier avait expliqué aux enquêteurs que le véhicule ne lui appartenait plus depuis près d'un an. Il l'avait généreusement cédé à son ex-femme, au moment de leur séparation. Manifestement, elle n'avait pas procédé au changement de carte grise. L'ex-mari n'avait plus jamais eu de ses nouvelles, si ce n'est par l'intermédiaire de leur fille. Cette dernière lui avait confié que Christelle Berthomé avait acheté une petite maison dans le hameau du Moulin Cassé, près d'Aurillac.

Une brigade d'intervention avait été envoyée au domicile de Christelle Berthomé.

Alors qu'Émilie avait jusqu'à présent écouté Hadrien sans l'interrompre, elle redressa subitement la tête.

— Aurillac ? s'exclama-t-elle en écarquillant les yeux. Qui est votre interlocuteur ?

— L'adjudant-chef Jérôme Fabrègues.

La jeune femme eut l'air troublée.

— Vous le connaissez ?

— Oui, souffla-t-elle.

Hadrien l'interrogea du regard. Elle hésita, puis finit par lui expliquer que Jérôme et elle s'étaient beaucoup côtoyés durant leur enfance. Avant que les parents d'Émilie ne déménagent à Rennes, leurs familles se fréquentaient et partaient régulièrement en vacances ensemble.

— Vous l'avez revu depuis ?

Émilie répondit par l'affirmative.

— On ne s'est jamais perdus de vue. Chaque année, je m'offre une petite escapade dans le Cantal. Tout comme moi, Jérôme est un grand passionné des sommets. Comme je vous l'ai déjà dit, j'y suis allée en juillet dernier ; j'avais besoin de changer d'air après ma séparation. C'est en partie grâce à lui que j'ai pu remonter la pente…

— C'est étrange, s'étonna Hadrien. À aucun moment durant notre conversation, l'adjudant-chef Fabrègues n'a laissé entendre qu'il vous connaissait personnellement. J'ai pourtant mentionné votre nom à plusieurs reprises.

— Par souci de discrétion, sans doute…

Cette explication ne sembla pas convaincre Hadrien qui la dévisagea avec insistance, le menton plissé, une moue dubitative sur les lèvres.

Il était quasiment certain qu'elle ne lui avait jamais parlé de cet homme.

Afin d'échapper à son regard inquisiteur, Émilie classa la paperasse qui était éparpillée sur son bureau et entreprit d'aller la ranger dans l'armoire métallique.

— Jérôme est un enquêteur chevronné, déclara-t-elle en refermant l'armoire. Si nos suspects se sont bien réfugiés à Aurillac, il les trouvera en moins de temps qu'il ne faut pour le dire !

Un sourire mélancolique glissa sur la bouche d'Hadrien. Il abaissa les paupières.

— Je n'en doute pas une seconde, se contenta-t-il de répondre, non sans une pointe d'amertume dans la voix.

— C'est notre dernière chance : le procureur nous presse de boucler l'enquête. Si, d'ici à ce soir, nous n'avons aucun élément probant à lui fournir, il nous dessaisira de l'enquête.

L'air soucieux, Émilie se posta face à la fenêtre, les mains croisées dans le dos.

Le jour touchait à son terme ; les lumières de la ville s'allumaient les unes après les autres, scintillantes comme des étoiles incandescentes. Une pluie fine ruisselait sur l'asphalte.

— Il ne nous reste plus qu'à prier pour que l'ADN que nous avons retrouvé sous les ongles de Huguette Letellier soit bien celui de Christelle Berthomé ; nous n'avons pas d'autre suspect.

Le lieutenant se retourna vers Hadrien, qui était étrangement silencieux.

— Vous m'écoutez, Hadrien ?

L'attention de l'adjudant-chef était fixée depuis quelques instants sur les doigts fins d'Émilie. Il venait tout juste de réaliser que la jeune femme ne portait plus l'anneau d'argent que lui avait offert son ex-fiancé. Fallait-il y voir le signe qu'elle avait définitivement tiré un trait sur son passé, qu'elle était disposée à aller de l'avant, avec lui ? Cette pensée lui donna un regain d'énergie.

— Je suis certain que ce n'est plus qu'une question d'heure, assura-t-il en se levant.

Émilie observa attentivement les gouttes de pluie qui glissaient inexorablement sur les carreaux. Elle suivit des yeux la progression aléatoire d'une gouttelette, qui laissait dans son sillage une infime empreinte translucide, témoin de son parcours chaotique.

— Vous êtes bien silencieuse à votre tour, lui murmura-t-il à l'oreille.

Hadrien était si proche d'elle qu'elle sentait son souffle chaud sur sa nuque. Elle tressaillit. D'un geste lent, il posa les mains sur les hanches de la jeune femme et la fit pivoter sur ses talons avant de l'attirer doucement à lui. Alors qu'il inclinait la tête pour s'emparer de ses lèvres, deux coups résonnèrent à la porte du bureau. Hadrien eut tout juste le temps de s'écarter. La porte s'ouvrit sur l'adjudant Landrin.

— Désolé de vous déranger, s'excusa Paul, mais les collègues d'Aurillac viennent de nous appeler. Ils ont interpellé Christelle Berthomé à son domicile, et l'ont placée en garde à vue.

— Jacques Desfontaine était-il avec elle ? demanda le lieutenant Girard.

— Non, aucune trace de lui. Les collègues ont retrouvé sur place des papiers d'identité lui appartenant. Il ne doit donc pas être bien loin…

— A-t-elle indiqué où se cachait son complice ?

Paul Landrin fit un signe de dénégation. La suspecte n'avait pas décroché un mot, si ce n'était pour réclamer un avocat. Une perquisition à son domicile était en cours.

— Est-ce tout ? interrogea Émilie.

— Oui, pour le moment. L'adjudant-chef Fabrègues a demandé que vous le rappeliez au plus vite, lieutenant.

Paul quitta la pièce en prenant soin de refermer la porte derrière lui, après avoir adressé un discret clin d'œil à Hadrien.

— Ne refaites plus jamais ça ! protesta Émilie en lui décochant un regard noir.

— Très bien, mais que je sache, vous n'avez manifesté aucune opposition… se défendit-il sur le même ton.

Tous deux se remirent au travail dans une atmosphère tendue. Ils contactèrent l'adjudant-chef Fabrègues sans perdre de temps.

Ce dernier se montra particulièrement chaleureux en entendant la voix de son amie résonner à l'autre bout du fil.

Il se trouvait toujours au domicile de la suspecte et dirigeait les investigations. Une quinzaine d'hommes, déployés sur les lieux, passaient au peigne fin la maison de la suspecte et ses environs.

Jérôme Fabrègues fit une annonce qui laissa dans un premier temps ses deux interlocuteurs sans voix : le corps d'un homme venait d'être retrouvé dans la fosse septique, au fond du jardin de Christelle Berthomé. Le cadavre, aux trois quarts calciné, ne pouvait être identifié dans l'immédiat. Le médecin légiste dépêché sur place procédait aux premières constatations.

Pour Hadrien et Émilie, il ne faisait aucun doute que le corps carbonisé était celui de Jacques Desfontaine.

L'adjudant-chef Fabrègues les informa de la découverte, par sa brigade, d'une importante somme d'argent en espèces cachée au domicile de la suspecte. Par ailleurs, plusieurs valises et sacs de voyage étaient entreposés dans le hall d'entrée, ce qui laissait supposer que Christelle Berthomé avait entrepris de disparaître de la circulation.

Le portable d'Hadrien vibra dans sa poche. Il consulta l'écran. L'appel provenait de l'ouvrier de Victor Vidal. Il se dirigea prestement vers son bureau, laissant le lieutenant et Jérôme Fabrègues terminer leur conversation.

L'employé confia à Hadrien qu'il était toujours sans nouvelles de son patron, et que cela l'inquiétait vivement. Il lui communiqua le numéro de téléphone de Victor Vidal, en précisant qu'il s'agissait d'un téléphone à carte prépayée. Il avait cherché à le joindre à plusieurs reprises, sans succès, hélas! Le numéro n'était visiblement plus attribué.

— Si vous voulez, proposa le jeune homme, je peux vous donner celui de sa compagne... J'ai tenté de la joindre, mais elle ne m'a pas répondu non plus. Vous pouvez tenter votre chance, on ne sait jamais, peut-être aurez-vous de meilleurs résultats que moi...

— Comment se nomme-t-elle? demanda Hadrien.

— Christelle Berthomé. Voici son numéro.

— Ce ne sera pas nécessaire, l'interrompit Hadrien.

Il y eut un court silence. Il crut bon d'ajouter:

— Cette personne est actuellement en garde à vue.

— Qu'est-ce qu'elle a fait? questionna le jeune homme fortement surpris.

— Je ne suis pas autorisé à vous répondre. Je ne manquerai pas de revenir vers vous si je parviens à joindre monsieur Vidal.

Quand Hadrien reparut dans le bureau du lieutenant, la jeune femme venait tout juste de raccrocher avec l'adjudant-chef Fabrègues. Elle avait une curieuse expression au fond des yeux. Hadrien crut y déceler comme une pointe de mélancolie. Sans doute était-ce le fruit de son imagination. Aussi, s'abstint-il de tout commentaire. Il reprit sa place face au bureau d'Émilie.

— Je viens d'avoir une conversation avec l'ouvrier de Victor Vidal, annonça-t-il.

— Des nouvelles de son patron?

Hadrien secoua la tête en signe de dénégation.

— Victor est toujours aux abonnés absents. En revanche, l'employé vient de me faire une révélation saisissante...

Émilie redressa la tête, l'air intrigué.

— Qu'avez-vous appris ?

— Que la compagne de Victor Vidal n'est autre que... Christelle Berthomé.

— Vous plaisantez ?

— Non.

— Dans ce cas, il y a certainement un lien de parenté entre Victor et Jacques. Cela ne peut être une pure coïncidence. Christelle s'est présentée à l'hôpital comme étant la cousine de Jacques. Elle n'avait peut-être pas menti...

— J'ai vérifié : du côté de sa mère, Jacques n'a plus aucune famille. Il est impossible que Jacques et Victor soient cousins.

— Il y a forcément une explication.

Émilie se cala contre le dossier de son fauteuil et abaissa les paupières quelques secondes avant de déclarer d'une voix presque sans timbre :

— Nous allons devoir remettre notre rendez-vous à plus tard.

Décontenancé par cette annonce soudaine, Hadrien ne sut que répondre. Ses prunelles noires fixaient intensément Émilie à la recherche d'une explication. Mais le visage de la jeune femme était comme figé dans le marbre, impassible.

— Comme vous voulez, s'entendit-il dire d'une voix enrouée.

Émilie éteignit son ordinateur et s'empara de son carnet qu'elle glissa dans sa poche. Hadrien suivait chacun de ses gestes avec grande attention. Quand il la vit refermer son tiroir à clé, il comprit quelles étaient ses intentions. Elle avait entrepris de se rendre à Aurillac. L'adjudant-chef Fabrègues n'était certainement pas étranger à cette décision. Il avait dû la convaincre de venir prêter main-forte à sa brigade. Bien que Hadrien ne fût pas de nature jalouse, l'idée qu'elle puisse annuler leur rendez-vous pour aller rejoindre cet homme lui serra la gorge.

— Rassemblez toutes les pièces du dossier Letellier, et mettez quelques vêtements chauds dans un sac. Nous partons dans une heure! déclara-t-elle en jetant un œil à la pendule.

Le cœur d'Hadrien bondit dans sa poitrine.

— Où allons-nous? demanda-t-il d'une voix qui trahissait son émotion.

— Dans le Cantal! J'espère que vous n'êtes pas malade en voiture: on a plus de cinq cents kilomètres à parcourir.

Chapitre XIX

Mardi 9 janvier.

Hadrien et Émilie prirent la route en fin d'après-midi, direction Aurillac.

Ils voyagèrent durant près de six heures à bord de la voiture personnelle du lieutenant, celle-ci étant bien plus confortable que les véhicules de la gendarmerie.

Durant la première heure, les conversations, centrées sur l'enquête, furent espacées de silences pesants. Par un accord tacite, aucun des deux n'évoqua la nuit qu'ils avaient passée ensemble samedi dernier.

Contre toute attente, Émilie fut la première à rompre la glace, égrenant au fil des kilomètres de nombreux souvenirs d'enfance. Au fur et à mesure qu'ils approchèrent de sa région natale, elle se montrait plus enthousiaste, presque fébrile.

Malgré la fatigue, le reste du trajet fut des plus agréables.

Ils arrivèrent à Aurillac aux environs de minuit. Un épais manteau de neige recouvrait les toits pentus des maisons. Des volutes de fumée blanche s'échappaient des conduits de cheminée et tourbillonnaient dans la nuit profonde.

Ils quittèrent la chaleur feutrée de la Clio et se dirigèrent à grandes enjambées vers l'entrée de la gendarmerie. Le bâtiment d'architecture contemporaine ressemblait à un immense paquebot échoué au bord de la Nationale 122.

Un agent d'accueil à la mine patibulaire les conduisit vers un long couloir gris qui menait aux logements de fonction des militaires. Sur les consignes de l'adjudant-chef Fabrègues, deux chambres avaient été préparées pour leur arrivée.

— Vous avez de la chance : c'étaient les deux dernières ! assura l'homme en ouvrant leurs portes.

Après s'être souhaité bonne nuit, ils refermèrent leur porte respective.

Hadrien demeura allongé dans l'obscurité, les yeux ouverts, regrettant qu'il y ait eu deux chambres de libre. Une seule aurait largement suffi… La décoration était des plus spartiates, l'atmosphère glaciale. Il se demandait si celle d'Émilie l'était tout autant. Seule une fine cloison séparait les deux chambres. Guettant les bruits à peine perceptibles qui provenaient de la pièce d'à côté, il fut tenté d'aller frapper à la porte d'Émilie afin de s'assurer que tout allait bien pour elle. Quand il n'entendit plus rien, il s'endormit profondément, sans avoir pris la peine de retirer ses vêtements.

Mercredi 10 janvier. 8 h 00.

La Clio se gara sur le parking de l'Institut médico-légal du CHU d'Aurillac. Émilie et Hadrien s'extirpèrent à regret de la chaleur de l'habitacle.

Une silhouette sombre se détacha au loin dans la blancheur éblouissante de la neige. Les yeux plissés, Hadrien examinait le militaire qui se dirigeait vers eux d'une démarche assurée. Bien que l'adjudant-chef Fabrègues fût en définitive beaucoup moins athlétique qu'il ne se l'était imaginé, il n'en demeurait pas moins bel homme. Les yeux verts du militaire étaient braqués sur Émilie, et le large sourire qu'il arborait en disait long sur les émotions qui l'animaient.

Jérôme Fabrègues souhaita la bienvenue à la jeune femme en l'étreignant. Hadrien détourna le regard, jugeant le moment et l'endroit inappropriés.

L'adjudant-chef s'excusa de ne pas avoir pu l'accueillir la veille comme il l'aurait espéré. Il promit de se rattraper en l'invitant à dîner.

Émilie fit les présentations entre les deux hommes qui échangèrent une rapide poignée de main en se jaugeant du regard. Puis ils pénétrèrent dans le hall d'accueil du bâtiment principal de la morgue, quasiment désert à cette heure-ci.

Un jeune médecin légiste, au port de tête altier, vêtu d'une blouse blanche et d'un masque chirurgical, vint les chercher dans la salle d'attente. Émilie et les trois hommes empruntèrent un long couloir sombre et sinueux qui desservait les différents secteurs de la morgue. Dans un silence presque solennel, parvenus au fond du tunnel, ils poussèrent une porte battante à vitre ovale. Elle se referma aussitôt sur eux dans un claquement sourd.

La salle d'autopsie était sans artifice, d'une froideur implacable. Une odeur âcre, celle de la mort, flottait dans l'air. Au centre de la pièce trônait une table en acier inoxydable sur laquelle reposait un corps recouvert d'un drap blanc.

Les gendarmes s'en approchèrent, l'air grave. Le médecin légiste abaissa son masque et, d'une voix traînante, presque nonchalante, exposa les principaux éléments du rapport qu'il avait établi au cours de la nuit. La victime, de sexe masculin, était âgée d'une cinquantaine d'années. L'arrière de sa tête présentait un enfoncement de trois centimètres. Si ce traumatisme crânien avait sans nul doute occasionné une perte de connaissance, il n'avait pas pour autant provoqué son décès. Les brûlures des voies respiratoires démontraient que l'homme avait été immolé alors qu'il respirait encore. Des résidus de corde prélevés au niveau de ses poignets et de ses chevilles suggéraient qu'il avait été ligoté. Le combustible s'avérait être du GNR, un carburant spécifique utilisé pour les engins agricoles.

L'adjudant-chef Fabrègues confirma qu'un bidon vide de gazole non routier avait été retrouvé dans le coffre de la Ford Mondéo et plusieurs empreintes prélevées sur le jerrican. Elles étaient actuellement à l'étude. Émilie frissonna en songeant que le corps dissimulé sous le drap pouvait être celui de Jacques Desfontaine. En effet, l'examen externe avait établi que les deux individus avaient une taille, un poids et un âge identiques. Émilie n'appréciait guère cet homme, mais elle éprouva, à ce moment-là, de la compassion pour lui. Comment Christelle Berthomé avait-elle bien pu se livrer à un acte d'une telle barbarie ?

— Avez-vous pu établir précisément la date et l'heure du décès ? demanda-t-elle au médecin.

Le légiste parcourut des yeux le rapport et déclara que la mort remontait à la veille, mardi 11 janvier, entre treize et quatorze heures.

Le corps, carbonisé aux trois quarts, était impossible à identifier. Il leur fit grâce de soulever le drap. C'était parfaitement inutile. Les résultats des tests ADN devaient arriver sous peu. On ne tarderait pas à savoir s'il s'agissait bien de Jacques Desfontaine.

Tandis que l'adjudant-chef Fabrègues et Émilie échangeaient avec le légiste au sujet de l'arme qui avait occasionné le traumatisme, un détail attira l'attention d'Hadrien. Il contourna la table d'autopsie et vint se placer à l'autre extrémité du cadavre. Les pieds de la victime dépassaient de quelques centimètres sous le drap blanc.

Hadrien releva légèrement le tissu et examina le pied droit de l'individu qui se trouvait allongé sur la table.

— Ce n'est pas Jacques Desfontaine ! déclara-t-il en se redressant promptement.

Tous les regards se tournèrent vers lui.

— Ce n'est pas lui, répéta-t-il d'un ton catégorique. Jacques Desfontaine a subi une amputation de l'orteil droit quand il était enfant.

— En êtes-vous bien certain, Hadrien ? interrogea Émilie en venant se placer à ses côtés.

— Absolument certain, confirma-t-il. Je l'avais remarqué le jour de ma première visite à son domicile. Il avait retiré son chausson alors qu'il s'était blessé avec un éclat de verre.

La jeune femme fit le même constat : le cadavre, quoique considérablement dégradé, disposait bien de ses dix orteils.

— Si ce n'est pas la personne que vous recherchez, dans ce cas, qui est cet homme ? interrogea l'adjudant-chef Fabrègues.

— Dans l'immédiat, il n'y a qu'une seule personne qui puisse répondre à cette question, c'est Christelle Berthomé, rétorqua Hadrien.

— Ça va être compliqué : elle n'a pas desserré les lèvres depuis que nous l'avons interpellée à son domicile. Cela dit, vous pouvez toujours essayer de la faire parler. Peut-être aurez-vous plus de chance que nous ?

Hadrien ressentit une lueur de défi dans son regard. Il acquiesça d'un hochement de tête.

— C'est bien mon intention, répondit-il d'un ton presque cassant.

Émilie lui adressa un regard réprobateur.

Hadrien salua le légiste et quitta la salle d'autopsie.

Quelques minutes plus tard, elle le rejoignit sur le parking, l'air visiblement contrarié.

— Tout va bien, Émilie ?

La jeune femme ne daigna pas répondre. Elle s'installa derrière le volant et mit le contact. Comme Hadrien la regardait avec insistance, elle se tourna vers lui. Son regard bleu était glacial.

— Qu'est-ce qui vous a pris de lui parler ainsi ?

Hadrien haussa les épaules.

— Je n'ai pas aimé son attitude.

Chapitre XX

Mercredi 10 janvier, 10 h 30.

De retour à la caserne d'Aurillac, Émilie et Hadrien s'installèrent dans un bureau situé au dernier étage du bâtiment principal. Ce promontoire offrait une vue panoramique sur la chaîne des volcans d'Auvergne, recouverte d'un voile d'un blanc immaculé. Émilie pointa son index en direction de la haute silhouette pyramidale du Puy Mary qui se dressait fièrement à l'horizon. Son sommet enneigé se confondait presque avec la mer de nuages qui l'encerclait.

— Un de ces jours, je vous emmènerai là-haut, proposa-t-elle, les yeux pétillants.

Bien que Hadrien n'eût pas l'âme d'un montagnard, l'idée lui plut. Il était disposé à la suivre au bout du monde.

L'interrogatoire de Christelle Berthomé avait été fixé à quatorze heures trente. Cela leur laissait un peu de temps devant eux pour consulter les rapports d'audition des différents témoins, ainsi que le compte rendu de la perquisition effectuée au domicile de la prévenue.

Divers documents appartenant à Jacques Desfontaine avaient été retrouvés : son passeport, plusieurs relevés bancaires ainsi qu'une boîte à chaussures contenant de nombreuses photos de famille. Aussi surprenant que cela puisse paraître, il n'y avait aucune photographie de Charles Desfontaine. En revanche, Jacques et Francine posaient systématiquement ensemble. Une enveloppe blanche contenant l'avis de décès de Francine ainsi qu'une mèche de cheveux blonds avaient attiré l'attention des gendarmes.

Jacques Desfontaine devait certainement être dans les parages. Jamais il ne se serait séparé de ses effets personnels.

Les techniciens avaient relevé des traces de sang dans le salon de Christelle Berthomé, et découvert le trophée en bronze avec lequel elle avait probablement assommé la victime. L'arme du crime était dissimulée dans l'une des armoires de sa chambre, sous une pile de vêtements.

Dans le voisinage, personne n'avait rien vu, ni entendu. Cela n'avait rien d'étonnant en soi : en cette saison hivernale, les Auvergnats vivaient calfeutrés chez eux afin de se protéger des températures glaciales.

Hadrien reçut un nouveau message de l'employé de Victor Vidal, qui lui demandait s'il avait réussi à joindre son patron. Plusieurs génisses étaient sur le point de vêler ; n'ayant pas suffisamment d'expérience en la matière et se retrouvant seul à gérer l'exploitation, il était anxieux. Bien qu'au fond de lui, Hadrien eût l'intime conviction que le corps carbonisé était celui de Victor Vidal, il ne voulut pas inquiéter le jeune homme plus que nécessaire. Il le rappela afin de l'informer que les recherches étaient toujours en cours, et qu'une équipe de techniciens allait être dépêchée à la ferme pour procéder à des recherches d'ADN. Il passa sous silence la découverte du cadavre au domicile de Christelle Berthomé. Lorsque Hadrien raccrocha, Émilie l'interrogea du regard.

— Le gamin était en panique. J'ai bien peur qu'il ne doive se passer définitivement de l'aide de son patron...

— Vous pensez vraiment que le corps calciné est celui de Victor Vidal ?

— J'en suis quasiment certain ; personne ne l'a plus revu depuis qu'il a quitté la ferme lundi matin en compagnie de cette femme. Et son portable est désactivé.

— Il pourrait tout aussi bien être avec Jacques Desfontaine.

Hadrien esquissa une moue dubitative et se replongea dans l'examen des dossiers.

Tandis qu'Émilie passait au peigne fin les comptes bancaires de Christelle Berthomé, il se concentrait sur ses derniers relevés téléphoniques. Son attention se porta sur un numéro d'appel qui revenait régulièrement sur la liste, parfois dans la même journée.

Après une rapide vérification, le numéro s'avéra être celui de Caroline Pelletier, la fille de Christelle Berthomé. Curieusement, la jeune femme n'avait pas encore été interrogée par les gendarmes auvergnats, alors même qu'elle résidait dans un logement HLM, à quelques encablures de la gendarmerie.

— Couvrez-vous, on va faire un tour...

Émilie ne se le fit pas répéter deux fois. Elle enfila son manteau et enroula son écharpe autour de son cou en moins de temps qu'il ne faut pour le dire. Cela faisait deux heures qu'ils étaient enfermés tous les deux dans ce bureau à éplucher le dossier Berthomé. Un grand bol d'air frais leur ferait assurément du bien.

*

13h30.

Malgré l'épaisse couche de neige qui tapissait les trottoirs de la ville, les gendarmes marchèrent d'un bon pas en direction du quartier Bellevue. Émilie se plaisait à écouter le crissement de la neige sous ses rangers.

Ils passèrent non loin d'un groupe de gamins qui jouaient dans la poudreuse. Hadrien jeta un regard amusé à la jeune femme. En d'autres circonstances, il ne se serait pas privé de lui lancer deux ou trois boules de neige.

Ils arrivèrent sur place en moins d'une demi-heure. La fille de Christelle Berthomé louait un deux-pièces au sixième étage d'un bâtiment sans ascenseur. Émilie et Hadrien gravirent les escaliers, et parvinrent sur le dernier palier, le souffle court.

Une jeune femme brune en fauteuil roulant ouvrit. Caroline Pelletier avait vingt-neuf ans, mais en paraissait dix de plus. Le teint gris et les sillons creusés par une grimace de douleur, elle portait le masque de la souffrance sur son visage.

La visite des gendarmes ne parut pas la surprendre. Ils eurent même l'impression qu'elle les attendait. Malgré l'état d'épuisement manifeste dans lequel elle se trouvait, elle les laissa entrer sans discuter.

Plusieurs sacs de voyage étaient entreposés dans le couloir de l'entrée. Un passeport, probablement celui de Caroline, était posé sur la desserte de l'entrée.

— Vous vous apprêtiez à partir en voyage ? commença Hadrien en pénétrant dans le salon.

La jeune femme baissa la tête. Ses lèvres tremblèrent, des larmes embuèrent ses yeux.

Elle leur confia qu'elle était atteinte d'une discopathie dégénérative précoce. À ce jour, il n'existait aucun traitement capable de soulager les douleurs abominables qui la terrassaient chaque jour un peu plus. Le seul espoir qui lui restait était de se rendre à Genève, dans une clinique privée. Un professeur spécialiste de cette maladie y testait un nouveau protocole de soins, certes très onéreux, mais qui avait déjà fait ses preuves sur bon nombre de patients. Elle leur expliqua que cela faisait des mois qu'elle espérait pouvoir être admise dans cet établissement. Grâce à sa mère, elle venait enfin d'y obtenir une place. Toutes deux avaient prévu de s'y rendre en fin de semaine.

*

14h45.

Lorsqu'Émilie et Hadrien refermèrent la porte de l'appartement de la jeune femme, ils échangèrent un regard de satisfaction.

Il leur restait trois quarts d'heure avant l'interrogatoire de Christelle Berthomé. Cela ne leur laissait que très peu de temps pour vérifier encore deux ou trois points…

Même s'ils ne savaient toujours pas ce qu'il était advenu de Jacques Desfontaine, les déclarations de Caroline leur permettaient d'assembler une bonne partie des pièces du puzzle. Quelques zones d'ombre subsistaient, mais ils avaient à présent un excellent moyen de faire pression sur la suspecte pour qu'elle sorte de son silence.

Une averse de pluie et de neige mêlées s'abattit sur eux durant le trajet du retour. Malgré le vent glacial qui leur desséchait les lèvres, ils discutèrent à bâtons rompus, échafaudant des stratégies d'approche.

*

Ils entrèrent en salle d'interrogatoire où patientaient Christelle Berthomé et son avocat, Maître Richard. Tous deux étaient installés côte à côte, derrière un bureau laqué noir, face à un vaste miroir sans tain. De l'autre côté de la vitre, l'adjudant-chef Fabrègues ainsi que les enquêteurs auvergnats qui travaillaient sur cette affaire assistaient à l'audition dans un silence solennel.

La femme, aux cheveux gris argenté, à la silhouette androgyne, était assise le dos appuyé à l'équerre contre le dossier de sa chaise. Elle fixait un point invisible sur le mur. On l'entendait respirer bruyamment par le nez.

Ses yeux caves et cernés d'un grand cercle bleuâtre ne dégageaient aucune expression.

La première partie de l'audition se déroula exactement comme Émilie et Hadrien l'avaient prévu : Christelle Berthomé ne desserra pas les mâchoires. Sous le regard dépité de son avocat, elle ne répondit à aucune des questions que les gendarmes lui posèrent.

Depuis le début de son interpellation, elle s'était retranchée derrière un silence implacable, y compris lors de l'entretien préalable avec son avocat. Ce dernier avait tenté de la raisonner, en lui expliquant que les enquêteurs disposaient de preuves accablantes. De ce fait, elle avait tout intérêt à préparer sa défense… Mais en vain, elle s'était obstinée à ne pas ouvrir la bouche.

Cherchait-elle à gagner du temps ? À protéger un complice ?

— Écoutez, madame Berthomé, c'est simple, si vous ne coopérez pas avec nous, nous n'aurons pas d'autre choix que de placer votre fille en garde à vue, la menaça Hadrien en la défiant du regard.

La réaction de Christelle Berthomé fut immédiate. Les mots jaillirent de sa bouche :

— Laissez ma fille en dehors de ça !

— Cela ne tient qu'à vous, continua Hadrien. Il y eut un long silence.

— Elle souffre déjà bien assez ! Et elle n'a rien fait de mal…

— Détrompez-vous, corrigea-t-il. Dans la mesure où votre fille était au courant de vos agissements, elle peut être poursuivie pour non-dénonciation de crime.

Le visage livide, Christelle Berthomé consulta son avocat du regard. Celui-ci ne put que confirmer les propos du gendarme.

— L'adjudant-chef a parfaitement raison : s'il est prouvé que votre fille avait connaissance des faits, et surtout qu'elle était en mesure de les empêcher, elle encourt en effet une peine de prison. Environ cinq ans…

— Nous avons interrogé votre fille, Caroline, en début d'après-midi, l'informa Émilie. Elle nous a expliqué sa maladie, et le coût exorbitant de la thérapie qu'elle doit suivre. Elle nous a tout raconté… Comment vous avez fait pour trouver l'argent…

— Jamais elle ne m'aurait trahie après tout ce que j'ai fait pour elle ! Jamais !

— Justement, vous n'imaginez pas à quel point elle se sent responsable de tout ce qui est arrivé. Ce poids était devenu trop difficile à porter sur ses épaules…

Christelle Berthomé baissa les yeux.

— Pour commencer, dites-nous où se trouve Jacques Desfontaine, ordonna Hadrien.

La femme tressaillit en entendant ce nom. Le gendarme poursuivit sur le même ton :

— Nous savons que c'est vous qui l'avez fait sortir de l'hôpital en vous présentant sous une fausse identité. Par ailleurs, un témoin affirme vous avoir vu avec monsieur Desfontaine, dimanche soir, devant son domicile, alors que vous chargiez votre véhicule. C'est d'ailleurs la dernière fois qu'il a été aperçu. Alors, dites-nous où il est.

Christelle Berthomé, le menton baissé sur sa poitrine, ne répondit pas.

— Très bien, déclara Hadrien en se levant brusquement de sa chaise. Nous allons placer votre fille en garde à vue.

— Non ! Ne faites pas cela ! s'écria-t-elle en prenant sa tête entre ses mains. Je vais tout vous expliquer. Mais, je vous en prie, laissez Caroline en dehors de toute cette histoire.

Chapitre XXI

Sous le regard attentif d'Émilie et Hadrien, Christelle Berthomé entama son récit d'une voix à peine perceptible, les paupières mi-closes.

Le visage de son avocat, maître Richard, était on ne peut plus tendu. Il allait découvrir le fin mot de toute cette histoire en même temps que les gendarmes, ce qui ne laissait rien présager de bon pour la défense de sa cliente.

De l'autre côté du miroir sans tain, la tension était palpable. Les gendarmes auvergnats restèrent suspendus aux lèvres de la suspecte.

Tout avait commencé au printemps précédent, un mercredi midi.

Cela faisait six ans que Christelle travaillait comme aide ménagère à la ferme de Victor et son père, Lucien Vidal. Elle connaissait Victor depuis l'école primaire. Ils avaient pour ainsi dire grandi ensemble.

Tous trois avaient pris l'habitude de regarder le journal télévisé de treize heures dans le salon. L'actualité donnait souvent lieu à des discussions enflammées, parfois même à des disputes. Le vieil homme avait toujours le dernier mot.

Ce mercredi-là, la chaîne diffusa un reportage sur une généreuse donatrice, qui avait fait un don substantiel à la Croix Rouge après avoir remporté la cagnotte du loto. Cette personne était interviewée en présence de son fils unique qui ne semblait pas très à l'aise devant les caméras. Tous deux se prénommaient Francine et Jacques Desfontaine.

Christelle se racla la gorge, et poursuivit son récit d'une voix blanche, sans timbre :

— Je me souviens qu'au début du reportage, Victor et moi plaisantions au sujet de la ressemblance qu'il y avait entre lui et le fils de cette femme. Jacques et Victor apparaissaient comme deux copies conformes, tant au niveau du physique que de la voix. Tous deux avaient la même façon de parler avec les mains. Mais Lucien, lui, ne riait pas... Son visage était grave, son teint blême... On eut dit qu'il venait de voir un revenant. Lorsqu'il s'est aperçu qu'on l'observait, il est sorti précipitamment dans le jardin en claquant la porte derrière lui. Interloqué, Victor lui a emboîté le pas. Ensuite, je les ai entendus se disputer. Le ton est monté puis ils en sont venus aux mains. Ce n'était pas la première fois qu'ils se disputaient de la sorte, mais jamais auparavant Victor n'avait levé la main sur son père. Quand il est rentré, il était comme fou. Il s'est précipité dans la chambre de Lucien et l'a mise sens dessus dessous, vidant les armoires, renversant les tiroirs à même le sol. Puis, ce fut le silence. Victor est ressorti de la chambre de son père avec à la main un livret de famille et de vieilles photographies. Ses yeux étaient empreints d'une folie furieuse. Jamais je ne l'avais vu dans un tel état. C'est à ce moment-là que j'ai compris…

Christelle Berthomé se tut un instant.

Elle se tenait immobile, les épaules voûtées, tête baissée, absorbée par ses souvenirs.

— Qu'avez-vous compris exactement, madame Berthomé ? interrogea Émilie.

La femme battit des paupières comme si elle sortait d'un songe. Elle se cala contre le dossier de sa chaise et reprit le fil de son histoire.

— J'ai réalisé que Lucien avait menti sur toute la ligne, depuis le début ! Non seulement la mère de Victor n'était pas morte en couche, comme il l'avait toujours prétendu, mais en plus, Victor avait un jumeau dont il ignorait l'existence. Cette double révélation lui a causé un véritable choc. Il a réalisé que sa propre mère l'avait abandonné à sa naissance au profit d'un autre. Pourquoi ne l'avait-elle pas emmené, lui ? Le reportage lui avait donné à voir l'existence dorée qu'il aurait pu mener s'il avait été choisi à la place de Jacques. Alors que son frère profitait de la vie aux côtés de leur mère, Victor travaillait sans relâche à la ferme, sans parvenir à mettre un sou de côté. Je peux vous dire que Victor n'a pas eu une enfance heureuse. Son père l'a élevé à la dure et ne lui a jamais témoigné la moindre affection. En revanche, les coups de fouet pleuvaient régulièrement sur ses épaules lorsqu'il ne lui donnait pas entière satisfaction. Lucien était obnubilé par le travail. À ses yeux, il n'y avait que l'exploitation qui comptait, et rien d'autre. Victor exécrait par-dessus tout les travaux manuels, il était plutôt du genre intello, si vous voyez ce que je veux dire. À l'école, il était toujours le premier de la classe. Il avait d'ailleurs décroché une bourse d'études. Il rêvait de s'inscrire à la faculté de médecine d'Aurillac. Mais Lucien ne l'entendait pas de cette oreille. L'avenir de son fils était déjà tout tracé, depuis sa naissance : Victor devait reprendre l'exploitation de vaches laitières, comme cela se faisait dans cette famille depuis des générations.

— Savez-vous pourquoi Francine Desfontaine avait quitté le père de Victor ? l'interrompit Émilie.

Christelle Berthomé opina du chef.

— Puisque Lucien refusait de répondre aux questions de son fils, Victor est allé interroger sa tante Jacqueline, la sœur de son père. Bien qu'elle soit atteinte de la maladie d'Alzheimer, elle n'avait pas oublié cette vieille histoire. En ce temps-là, Jacqueline résidait encore à la ferme, avec son frère et Francine. Sa tante lui a confié que sa mère n'avait jamais été heureuse avec Lucien. Elle était tombée enceinte alors même qu'elle projetait de le quitter. Lucien était un homme au cœur dur, violent et jaloux. N'ayant pas suffisamment d'argent, Francine avait pris la décision de demeurer à la ferme durant la grossesse. Lucien lui en avait fait voir de toutes les couleurs, la faisant travailler jusqu'à l'épuisement. Quand elle avait commencé à perdre les eaux, il avait refusé de la conduire à l'hôpital. Quant à faire venir un médecin, il ne fallait pas y songer. Elle avait accouché toute seule dans sa chambre, sans l'aide de personne. Sans doute craignait-il qu'elle n'en profite pour s'enfuir avec les garçons. Il préférait les garder sous son toit. Mais Lucien n'était pas dupe, au fond de lui, il savait bien qu'elle finirait par partir un jour, qu'elle attendait le bon moment. Alors, à peine un mois après l'accouchement, il a pris les devants : il a rassemblé toutes les affaires de Francine, séparé la layette en deux parts égales, puis, il l'a fait venir dans la cuisine. Jacqueline se trouvait dans l'arrière-cuisine : elle a tout entendu. Lucien a ordonné à Francine de quitter la ferme avec l'un des deux garçons. Comme elle a refusé de choisir entre ses enfants, il a sorti une pièce de monnaie et a tiré à pile ou face.

Le destin avait décidé ce jour-là que Jacques suivrait sa mère et que Victor resterait à la ferme avec Lucien. Francine est partie sur-le-champ avec son garçon dans les bras. On ne l'a plus jamais revue dans le coin. Craignant la colère de son frère, Jacqueline avait gardé le silence durant toutes ces années.

— Francine Desfontaine n'a-t-elle jamais cherché à revoir son deuxième fils ? demanda Émilie.

— Non, pas que je sache.

— Cela semble difficile à croire, répliqua Hadrien.

— Si vous aviez connu le père Vidal, vous n'auriez pas dit cela. Lucien avait menacé Francine, comme il l'avait fait avec sa propre sœur. Il avait juré qu'il s'en prendrait aux garçons si elle tentait d'entrer en contact avec Victor. Lucien n'était pas le genre d'homme à lancer des paroles en l'air.

— Votre fille nous a dit que Victor avait cherché à revoir sa mère. Que pouvez-vous nous dire à ce sujet ?

— En effet, Victor est bien allé voir Francine. Je ne saurais vous dire exactement la date, mais c'était vers la fin du mois de juillet, quelques jours après la première lettre des huissiers ; la ferme battait de l'aile. Lucien et Victor avaient de gros problèmes de trésorerie.

— Que voulait-il lui demander ? De l'argent ?

— Non, pas du tout ; il souhaitait entendre sa version des faits. Sans doute espérait-il aussi qu'elle lui demande pardon de l'avoir abandonné. Malheureusement pour lui, ou plutôt devrais-je dire, pour elle, leurs retrouvailles ne se sont pas déroulées comme il l'avait imaginé. Leur entrevue n'a duré qu'une demi-heure.

Hadrien voulut savoir si Christelle Berthomé avait assisté à leur rencontre. Elle secoua vigoureusement la tête de gauche à droite.

— Vous mentez ! accusa Hadrien.

La femme ouvrit la bouche pour protester.

— Inutile de nier, trancha Hadrien, nous savons de source sûre que vous étiez présente.

— C'est ma fille Caroline qui vous l'a dit ?

— Là n'est pas la question ! Dites-nous ce qu'il s'est passé ! ordonna-t-il sèchement.

— C'est vrai, j'étais bien à Carquefou, reconnut-elle à mi-voix, mais je ne vous ai pas menti : je suis restée dans la voiture. Victor n'avait pas le permis, alors il m'avait demandé de le conduire chez sa mère. Je lui ai juste servi de chauffeur.

— Que vous a-t-il dit quand il est ressorti de la maison ?

— Rien… Absolument rien… Il n'a d'ailleurs pas décroché un mot durant tout le trajet du retour.

— Vous ne lui avez demandé aucune explication ? s'étonna Émilie.

— Non, j'avais peur qu'il s'emporte. Comme je vous l'ai expliqué, Victor avait changé depuis ce fameux reportage. Lui qui était si doux, si tendre avec moi, ressemblait de plus en plus à son père. Ce n'est que le lendemain qu'il est venu tout me raconter… Et j'aurais préféré ne pas entrer dans ses confidences…

Les paupières de Christelle Berthomé tremblaient frénétiquement. De ses doigts maigres, elle remonta les pans de son gilet sur ses épaules et croisa les bras sur sa poitrine. Hadrien lui fit signe de continuer.

— Il m'a dit que le jour où il était allé voir Francine, elle avait refusé de répondre à ses questions ; elle avait refait sa vie et tiré un trait sur le passé. Le ton est monté ; dans son emportement, Victor l'a bousculée. Elle est tombée dans l'escalier. La malheureuse ne s'est jamais relevée. Il m'a juré qu'il n'avait jamais eu l'intention de tuer sa mère. C'était un accident, un simple accident…

Hadrien et Émilie échangèrent un regard qui trahissait leurs doutes. L'avocat de Christelle posa son stylo et desserra le nœud de sa cravate. Il sortit un mouchoir en tissu de sa poche et tamponna son front luisant.

— Nous reviendrons sur ce point ultérieurement, annonça Hadrien. Veuillez continuer, Madame.

— Victor en voulait à son père : il le pensait responsable de tout ce qui était arrivé. Il ne lui adressait presque plus la parole, si ce n'était pour l'accabler de reproches. Le vieil homme n'avait plus la capacité de riposter : il avait fait un AVC quelques jours après le reportage et demeurait fragile. Je savais que tout cela finirait mal un jour ou l'autre…

Christelle adressa un regard à son avocat.

Bien que celui-ci redoutât la suite du récit, d'un geste du menton, il l'encouragea à poursuivre sur sa lancée.

— Un soir, alors que Lucien était dans la stabulation pour nourrir le bétail, Victor l'a suivi, sans faire de bruit, une carabine de chasse dissimulée sous sa veste. Il a verrouillé le portail afin que les vaches ne puissent pas s'échapper, puis il a tiré plusieurs coups de feu en l'air. Dans l'affolement général, le vieil homme a été piétiné par son troupeau. Victor a assisté à l'agonie de son père. Ce ne fut qu'après s'être assuré que Lucien était mort qu'il a appelé les secours.

Les gendarmes lui demandèrent si elle avait eu vent de ce projet avant que Victor ne le mette à exécution, et si elle était présente au moment des faits. Au soulagement de maître Richard, Christelle Berthomé répondit non à chacune de ces deux questions.

— Venons-en au meurtre de Huguette Letellier, lui intima Hadrien.

— Après le décès de Lucien, je pensais que tout rentrerait dans l'ordre à la ferme. Mais la rancœur de Victor, loin de s'apaiser, n'a fait que croître. Il ressassait sans cesse le passé, répétant qu'on lui avait volé sa vie. Son père ne lui avait laissé que des dettes. Sa haine s'est alors tournée vers son frère qui menait une existence confortable et paisible. Il ne pouvait s'empêcher de comparer leur vie. Jacques avait hérité de l'intégralité de la fortune de Francine. C'était pour Victor comme une double peine. Il passait de longues heures à ruminer, assis dehors, sur le banc. Et comme si cela ne suffisait pas, le sort a continué de s'acharner sur lui. Au début du mois de septembre, il a reçu une lettre des huissiers, l'informant qu'il disposait d'un mois pour rembourser l'argent qu'il devait à ses créanciers. Passé ce délai, l'exploitation et tous ses biens seraient saisis. Il ne lui resterait plus rien. Victor m'a alors demandé de l'emmener à Carquefou. Il avait trouvé un excellent moyen de récupérer la part d'héritage qui lui revenait de droit.

— Vous a-t-il précisé à ce moment-là comment il comptait s'y prendre ? questionna Hadrien.

Christelle lui certifia que non. Sinon, jamais elle n'aurait accepté de l'aider. Les traits d'Hadrien se durcirent ; il posa ses mains à plat sur le bureau et se pencha légèrement en avant.

— Allons, madame Berthomé, vous vous doutiez quand même bien que le moyen en question ne serait pas très légal, non ?

Ne pouvant soutenir le regard accusateur d'Hadrien, Christelle détourna le visage et déglutit avec peine.

— Pourquoi avoir accepté de l'accompagner ?

— Je n'avais pas le choix, souffla-t-elle. Victor savait que j'avais besoin d'argent. Il s'est engagé à financer l'intégralité du traitement de ma fille en échange de mon aide. Mon rôle consistait à le conduire chez son frère chaque fois qu'il me le demandait. Nous avons fait une quinzaine d'allers-retours entre Jussac et Carquefou en trois mois. Parfois, il restait toute une semaine sur place. Je ne lui posais jamais aucune question, mais il lui arrivait souvent de se confier à moi. Je vous avoue que j'aurais préféré ne rien savoir…

— Que faisait-il à Carquefou ? Quel était son plan ? demanda Émilie.

— Victor avait la clé de la maison de Jacques ; il l'avait prise le jour où il était allé voir Francine. Il pouvait donc entrer et sortir comme bon lui semblait. Au début, je pensais qu'il se contenterait de voler de l'argent à son frère ; il avait accès à tous ses comptes bancaires. Mais j'ai vite compris que ce n'était pas le fric qui l'intéressait.

— Que voulait-il ?

Christelle se racla la gorge. Elle savait que ce qu'elle s'apprêtait à révéler aux gendarmes allait l'entraîner sur une pente glissante et qu'il n'y aurait plus moyen de faire marche arrière. Elle tordait nerveusement ses doigts sous le bureau tandis qu'elle cherchait ses mots. Au comble de l'agacement, Hadrien renouvela sa question d'un ton plus ferme. Christelle tressaillit.

— Victor voulait prendre la place de son frère, se substituer à lui, finit-elle par avouer.

Les gendarmes échangèrent un regard de surprise. Bien consciente d'avoir attisé la curiosité des enquêteurs, Christelle exposa, point par point, le plan machiavélique que Victor avait échafaudé pour parvenir à ses fins. Il avait commencé par dissimuler plusieurs caméras dans la maison de Jacques. L'objectif était simple : se familiariser avec les habitudes de son frère, sa façon de s'habiller, de parler, de marcher. La petite dépendance attenante à la maison lui avait servi d'avant-poste. Jacques n'y mettait jamais les pieds. Sans doute, avait-il gardé de mauvais souvenirs de cette époque où son beau-père, Charles

Desfontaine, l'avait séparé de sa mère en l'installant dans ce studio. Au bout de quelques semaines, Victor fut capable de l'imiter à la perfection. Les amis avec lesquels son jumeau avait l'habitude de jouer aux cartes le samedi midi n'y avaient d'ailleurs vu que du feu. Le banquier, lui non plus, ne s'était rendu compte de rien, alors qu'il connaissait Jacques depuis de nombreuses années.

Le visage de la suspecte afficha un pâle sourire.

— Moi-même, voyez-vous, j'avais beaucoup du mal à les différencier tant la ressemblance était bluffante.

Elle adressa un regard de défiance à Hadrien.

— Vous aussi, vous vous êtes fait avoir comme un bleu, si je peux me permettre l'expression.

Hadrien la toisa de ses yeux sombres, mais s'abstint de tout commentaire. Contrairement à ses collègues, le soudain changement d'attitude de Jacques Desfontaine ne lui avait pas échappé. Lorsqu'il l'avait croisé sur le parking de l'église. Hadrien avait bien relevé que l'homme boitait curieusement de la jambe gauche et non de la droite, comme à l'accoutumée.

— Ainsi, reprit Christelle, Victor a pu transférer des fonds vers des comptes qu'il avait ouverts à l'étranger, sans éveiller le moindre soupçon. Tout se déroulait comme prévu jusqu'à ce que la voisine de Jacques, Huguette, ne vienne mettre son grain de sable. Malgré toutes les précautions que Victor avait prises, la vieille dame avait découvert ses manigances. Il lui a alors proposé de l'argent en échange de son silence. Elle a tout de suite accepté le marché. Mais au fil des semaines, elle s'est montrée de plus en plus exigeante. La vieille dame avait des dettes, elle était sur le point de craquer. Victor a dû modifier ses plans. Un samedi soir, alors qu'elle l'avait appelé pour lui réclamer de l'argent, Victor a décidé de régler le problème une bonne fois pour toutes, à sa manière… Vous connaissez la suite.

— Oui, nous la connaissons, mais nous avons besoin de vous entendre à ce sujet. Allez-y, nous vous écoutons.

— Ce week-end-là, j'étais venue chercher Victor pour le ramener à Jussac. Nous devions prendre la route très tôt le dimanche matin. J'avais loué une chambre chez l'habitant dans le quartier du Souchais. Victor m'a demandé de l'accompagner au domicile d'Huguette.

— Quelle heure était-il ? interrogea Hadrien.

— Je l'ignore…

— Vous devez bien avoir une idée approximative.

— Je dirais aux alentours de vingt-trois heures trente, car je m'apprêtais à aller me coucher. Huguette a téléphoné à Victor en le menaçant de tout révéler à la police s'il ne venait pas lui apporter l'argent qu'il lui devait. Je ne savais pas qu'il avait prévu de se débarrasser d'elle, je vous le jure !

Elle marqua une courte pause, et porta les mains de chaque côté de ses tempes.

Elle ajouta d'une voix plaintive :

— Je vous assure que je n'étais pas au courant, répéta-t-elle. Quand j'ai compris, il était déjà trop tard. Je n'ai rien pu faire pour l'en empêcher ; j'étais paralysée par la peur… Vous comprenez ?

Les gendarmes doutaient de sa sincérité, mais leurs visages ne laissèrent transparaître aucune émotion.

— Je craignais que Victor ne s'en prenne à moi si je ne lui obéissais pas… Il était devenu fou à lier. Il était impossible de le raisonner.

Hadrien montra des signes d'impatience.

— Nous en avons pris note, madame Berthomé. Venez-en au fait : que s'est-il passé dans l'arrière-cuisine de la victime ?

— Victor savait qu'Huguette avait déjà tenté de mettre fin à ses jours. Alors, pour la contraindre à écrire une lettre de suicide, il a menacé de s'en prendre à sa fille et à ses petits-enfants. Elle était terrorisée ; elle l'a supplié à genoux, mais Victor s'est montré inflexible. Prise de panique, la vieille dame a blessé Victor au visage avec le tisonnier qui était à sa portée. Comme elle appelait à l'aide, j'ai été obligée de la faire taire. Je craignais qu'elle ne réveille son mari.

Des sillons se creusèrent sur le front de la femme qui inspirait bruyamment par le nez. Elle plissa les yeux, comme aveuglée par la lumière des néons et posa une main sur sa poitrine. Maître Richard cessa de prendre des notes et se tourna vers sa cliente.

— Peut-être pourrions-nous faire une pause ? suggéra-t-il.

Convaincus qu'il s'agissait d'une stratégie d'évitement, les gendarmes rejetèrent sa requête.

— Si vous le souhaitez, nous pouvons vous faire apporter un verre d'eau, madame Berthomé, proposa Émilie.

La femme accueillit cette proposition avec un soulagement manifeste. Le lieutenant leva une main en direction du miroir sans tain. Un instant après, un gendarme se présenta, un verre à la main. Christelle

Berthomé vida le gobelet par petites gorgées entrecoupées de soupirs. Elle redressa les épaules et reprit le fil de son discours, la voix chargée d'émotion.

— Tout s'est passé tellement vite…

— Dites-nous ce que vous avez fait pour la faire taire…

— Je crois que je l'ai assommée…

— Vous croyez ?

Christelle baissa les yeux.

— Avec quel objet l'avez-vous frappée ?

— Un vase, je crois.

Hadrien battit la mesure avec ses doigts sur le bureau.

— Vous croyez ?

— Tout s'est passé très vite…

— Ne nous racontez pas d'histoire, vous savez parfaitement bien ce que vous avez fait, alors qu'on ne perde pas notre temps !

— C'est difficile à dire, car je n'étais plus vraiment moi-même. À présent, dans ma tête, tout se mélange… Tout ce que je sais, c'est que je n'ai pas voulu la tuer.

Le regard inquiet, la suspecte dévisagea à tour de rôle les gendarmes qui demeuraient stoïques, droits sur leur chaise.

— Vous devez me croire… Je voulais juste qu'elle arrête de crier. Et puis, c'est Victor qui m'a obligée à la frapper. Je n'ai fait que lui obéir par peur des représailles.

Elle relata ensuite comment tous deux avaient transporté le cadavre d'Huguette jusqu'au puits à l'aide de la brouette. Victor avait absolument tout planifié, assura-t-elle d'une voix étouffée.

— Le cadavre, dites-vous ? Sachez que madame Letellier était encore vivante quand vous l'avez précipitée dans le puits, rectifia Hadrien.

À cette annonce, les yeux de Christelle Berthomé s'agrandirent de manière outrancière.

— Je l'ignorais, jura-t-elle en plaquant une main sur sa bouche. Victor m'avait dit qu'elle était morte !

— Le rapport d'autopsie atteste qu'elle était toujours vivante, trancha Hadrien. Ses poumons étaient remplis d'eau, ses ongles arrachés. Preuve qu'elle a tenté de s'agripper aux parois avant de se noyer.

— Comment expliquez-vous que Jacques Desfontaine ait une cicatrice semblable à celle de son frère, précisément sur la joue droite ? s'enquit Émilie.

— C'est Victor qui la lui a faite durant son sommeil cette même nuit.

— Pourquoi ?

— La blessure causée par Huguette risquait de compromettre ses plans. Avec cette entaille sur la joue, Victor ne pouvait plus se faire passer pour Jacques. Il s'est donc introduit dans la chambre de son frère. Jacques ne s'est rendu compte de rien : il était ivre mort sur son lit. Je suppose que Victor avait pris soin de verser un sédatif dans son vin. Je sais aussi qu'il ajoutait des herbes hallucinogènes dans l'encensoir dont Jacques se servait pour purifier l'air de sa maison.

— Pourquoi faisait-il tout cela ?

La femme leva les yeux au plafond.

— Je l'ignore. Je suppose que c'était une façon comme une autre de se venger. Il voulait certainement le faire souffrir, à l'image de ce qu'il avait enduré durant toutes ces années passées avec son père.

— Pourquoi avez-vous aidé Jacques Desfontaine à sortir de l'hôpital ?

— Victor me l'a demandé, car il ne pouvait plus quitter la maison de son frère sans être démasqué. Tout le monde savait que Jacques avait été interné. Il m'a suivie sans discuter ; il avait hâte de rentrer chez lui. Je l'ai déposé devant sa maison, puis je suis repartie sur Aurillac.

— Je suppose que Victor vous a raconté ce qu'il s'était passé ensuite.

— Victor est resté évasif. Je sais juste qu'il a séquestré son frère pendant plusieurs jours dans la cave.

— Où se trouve à présent Jacques Desfontaine ? demanda Hadrien.

Les yeux de la femme s'emplirent de larmes. Elle les essuya du revers de la main en secouant la tête.

— Non, je ne peux pas vous le dire, répondit-elle en reniflant. C'est terrible. Je ne peux pas…

— Il le faut pourtant ! ordonna Hadrien.

Face au ton péremptoire de l'adjudant-chef, Christelle révéla avec force détails comment Victor avait d'abord torturé son frère, puis comment il l'avait froidement exécuté en le pendant à l'une des poutres de la cave. Mais avant de le tuer, Victor avait tenu à ce que Jacques voie son visage. Il avait pris le temps de lui raconter son enfance à la ferme, les brimades et les nombreux coups de fouet qu'il avait reçus ; mais aussi, sa rencontre avec Francine, qui avait refusé de lui parler. Dans le cœur de sa mère, il n'y avait plus de place pour lui. La folie de Victor ne s'était pas arrêtée là… Dans son délire de substitution, il avait voulu que Jacques repose dans le Cantal, tandis que lui vivrait à Carquefou pour le restant de ses jours. Ne pouvant déplacer le cadavre de son frère sans attirer l'attention, il avait entrepris de le découper afin de pouvoir le transporter dans des valises. Le corps de Jacques a été enterré à Jussac, sur l'une des parcelles de la ferme de ses aïeuls.

Émilie, Hadrien et l'avocat furent saisis d'effroi, tandis qu'une agitation sourde gronda de l'autre côté de la vitre.

Velganni se souvint de l'odeur âcre qui l'avait indisposé lorsqu'il était entré dans la cave de Jacques. Il avait été à mille lieues de se douter que les effluves pestilentiels provenaient d'un acte d'une telle barbarie. Cette pensée lui fit froid dans le dos. L'avocat avait cessé de prendre des notes ; une main sur la bouche, il paraissait stupéfait.

Émilie fut la première à reprendre ses esprits.

— Où se cache Victor Vidal ? demanda Émilie.

La femme pâlit. Sa lèvre inférieure se mit à trembler. Hadrien n'eut alors plus aucun doute.

— Le corps qui a été retrouvé dans votre fosse… est celui de Victor, n'est-ce pas ?

Christelle Berthomé acquiesça d'un léger signe de tête.

— Pour quelle raison l'avez-vous assassiné ?

— Il insistait pour que je vienne vivre avec lui dans la maison de son frère. Moi, je ne voulais pas ; il fallait que je m'occupe de Caroline. Et, il me faisait peur. Je savais qu'un jour ou l'autre, il s'en prendrait à moi aussi… Mardi, je lui ai demandé de me laisser tranquille, sans quoi je le dénoncerais à la police. Nous nous sommes violemment disputés. Alors qu'il tentait de m'étrangler, j'ai saisi le trophée qui était à ma portée et je l'ai frappé de toutes mes forces afin qu'il me lâche. Il s'est effondré sur le carrelage. Mais je savais qu'il respirait encore et qu'il pouvait se relever d'une minute à l'autre et me tuer. J'ai paniqué… Alors je l'ai ligoté, puis enroulé dans le tapis du salon. Ensuite, je l'ai traîné jusqu'à la fosse et aspergé d'essence. Je voulais que tout cela s'arrête, je n'en pouvais plus…

Christelle Berthomé enfouit son visage dans ses mains et fondit en larmes.

— Je n'ai fait que me défendre, déclara-t-elle entre deux sanglots. Ce n'est pas ainsi que tout cela devait se passer. Je voulais juste aider ma fille…

La suite de l'interrogatoire fut reportée au lendemain matin, neuf heures.

Les enquêteurs rejoignirent leurs collègues auvergnats qui avaient assisté à l'audition de l'autre côté du miroir sans tain. Jérôme

Fabrègues fut le premier à saluer l'habileté d'Émilie et Hadrien :

— Chapeau bas ! Voilà un interrogatoire mené d'une main de maître ! Vous avez réussi à lui faire avouer le meurtre de Victor Vidal en moins d'une heure. C'était bien vu de vous servir de sa fille comme moyen de pression. Moi-même, je n'y avais pas songé.

— C'est en effet un bon début, reconnut Hadrien, dont l'expression du visage contrastait singulièrement avec celles des autres militaires qui affichaient un air pleinement satisfait.

L'adjudant-chef Fabrègues se tourna vers lui, les sourcils levés.

— Vous avez la victoire modeste, Hadrien.

— Je dirais que nous avons fait seulement la moitié du chemin…

— En clair ?

— Christelle Berthomé a certes reconnu avoir assassiné son complice, mais il reste à déterminer son degré d'implication quant aux quatre homicides qui ont précédé celui de Victor.

— Vous pensez qu'elle n'a pas dit toute la vérité ?

— Son petit manège ne prend pas avec moi. Bien qu'elle n'ait cessé de clamer son innocence, de répéter qu'elle n'avait fait qu'obéir aux ordres de Victor, je suis convaincu que c'était elle qui, en définitive, tirait toutes les ficelles, et que Victor n'était qu'une simple marionnette entre ses mains.

— Qu'est-ce qui vous permet de l'affirmer ?

— Jacques était aussi impulsif que son jumeau. Or vous conviendrez que toute cette histoire relève d'une savante orchestration. Victor a agi en suivant son instinct, son désir de vengeance ; Christelle était motivée par l'appât du gain et surtout par le désir de sauver sa fille. Je ne connais pas meilleure motivation.

— Ça me semble tout de même un peu léger comme argumentaire, rétorqua Fabrègues.

— Vous avez examiné le portable de Victor ?

— Si vous parlez de celui que nous avons retrouvé dans la fosse septique, oui…

— Dans ce cas, vous y avez lu la même chose que moi…

— Je n'y ai rien vu de probant en soi.

— Le dernier SMS que la suspecte lui a envoyé dimanche à dix-huit heures trente est pourtant très explicite.

— Que disait ce message ?

— « *Il faut en finir, maintenant !* ». Sauf erreur de ma part, cela ressemble à une sommation. Victor et Christelle ont chargé les valises contenant les restes de Jacques dans le véhicule peu de temps après l'envoi de ce message.

ÉPILOGUE

19h15.

Malgré le froid ambiant, Hadrien somnolait dans sa chambre, à moitié dévêtu, allongé sur le matelas, les doigts croisés sous sa nuque.

Les dernières heures avaient été particulièrement éprouvantes, riches en rebondissements. Derrière le meurtre de Huguette Letellier, qui en apparence relevait d'une simple mésentente entre voisins, se profilait une tragédie familiale en cinq actes. Cinq victimes dont le destin avait été scellé par un lancer de pièce.

En vue de la poursuite de l'audition prévue le lendemain, Hadrien échafaudait une stratégie d'approche afin de faire tomber le masque de Christelle Berthomé. Si cette dernière s'était avérée experte en manipulation, Hadrien lui, excellait dans l'art de mener un interrogatoire. Tel un joueur d'échecs, anticipation et persévérance étaient ses maîtres-mots.

Malgré la faim qui lui tenaillait l'estomac, Hadrien ne comptait pas descendre au rez-de-chaussée, où l'attendaient certainement ses collègues. Il préférait de loin le silence de cette chambre à l'aspect monacal, à l'effervescence d'un réfectoire bruyant bondé de militaires. La vraie raison, qu'il n'osait s'avouer, était qu'Émilie ne s'y trouverait pas non plus : elle avait d'autres projets pour la soirée.

Il ne parvenait pas à chasser de son esprit les paroles qu'il avait entendues en passant près du bureau de l'adjudant-chef Fabrègues, alors qu'il regagnait ses quartiers. La complicité entre Émilie et Jérôme lui était apparue évidente et les propos de la jeune femme sans équivoque : elle avait réservé une table pour deux dans un restaurant de la ville. Les mâchoires serrées, Hadrien s'était dirigé à grands pas vers sa chambre. Tel un automate, il avait gravi l'escalier quatre à quatre, sans daigner saluer les gendarmes qu'il avait croisés sur son chemin. Craignant d'être tenté de lui écrire, il avait éteint son téléphone et l'avait jeté d'un geste rageur sur le lit. Il était resté un bon moment sous le jet de la douche chaude, luttant contre cette envie irrépressible.

Une serviette nouée autour de ses hanches, il s'était allongé sur le matelas. Les yeux rivés au plafond, il avait écouté le souffle du vent s'engouffrer par les interstices des volets, s'efforçant de ne plus penser à rien.

Plusieurs coups frappés à la porte le firent sursauter. Hadrien consulta sa montre :

Dix-neuf heures trente-cinq. Les collègues devaient s'impatienter.

Il ne bougea pas d'un iota et referma les paupières.

Les coups redoublèrent de vigueur.

— C'est bon, j'arrive, bougonna Hadrien en se levant nonchalamment.

Les membres engourdis par le froid, il ouvrit la porte. Émilie se tenait sur le seuil, emmitouflée dans son anorak rouge, un sac de voyage en bandoulière. Malgré sa tenue décontractée, elle était maquillée avec soin et portait de ravissantes boucles d'oreilles.

— Vous n'avez pas vu mes messages ? demanda-t-elle, la tête légèrement inclinée sur le côté.

Hadrien leva un sourcil interrogateur et passa une main dans ses cheveux ébouriffés.

— De quels messages parlez-vous ?

— Ceux que je vous ai envoyés, il y a plus d'une heure…

Hadrien secoua la tête et s'appuya distraitement contre le montant de la porte. Il eut envie de lui signifier que sa journée de travail était terminée et que par conséquent il n'était plus à sa disposition.

— Mon téléphone est éteint. Que voulez-vous ?

— J'ai réservé une table pour vingt heures… Dépêchez-vous, on va être en retard !

Les bras d'Hadrien en tombèrent.

— Comment ça, « on » va être en retard ? répéta-t-il en clignant des yeux.

Émilie posa ses deux mains à plat sur le torse d'Hadrien, le poussa doucement vers l'intérieur de la chambre et referma la porte derrière elle.

— Je vous invite à dîner dans une petite auberge qui sert des spécialités auvergnates. J'ai pensé que cela vous ferait plaisir. J'ai aussi réservé une chambre avec vue sur la montagne…

La jeune femme plissa les yeux d'un air malicieux et ajouta :

— On a de la chance : c'était la dernière !

FIN

Je désire m'abonner gratuitement
au bulletin d'information des Éditions du Palémon :
je serai informé(e) des parutions
d'Aline Duret,
ainsi que de l'actualité et des offres Palémon.

Nom ....

Prénom ....

Adresse ....

....

Code Postal ....Ville ....

Pour encore plus d'offres et d'infos,
indiquez votre adresse e-mail :

E-mail ....@.....................

Bon à compléter ou à recopier
et à retourner par courrier à l'adresse suivante :

ÉDITIONS DU PALÉMON
ZI de Kernevez
11B rue Röntgen
29000 QUIMPER

Vos données sont collectées par les éditions du Palémon afin de vous inscrire à notre lettre d'information. Le recueil des données est facultatif et limité à ce qui est strictement nécessaire pour vous faire parvenir notre catalogue et/ou notre newsletter. Vous pouvez à tout moment accéder à vos données, les rectifier, demander leur suppression ou la limitation de leur traitement. En cas de question, vous pouvez nous contacter au 02 98 94 62 44 ou sur **contact@palemon.fr.**

- ❒ Je consens à l'utilisation de mes données
- ❒ Je souhaite m'inscrire à la newsletter

AD02

Retrouvez l'ouvrage d'Aline Duret
et tous les titres des Éditions du Palémon sur :

www.palemon.fr

ÉDITIONS DU PALÉMON
ZI de Kernevez - 11B rue Röntgen
29000 QUIMPER
02 98 94 62 44
Dépôt légal 1er trimestre 2022

ISBN : 978-2-372606-36-3

Achevé d'imprimer en février 2022
sur les presses de la **N**ouvelle **I**mprimerie **L**aballery
58500 Clamecy
Numéro d'impression : 202135 - 1er tirage

Imprimé en France

La Nouvelle Imprimerie Laballery est titulaire de la marque IMPRIM'VERT®